»Er ahnt, daß sie noch ein Problem wird. Daß sich diese Liebe, die er nicht wollte, vor die sich die Ereignisse des ganzen Tages gestellt hatten, nicht mehr aufhalten läßt.« Jan Prantl, Jahrgang 1922, hat die turbulente europäische Geschichte von Böhmen nach Grönland verschlagen. Dort versucht er lustlosen Eskimojugendlichen die Grundlagen des elisabethanischen Theaters nahezubringen und muß sich mit dem Pfarrer herumärgern, der ihm erbost vorwirft: »Sie können doch nicht aus der Abwesenheit von Grundwasser und von Holz auf die Abwesenheit Gottes schließen.« So folgt Prantl 1970 einer Einladung zu einem internationalen Pädagogen-Kongreß nach Österreich. Aber statt den aberwitzigen Tiraden seines sowjetischen Kollegen über die friedliche Erziehung des Menschengeschlechts zu lauschen, geht er seine eigenen Wege – und tappt in eine Liebesgeschichte, die den Eispanzer, den sich der lebenslange Emigrant um sein Herz gelegt hat, zum Schmelzen bringt: Auch Karla, Jahrgang 1945, promovierte Stuntfrau beim Film, hat ihre böhmische Heimat verlassen. Sie haben sich viel zu erzählen ...

Libuše Moníková, geboren 1945 in Prag, studierte Anglistik und Germanistik und lebt seit 1971 in der Bundesrepublik. Lehrbeauftragte für Literatur und Komparatistik, seit 1981 freie Schriftstellerin. Essays über Borges, Kafka, Lem und Wedekind. Libuše Moníková schreibt in deutscher Sprache und erhielt zahlreiche literarische Auszeichnungen. Weitere Werke: ›Eine Schädigung‹ (1981), ›Pavane für eine verstorbene Infantin‹ (1983), ›Die Fassade‹ (1987).

Libuše Moníková

Treibeis

Roman

Deutscher Taschenbuch Verlag

Von Libuše Moníková
sind im Deutschen Taschenbuch Verlag erschienen:
Pavane für eine verstorbene Infantin (10960)
Eine Schädigung (11184)

Ungekürzte Ausgabe
Februar 1997
Deutscher Taschenbuch Verlag GmbH & Co. KG,
München

ISBN 3-446-17254-8
Gestaltungskonzept: Max Bartholl, Christoph Krämer
Umschlagbild: ›Still Mountain Night‹ (1982) von April Gornik
(Edward Thorp Gallery, N. Y.)
Satz: Fotosatz Amann, Aichstetten
Gedruckt auf säurefreiem, chlorfrei gebleichtem Papier
Druck und Bindung: C. H. Beck'sche Buchdruckerei,
Nördlingen
Printed in Germany · ISBN 3-423-12308-7

1

Vor der Tafel der Schule in Angmagssalik, Ostgrönland, hängt ein großes Bild der Swan Arene in London, eine vereinfachte Kopie der Zeichnung, die Arend van Buchel nach der Originalskizze Johannes de Witts von 1596 angefertigt hat. Die stille Post der Kopisten quer durch die Jahrhunderte hat in ihrem vorläufig letzten Glied eine hypertrophierte Bühne hervorgebracht, auf mächtigen Füßen, die in den Raum drängt, auf Kosten von allem, was nicht spielt. Sie scheint Zuschauer gar nicht zuzulassen; wenn sich einige hineinverirren sollten, wie die kleineren Tiere in die Arena bei Bärenkämpfen, würden sie vom Geschehen im Zentrum aufgesogen und am Ende zerquetscht und blutleer an der Peripherie zurückgelassen, in ihren Galeriereihen zusammengepfercht, erschöpft vom Spektakel.

Prantls Hang zur Radikalität kann sich an der elisabethanischen Bühne immer wieder entzünden, aber hier sitzen siebzehn junge Grönländer zwischen vierzehn und achtzehn Jahren, die ihn ernst nehmen, zumindest wiederholt kommen und mit ihm Schule spielen, und sei es nur wegen der Suppe mittags.

Die drei Mädchen nehmen nicht einmal die Suppe ernst, sie kichern unentwegt, außerdem hat er Mühe, sie abends von seinem Haus wegzuscheuchen.

Zudem ist heute Pastor Aksel Brennhovd anwesend, eine Art pädagogischer Berater, die Bezeichnung Prüfer hört er ungern. Er hat sich nach hinten neben die Tür gesetzt. »Lassen Sie sich nicht stören« – Prantl bleibt heute nichts erspart.

»Die Bühne ist etwas groß geraten, und wo bleiben die Zuschauer?

Wo bleiben die Zuschauer?«, fragt Prantl, aber seine Schüler sind gerade dabei, die Kette der Kopisten zu schließen oder eine neue zu eröffnen, da sie sich von der Endgültigkeit der zeichnerischen Darstellung vor der Tafel nicht beirren lassen und die kreisförmige Form des Theaters nach ihren Vorstellungen weiter ausbauen, ›vereinfachen‹ wäre falsch. Es entsteht ein überdimensionierter Iglu, oben offen, zur Hälfte überdacht.

»Ja, die Zuschauer. Und wieso sollte es die einzige gültige Darstellung der damaligen Bühne sein? Schließlich gab es auch ›Fortune I‹, ›Fortune II‹, ›Globe‹, ›Rose‹, ›Theatre‹, ›Cockpit ...« – einige Gesichter signalisieren Verständnis – »...nein, es hat nichts zu tun mit den Amerikanern, die über euch hinwegfliegen, dort wurden Hahnenkämpfe ausgetragen.« – Brennhovd räuspert sich von der Tür her, Prantl sieht ihn an: »...›Blackfriars‹, ›White Friars‹,...jede Menge Friars...« Der Geschmack von seinem Aquavit-Frühstück kehrt wieder, die zweite Tasse hätte er nicht trinken sollen; nachher Rum holen.

»...›Hope‹, ›Rose‹, ›Red Bull‹, ›Phoenix‹, ›Newington Butts‹... butts? So etwas wie targets, Zielscheiben, Schießbretter«, er zeichnet ein Oval, daneben einen Pfeil. Die Schüler greifen zu ihren Stiften.

Prantl sieht, wie einer in der ersten Reihe den Pfeil zur Harpune macht, das Oval ähnelt einem Seehund.

»Also wo sind die Zuschauer?«

Seine Schüler sind jetzt dabei, Jagdszenen zu entwerfen, die Zielscheiben werden zu Schneeulen, Polarfüchsen, Schneehasen, einige trauen sich an Eisbären.

Keiner hört hin.

»Es sind nämlich keine da! Dabei ist das Spiel auf der Bühne in voller Fahrt! Ist es euch entgangen? Die Fahne ist gehißt, der Trompeter auf dem Dach bläst, das heißt, die Vorstellung läuft, nein, sie soll gerade anfangen. Und die Galerien – wie leergefegt! Wollte keiner kommen? Spielten sie so schlecht? Und wer sind die Gestalten auf dem überdachten Balkon direkt über der Szene? Sind das Musiker? In zwei Logen glaube ich welche auszumachen, und in den übrigen? Sind das die bekannten lords' rooms der Mäzene? Und wo ist das Volk?«

Prantl steigert sich, sie schauen überrascht auf.

»Ihr würdet euch wundern! Es gab verschiedene Erklärungen. Die einen sagen, de Witt hätte nur eine Probe gezeichnet, die er besucht hatte, und die Menschen auf dem Balkon wären selbst Schauspieler, die ihren Kollegen zusehen. Ich denke, sie hatten in ihrer Freizeit anderes zu tun«, er grinst. »Andere meinen, er hätte im leeren Theater gezeichnet und sich die Situation ausgedacht. Hm«, er sieht sich um, auch diese These weckt keinen Widerspruch. »Erst später hat man begriffen, daß er aus dem Gedächtnis zeichnete und nur das festhielt, was ihm interessant und wichtig erschien – die Bühne, die Säulen, das Dach. Menschen – die waren überall gleich, die brauchte er nicht zu zeichnen! Daher auch die Vogelperspektive. Von oben, seht ihr?«

Für einen Augenblick wird er müde. Vogelperspektive – sie werden sich jetzt wahrscheinlich an Eistaucher, Falken und Möwen heranmachen. Und woher sollen sie auch Abstrakta kennen?

Er könnte abbrechen, mit ihnen über Hundeschlitten, Jagd oder Flugzeuge sprechen, über etwas aus ihrem Lebensbereich. Das pastorale Lächeln von Brennhovd – seine methodischen Ratschläge nach der Stunde hört er schon – gibt ihm einen Stich. Außerdem ist es eine Englischstunde, oder Geschichte?, und sie sollen mal auch etwas anderes hören als über den Landesapostel Hans Egede.

»Seht ihr?«, er zeigt wieder auf die Zeichnung. »Auf die Bühne führen im Hintergrund zwei Türen. Es war nicht überall gleich, mit der Zeit wurden es immer mehr, aber eher in den Privattheatern. In ›Salisbury Court‹ und in ›Phoenix‹ waren es drei, in ›Cockpit‹ fünf, ›Globe‹ ist wahrscheinlich mit zweien ausgekommen. ›Globe‹ hatte allerdings zwischen den beiden Säulen im Hintergrund einen freien Raum fürs Spiel, eine Art hintere Bühne, die ist beim ›Swan‹ nicht auszumachen. Dahin wurden aus dem Inneren der Dachkonstruktion unerwartete Erscheinungen heruntergelassen – Götter, Geister...«, er zwinkert: »Hamlets Vater konnte so auf die Bühne gebracht werden, falls er es nicht vorgezogen hatte, einfach durch die Hintertür zu kommen, wie andere Schauspieler auch.« Ich greife vor, fällt ihm ein. »Götter, sagte ich, Geister... Tupilaks!«

Sie horchen auf, sehen sich um.

»Hier, zwischen den beiden Säulen würden sie erscheinen, vom Flaschenzug heruntergelassen...«, er deutet einen Zug aus der Flasche an. Ein Blick zur Tür: Pastor Brennhovd lächelt nicht mit. »Nein, laßt euch nicht beirren. Ich meine ein Gerät, einen... Hebel, auf Rollen. In der Physikstunde erkläre ich es euch. Mit dem Flaschenzug also werden die Tupilaks herabgelassen.«

Leichtes kollektives Erschauern, bis einer seiner Schüler ihm mühsam erklärt, daß ihre Geister, ihre Tupilaks, keine mechanische Vorrichtung brauchen, um zu schweben.

Prantl ist wieder dort, wo er war.

Dabei sind sie für Shakespeare ausgesprochen begabt.

Sie beobachten ihn mit ihren Schlitzaugen aus dunklen, flachen Gesichtern, warten auf den nächsten Irrtum.

»Bevor diese Zeichnung gefunden wurde«, Prantl zeigt wieder auf de Witts Bild, »gab es die seltsamsten Spekulationen darüber, wie die elisabethanische Bühne eigentlich ausgesehen hatte. Einer, Edmund Malone, stellte sie sich als eine Art Guckszene vor, mit einem Vorhang, der zur Szene gehörte. Ein anderer Forscher, Brodmeier, stellte sich zwei Bühnen vor: auf einer wurde gespielt, während auf der anderen hinter dem Vorhang Dekorationen für die nächste Szene aufgestellt wurden. Erst 1888 bekam man eine genauere Vorstellung, als Karl Gaedertz, ein Deutscher, ...«, die Schüler zeigen eine gewisse Resonanz, indem sie bei jedem Namen kichern – »... die Beschreibung und die Skizze von Johannes de Witt fand, in der Kopie von Arend van Buchel – eben unsere Zeichnung hier.«

In der Hinterbank scheint der achtzehnjährige Paavo, ein schwerer, schweigsamer Bursche, der selten nüchtern ist, fest zu schlafen. Immerhin ist er gekommen; letztesmal hat man ihn halberfroren hinter der Schule gefunden. Vorher hatte ihn Prantl zwischen den Kisten der Fischmehlfabrik aufgelesen, wo man ihn nicht mehr will. Diesen Jungen kann die elisabethanische Bühne gestohlen bleiben, aber wenn man sie ungefragt mit Bomben überfliegt, können sie auch erfahren, woraus man früher Theater baute.

Prantl senkt trotzdem die Stimme: »De Witt schreibt in seinen lateinischen Reisebemerkungen, daß der ›Swan‹ aus Stein gebaut war. Ein anderer Reisender, Zdeněk Brtnický z Valdštejna, aus Böhmen, der in London um 1600 das ›Globe‹ besuchte, spricht wiederum von einem Theater ›ex lignis‹, aus Holz. Die maximale Besucherzahl, die de Witt für den ›Schwan‹ erwähnt, sind dreitausend Zuschauer, ›in sedilibus‹, das heißt auf Sitzen; dazu noch etwa neunhundert Stehplätze unten ›im Hof‹. Die ganze Bevölkerung der Ostküste von Nordostrundingen bis Narssarssuaq hätte in so einer Arena Platz!«

Sie fühlen sich mitgezählt und lachen, einige sehen sich die Bühne an, suchen einen Platz für sich, immer noch ohne zu wissen, was sie inmitten des Bildes eigentlich sollen.

»Die Stehplätze kosteten einen Penny, die Galerieplätze zwei. Man fing in der Regel um zwei Uhr nachmittags an. Bei so vielen Besuchern gab es entsprechend viel Lärm, man trank Bier und knackte Nüsse, die Schauspieler mußten wild gestikulieren und die Augen rollen, und die Knaben unter vierzehn, die die Frauen spielten, mußten ihre Stimmchen verdammt anstrengen« – Prantl zieht eine Schnute, beim ›Stimmchänn!‹ zuckt sogar Paavo zusammen – das wollte er nicht.

Sie glucksen und zeichnen wieder, schraffieren die weißen Quader ihrer Theater-Iglus, verwandeln Schnee in Stein, daneben setzen sie Flaschen Pilsner Urquell, die bescheideneren Tuborg und Carlsberg Øl; Angmagssalik, ein Dorf von 700 Seelen, die Hälfte davon Kinder unter vierzehn, weist den höchsten Alkoholkonsum der Insel auf. Vom Treiben der Schauspieler, um das es hier geht, sind sie kaum beeindruckt.

Prantl staunt, wie leicht sie konkrete Materialien aufsaugen, als gehörten sie seit je zu ihrer Welt. Er wird bald neue Hefte für sie beantragen müssen, oder lieber gleich selbst welche kaufen – nach dieser Stunde wird Brennhovd keine zusätzlichen Mittel für seinen Unterricht befürworten.

Er sieht das Bild an der Tafel. Die Zeichnung ist verblichen, das Papier an mehreren Stellen eingerissen. Er fährt vorsichtig mit der gesunden Hand über die Holzwand daneben, bevor er das nächste Bild entrollt und aufhängt: Hollars Radierung von London, entstanden ein halbes Jahrhundert nach Johannes de Witts spärlichen Strichen des ›Schwans‹.

Auf dem Bild ist mehr zu sehen: eine Menge eng stehender Häuser, Bäume, der breite helle Streifen in der Mitte ist ein Fluß: Boote, kein blasender Wal, dafür Buchstaben. Die Schüler lassen von ihrer Zeichnung ab und wenden sich für einen Moment dieser neuen unverständlichen Vielfalt zu.

Prantl zeigt auf die beiden kreisförmigen Bauten im Vordergrund: »Die Bärenarena und die ›Erdkugel‹. Die Spielorte waren hinter den Stadttoren und an den Ufern der Themse, wegen der Seuchengefahr – die bubonische Pest, der Schwarze Tod war allgegenwärtig – und wegen der Puritaner im Stadtrat, die es zu jeder Zeit, auch ohne Pest, verstanden, die Leute einzuschüchtern und es ungern sahen, wenn sich das Volk vergnügte, statt in die Kirche zu gehen.« Er schaut zur Tür: Pastor Brennhovd macht sich eifrig Notizen.

»Die öffentlichen Bühnen und die Tierarenen wurden also aus dem Zentrum verdrängt, während die privaten Theater der Adligen und der Kirche in den Stadthäusern ihrer Mäzene spielen durften. Wir wollen daraus aber keine revolutionären Schlüsse ziehen, zumindest heute nicht – Grinsen in Richtung Tür –, schließlich gehörte auch Shakespeare...« – Prantl hält inne, kein Erkennungszeichen seitens seiner Zuhörer – »... zu den ›Dienern des Lord Kämmerers‹ oder des Lords Strange, bevor er selbst Teilhaber am ›Globe‹ wurde.« – Bevor ihm ein Stück Erdkugel gehörte; ich erobere für ihn gerade Grönland – fällt ihm ein. Nicht sehr überzeugend allerdings. – Prantl verzieht das Gesicht, sie lächeln freundlich zurück.

»Und ich sage euch, Shakespeare und die ganze Bande, von Kyd bis Jonson, hatten noch Glück, daß sie nicht in die Hände des Halsabschneiders Henslow gefallen waren, der ihnen die Haut abgezogen hätte! Der war kein Adliger, hat aber seine Leute, Schauspieler wie Autoren, durch Leihgaben und Verschuldung lebenslang geknebelt, in seinem Notizbuch hatte er alles aufgeschrieben! Als Dokument genauso wertvoll wie die Stücke, zumindest die seiner Dramatiker. Chettle, Drayton, Munday, Dekker – wer kennt sie noch? Dabei mußten sie wendig sein, Abend für Abend ein neues Stück! Man stahl wo man konnte – alle! Aber das genügte nicht, das Publikum wollte Überraschungen, neue Einfälle. Rache war sehr beliebt: allein wegen der Meuchelszene in Kyds ›Spanish Tragedy‹ führte man mit den Kulissen ›eine Laube‹ für die Ermordung von Horatio und ›einen Kessel für den Juden‹ für Marlowes ›Juden von Malta‹. Die beiden Geschichten werde ich euch noch erzählen!«

Brennhovd verdreht die Augen.

Prantl ist in Fahrt: »Das Wertvollste waren die Kostüme und die Texte, aber die Requisiten konnten sich auch sehen lassen. Eine Stadt wurde nicht einfach auf den Hintergrund gemalt, sondern aus Holz gezimmert, mit Zinnen,

Türmen, Mauern! In der Inventarliste von Philip Henslow stehen auch Naturerscheinungen – ›ein Regenbogen‹ – und sogar drei Tiere: ein ›schwarzer Hund‹, ein ›Löwe‹ und ein ›großes Pferd mit Beinen‹. Sie konnten sicher auch lebendige Tiere nehmen – Hunde gab's in London fast so viele wie in Angmagssalik, allerdings nicht mit so dichtem Fell –, der Löwe war wohl ausgestopft.«

Die Schüler lachen: der Löwe ist ihnen egal, aber die kahlen Hunde finden sie komisch.

Prantl schließt den Katalog ab: »Was Bäume betraf, für alle Stücke gab's nur drei Sorten: einen Baum mit Lorbeerblättern, einen mit goldenen Äpfeln und den Baum des Tantalus.«

– ›Nur‹, es fällt ihm ein, daß seine Schüler gar keine lebendigen Bäume kennen.

Dafür zeichnen sie jetzt Hunde.

»Wir werden ein Stück aufführen, das wird euch Spaß machen! Sprecht wie ihr wollt, die englischen Schauspieler waren auf dem Kontinent beliebt und geschätzt, nicht weil man ihre Sprache verstand, sondern weil ihre Gesten stimmten. Es waren Professionelle, alle konnten fechten – es war kein Hopsen auf der Bühne beim Kampf. Es war ernst, wie die Seehundjagd. Bei Vorstellungen mußte der Bürgermeister von London regelmäßig nach dem Sheriff schicken – wegen der Prügeleien auf der Straße, das Theater war ansteckend. ›Denn Schauspieler sind der Spiegel und die abgekürzte Chronik der Zeit‹«, Prantl verneigt sich. »Noch aus Isortoq wird man kommen, um euch zu sehen! Große Schauspieler waren berühmt, die Dramatiker kannte man kaum. Ob Janson, ob Lyly, sie machten sich keine Illusionen, jeder Gaukler war bekannter als sie. Nur Marlowe starb wie seine Helden – bei einer Kneipenrauferei. Shakespeare hatte seinen Richard Burbage, schrieb ihm die Rollen auf den Leib, sie alterten mit dem Schauspieler. Burbage war der erste Hamlet, der erste Othello, Lear, vorher Richard III. Vielleicht sollten wir das spielen«, Prantl sieht den krummen Uiartek an – immerhin ließen ihn die Eltern am Leben.

»Daß Shakespeare selbst als Charakterdarsteller festgelegt war, ist eine Fama, wir wissen nichts. Ob er den alten Diener Adam in ›As you like it‹ oder den Geist in Hamlet gespielt hat, ist nicht bewiesen. Ein großer Schauspieler war er sicher nicht, das könnte euch Mut machen.«

Brennhovd gestikuliert und schüttelt den Kopf, zumindest hält er sich an die Abmachung und schweigt. Könnte er nicht einfach gehen? Sieht heute auch ziemlich geknickt aus – hat ihn die Haushälterin gestern abgewimmelt, Fräulein Hallseth, die Gottesanbeterin? Oder wieder Zank mit seiner kranken Frau?

Durchs Fenster sieht Prantl einen zwanzig Meter hohen Eisberg, mit gezackten Wänden und scharfen Kanten, grünlich schimmernd in der Sonne, gefolgt von einem kleineren in schneeigem Weiß. Kommt er vom Gunnbjörns Fjeld, wo die Gletscher kalben? Oder gar vom Scoresbysund, tausend Kilometer nördlich, wohin sich Schiffe nicht trauen, weil das Meer auch im Sommer zugefroren ist? – Vom Scoresby, die schwierigere Passage. Also weitermachen mit Shakespeare.

»Es hätte euch gefallen, das Theater damals. Es floß viel Blut – für Schlachtszenen und für Morde trugen die Schauspieler Beutel mit Rinderblut bei sich, und wenn einer gevierteilt wurde, gab es reichlich Tierinnereien zum Vorzeigen. Und es war laut! Man schoß aus Kanonen, natürlich nur mit Schießpulver, ohne Kugeln, aber es reichte auch – das Dach des ›Globe‹ fing Feuer. ›Globe‹ – unsere ›Erdkugel‹, hier haben wir sie«, Prantl zeigt auf Hollars Radierung.

Im Augenblick schaut keiner hin, sie versperren sich hinter ihren Hundegespannen, die sie jetzt fächerförmig und paarweise zeichnen, dabei ist für sie ›paarweise‹ eigentlich unbekannt, wie die Baumsorten, weil diese enge Art, die Hunde vor die Schlitten zu spannen, nur für die Taiga und

Tundra sinnvoll ist, wo die Tiere den Bäumen oder Sträuchern ausweichen müssen, aber nichts für die Überquerung des Inlandeises auf Grönland.

Sie sind es gewöhnt, in ihren Vorstellungen riesige Strekken zurückzulegen, warum nicht auch bis zum elisabethanischen Theater?

»Ich könnte euch von James Burbage erzählen, der das erste Theater in England baute und es einfach ›Theatre‹ nannte. Wollt ihr das Jahr wissen? Na gut. Er war Schauspieler und Zimmermann in einem, das war günstig, vom Schauspielen allein konnte man damals nicht leben. Dazu kam das königliche Patent: ›Das Schauspiel-Handwerk über unser ganzes englisches Reich auszuüben.‹ Es war die erste rechtliche Sicherung für Schauspielertrupps, die bis dahin nur geduldet wurden.« Prantl sieht in die Eskimo-Gesichter: die Jugend von Angmagssalik, wo nur die Angmagssetten, die kleinen ›Industriefische‹ gefangen werden und das Leben so viel schwerer ist als an der Westküste. – ›Eine Realschule ist nicht geplant, eine Volksschule wird gegenwärtig für ausreichend befunden.‹ – Ihr werdet euch wundern!

»Der Bau war 1577 fertig. Er erweckte Empörung, vor allem bei den Puritanern, es war aber das erste Theater in Europa, und Spanien zog im gleichen Jahrzehnt nach. Spanien, das bereits im dreizehnten Jahrhundert in Toledo eine Übersetzerschule hatte!« Er hält inne, sie zeichnen unbeeindruckt weiter.

»Nach einundzwanzig Jahren war der Pachtvertrag abgelaufen – und Burbage saß da! Kein Theater, keine Aufführungen. Und mit ihm die ganze Schauspielergruppe. Darunter einer, dessen Namen... Ihr könntet jetzt ruhig zuhören! Was ein Pachtvertrag ist?« Prantl sieht, wie Brennhovd die Augen verdreht, mit beredtem Schniefen. »Das kennt ihr zum Glück nicht. Noch nicht! Das bedeutet, daß ihm der Boden nicht gehörte – der Boden, auf dem er ging, auf dem er spielte. Auch Grundstück genannt. Merkt es euch nicht!«

Sie nicken, als wären sie mit dieser Erklärung einverstanden.

»Aber jetzt paßt auf«, Prantl dämpft die Stimme. »Was macht Burbage, unser Künstler-Unternehmer? Eines Nachts dringt er mit seinem Bruder und ein paar angeheuerten Helfern in das Grundstück, das ihm nicht mehr gehört, wo sein ›Theatre‹ steht, und nimmt es auseinander. Und noch in derselben Nacht – es war im Dezember, kalt, naß in London, kaum eine Seele auf den Straßen – verfrachtet er das Holz auf die andere Seite der Themse und legt so die Grundlagen für den Bau eines neuen Theaters – des ›Globe‹, das berühmt werden sollte, weil ...«

Bevor sie vor weiteren unverständlichen Namen zurück in ihre gezeichneten Eiswüsten eintauchen, Robben jagen, Rentiere verfolgen, versucht er es mit einem Umweg. Zahlen müßten ihnen leichter fallen. »Kann mir jemand sagen, wann das war? Denkt an das Erbauungsjahr und an die Pachtfrist!«

Raunen, bis aus mehreren Richtungen gleichzeitig eine Antwort kommt, unsicher, fragend, mit einem Hauch von Interesse.

»Richtig! Einundzwanzig Jahre nach dem Bau von 1577 macht 1598. Im Dezember 1598 setzt Burbage mit dem Holz seines ›Theaters‹ ans andere Ufer der Themse über. Im Februar nächsten Jahres fangen die Bauarbeiten am ›Globe‹ an.« Er zeigt auf Hollars Bild: »Hier ist sie, die ›Erdkugel‹, allerdings schon die zweite, nachdem die erste an der gleichen Stelle 1613 niederbrannte.«

Er sieht sich um: »Wartet jetzt mit euren Bildern und schaut her! Wir sind in London von 1647. Die beiden runden Bauten vorn sind die Bärenarena und die ›Erdkugel‹, das ›Globe‹. Nur ist dabei meinem Landsmann Václav Hollar – die Kontakte zwischen England und Böhmen waren damals reger als heute – ein Fehler unterlaufen, was man ihm aber nicht zu verübeln braucht. Er war damals nicht mehr in London, sondern in Antwerpen, und erinnerte sich nicht mehr genau...«

Ulla, eines der Mädchen, größer als die anderen, lächelt seit einiger Zeit und versucht, seinen Blick zu erhaschen, ohne sich um das Bild zu kümmern. Sobald er in ihre Richtung schaut, kichern alle drei; Geflüster. Er sollte mit ihr reden, es wird aber wieder nichts helfen.

Die Radierung bauscht sich im plötzlichen Windzug auf – wer hat das Fenster geöffnet? Wahrscheinlich Brennhovd, der Trangeruch hat sich in der Wärme verdichtet.

»Sieh mal«, Prantl wendet sich an den schmächtigen Puuq in der vorderen Reihe, einen vierzehnjährigen Fischer und Robbenjäger, der das Bild mißtrauisch ansieht. »In diesem... Haus«, er zeigt auf die Arena, »gab es Bärenkämpfe. Mit Nanoq, aber braun.«

Puuq grinst und sieht zum ersten Mal richtig hin. Aufregung unter den anderen. »Nanoq?«, sie lachen.

»Und Hollar hat die Gebäude verwechselt«, fährt Prantl fort.

»Die Bären, die Nanoq, waren rechts, in der Arena am Ufer, wo auf dem Bild ›The Globe‹ steht. Und die ›Erdkugel‹, das Theater, um das es geht, weil darin SHAKESPEARE – schreibt es auf! – gespielt hat..., die ›Erdkugel‹ war links.«

»Nanoq«, Puuq entströmt ein warmer Hauch von Fisch und Fusel, er zeigt nach links.

»Ja, so steht es bei Hollar, aber dort war das Theater, ›The Globe‹, verstehst du? ›Die Erdkugel‹. Die Bären waren rechts, am Ufer.«

Puuq nickt: »Da Nanoq, da Shakespeare«, er korrigiert das Bild und zeichnet einen Eisbären in sein Heft.

Pause.

»Nennen Sie das einen *Transfer*?«, Brennhovd hält Prantl mit einer säuerlichen Miene an, während die Schüler sich durch die Tür drängen; es gibt Suppe.

Es fängt eine der sinnlosen langen Unterredungen mit diesem norwegischen Gottsucher an, der seit neuestem auf ›Interaktion‹ und ›Methodenwechsel‹ aus den Fachzeitschriften der Schulbibliothek schwört, die mit Verspätung nach Grönland gelangen. Er setzt sie in seiner Bibel- und Heimatkunde anstelle des überholten *Lehrervortrags* ein, für den er sich zumindest vorbereiten müßte. Die Folge sind kindliche Spiele, bei denen achtzehnjährige arbeitslose Grönländer mit Papierflügeln eine kollektive Verkündigung proben oder Passagen aus dem bewegten Leben des Landesapostels Pastor Egede aufsagen.

»Wie?«, Prantl wollte gerade rauchen gehen.

»Halten Sie es für eine angemessene Vermittlung des Stoffes, und, vor allem, für den richtigen Stoff?«, Brennhovd verstellt die Tür.

»Die Jungen sind nicht dumm, aber ...«

»Sie sind nicht dumm?«, Prantl hat von diesem Wohlwollen genug. »Haben Sie sich jemals ihre Zeichnungen angesehen?«, er hält Brennhovd eines der Hefte vor. »Und hier?« In der Bank ist eine angefangene Beinschnitzerei liegengeblieben, ein weißer Vogel mit gebrochenem Flügel, er hebt sie vorsichtig hoch. »Wissen Sie, wie Sie mir vorkommen, mit Ihrer Anerkennung?«

»Nun, es kommt nicht darauf an, wie ich Ihnen vorkomme, Herr Prantl, sondern wie mir als Mitglied des Schulrats Ihr Unterricht vorkommt. Was wollen Sie eigentlich mit all den Ausgefallenheiten, mit den doppelten Bühnen und fünffachen Ausgängen, mit Ihren Flaschenzügen und Trompetern auf dem Dach erreichen? Davon verstehe nicht einmal ich alles!«

»Das habe ich auch nicht erwartet. Sie haben sich angemeldet – wollten eine Stunde sehen, beim ersten Kurs einer Realschule an der Ostküste!« Prantl sieht hinter Brennhovds Kopf, wie Ulla ihm vom Flur aus Zeichen gibt, unter interessierter Anteilnahme ihrer Freundinnen. Heute abend wird er die Haustür verschließen. Er holt seine Zigarettenschachtel heraus.

»Erst draußen«, Brennhovd lächelt. »Wir wollen den Schülern kein schlechtes Beispiel geben. Sie wissen ja, hier ist alles aus Holz.« Er zeigt auf die Wand, wo Hollars Radierung hängt. »Was bedeutet also was? Auch noch mit vertauschten Gebäuden! Konnten Sie nicht ein Bild nehmen, wo die Bezeichnungen stimmen? Als wäre es nicht kompliziert genug! Ich verstehe, daß Sie Ihren Landsmann präferieren, aber ...«

»Ich hatte kein anderes. Keins mit Namen, und so detailliert! Vom Präferieren von Landsleuten halte ich nichts.«

»Wo sollte also das berühmte ›Globe‹ sein?« Brennhovd beugt sich über das Bild. »Hier, wo ›Beere bayting‹ steht?«

»Genau.«

Brennhovd sieht auf. »Sie sollen Englisch unterrichten, wenn ich es richtig verstehe«, er blättert in seinem Notizblock. »Dabei haben Sie keine einzige Vokabel... doch – butts, targets – Zielscheiben. Etwas dürftig...«

Prantl wartet.

»Wenn ich es also als ›Englisch‹ ansehe«, Brennhovd blättert weiter, »hätten dann die Schüler genauso viel Englisch wie Dänisch. Wozu eigentlich?«

»Vielleicht, damit sie dann die Amerikaner nach Hause schicken können, die von den Basen und den Radarstationen.«

Brennhovd richtet sich auf: »Ich hoffe, es ist nicht Ihr Ernst. Diese Einrichtungen gehören zum festen Bestandteil der grönländischen Wirtschaft und Sicherheit, wie Sie wissen. Wenn die Russen...«

»Lassen Sie die Russen aus dem Spiel! Wer hier gefährlich ist, hat sich '68 gezeigt!«

»Sie meinen den Unfall...«, Brennhovd räuspert sich. »Es ist immerhin zu keinem größeren Schaden gekommen. Und es hätte den Russen genauso passieren können.«

»Die sind aber nicht da! Sie dürfen nicht einmal über Grönland fliegen.«

»Bedauern Sie es etwa?«, Brennhovd sieht auf. »Seit drei Jahren ist weiter nichts vorgekommen.«

»Sie meinen, da wir alle noch leben, hat es nichts zu bedeuten, eine Lapalie!«

»Ich möchte Ihnen nicht zu nahe treten, aber wenn wir schon von '68 sprechen – wollen Sie die Russen wirklich in Schutz nehmen? Ausgerechnet Sie?«

Prantls Gesichtshaut spannt. »Ich spreche von einem amerikanischen Flugzeug, das mit vier Wasserstoffbomben an Bord über Thule abgestürzt ist, die bis heute nicht geborgen sind! Davon, daß amerikanische Bomber mit Kernwaffen als Gepäck Grönland ungehindert überfliegen, trotz der Versicherungen der dänischen Regierung, auf ihrem Teritorium gäbe es keine Atomwaffen! Zwei Jahre vorher der gleiche Unfall an der spanischen Küste – bei Thule war es insgesamt schon der vierzehnte! Ich mache mir keine Illusionen über das Geschick der Russen bei ähnlichen Operationen, aber ihre militärischen Aktivitäten, auf die Sie anspielen, stehen hier nicht zur Debatte, können es auch nicht entschuldigen.« Er verzieht den Mund: »Wegen der Okkupation '68 ist kein amerikanischer Bomber gestartet!«

Brennhovd sieht ihn an. »Ich erinnere mich, Kollege Prantl, wie Sie zurück wollten, nach zwanzig Jahren, kämpfen wollten...«

»Das gehört nicht hierher! Falls Sie nichts weiter zu meinem Unterricht sagen möchten...«

»Doch, ich frage Sie noch einmal: Was haben die Schüler davon? Und verstehen sie es überhaupt?«

»Sie zeichnen zurück!«

»Ja«, Brennhovd schiebt nachdenklich ein aufgeschlagenes Heft zur Seite und betrachtet die daneben liegende Schnitzerei, eine kauernde Gestalt, halb Tier, halb Mensch, mit Fischaugen und einem erhobenen Armstumpf, ein Zahn in dem aufgesperrten Rachen ist abgebrochen. »Vor allem gehen sie hier ihrem Schnitzergewerbe nach. Und die andere Hälfte schläft aus. – Eine interessante Arbeit«, er dreht die Plastik in den Händen. »Die Zähne wird er allerdings nachholen müssen.«

»Das wird er nicht verkaufen!« Prantl ist gereizt, es stört ihn, daß Brennhovd die Figur befingert.

»Natürlich nicht, aber die Zähne sollten trotzdem in Ordnung sein. Sonst rächt sich der Tupilaq womöglich«, Brennhovd grinst. »Hat es der Junge auf Sie abgesehen? Oder auf den Geist von Hamlets Vater? Dagegen werden Sie mit Ihrem Shakespeare nicht ankommen. Begabt sind die Kinder ja«, er legt die Schnitzerei zurück. »Und was ist das?« In der Fensterbank liegt ein grob bearbeiteter Speckstein. »Ein Adler? Sieht aus wie ein zerschlagenes Flugzeug«, Brennhovd hört auf zu lächeln. »Noch zu dieser ... Havarie. Sie sagen, die Amerikaner sollen aus Grönland abziehen, die Basen aufgeben. Dabei sind sie hier allgemein beliebt! Vor allem bei den Mädchen«, er verdreht die Augen. »Aber die Eskimos haben ja mitgeholfen, die Abgestürzten zu bergen.«

»Mitgeholfen? Ohne die Inuit aus Moriussaq, die Hundeschlitten hatten, hätten sie nicht überlebt!«

Prantl erinnert sich an die Nacht im Januar vor drei Jahren, als mitten in der monatelangen Dunkelheit der Himmel hell erleuchtet in Flammen stand, und die lodernden Wrackteile den Horizont vor Dundas markierten. Bevor man sie weit draußen im Baylot-Sund und vor der Wolstenholme-Insel bergen konnte, waren die schweren Teile tief im Eis eingeschmolzen, nicht mehr auffindbar. Wie durch ein Wunder wurde die ganze Besatzung nach stundenlanger Suche in totaler Finsternis kilometerweit auseinander gefunden. Sechs Mann lebend, der siebte – die ›schlafende Ablösung‹, für die kein Katapultsitz vorgesehen ist, lag zerschmettert neben seinem verbrannten Fallschirm auf dem Eis; die Maschine war schneller abgestürzt, als er mit dem Schirm landen konnte, und hatte ihn mitgerissen.

Den Navigator fand man erst nach zwanzig Stunden in einer Schneewehe, verwickelt in seinem Fallschirm, aus dem er sich nicht befreien konnte, bei minus vierzig Grad war er am Leben, mit erfrorenen Füßen und einer erfrorenen Hand. Die anderen hatten mehr Glück, konnten sich bewegen, rufen. Einer war nur hundert Meter vom Hangar entfernt und blieb liegen, weil er in der Dunkelheit nichts sehen konnte.

»Man fand keine Bomben, dafür Bombenteile! Und Plutonium in der Luft – die Sprengsätze sind explodiert.« Prantl zündet sich eine Zigarette an.

»Ja, das wurde bekanntgegeben«, murmelt Brennhovd. »Man ergriff aber sofort Maßnahmen.«

»Sicher! Füchse wurden abgeschossen, und die Eskimos durften kein Wasser aus der Umgebung benutzen. Weder das Meereis zum Salzen, noch das Süßwassereis zum Trinken und Kochen. Erklären Sie es ihnen erstmal! Und das, nachdem sie stundenlang in der Dunkelheit hin- und hergefahren sind, um den Weißen das Leben zu retten! Sie hatten für sie Iglus gebaut, vielleicht die letzten auf Grönland.«

»Und Sie sagen, die Amerikaner sind hier unbeliebt?«, Brennhovd lächelt. »Warum sollten es dann die Eskimos für sie tun?«

»Weil sie freundliche Menschen sind, hilfsbereit! Sie hätten es für jeden getan! Es könnte nützlich sein, wenn sie die Soldaten zumindest fragen könnten, wieso sie über ihrem Land fliegen – mit so gefährlicher Fracht an Bord!«

Brennhovd lächelt: »In elisabethanischem Englisch, womöglich?«

»Etwas Bildung kann den US-Soldaten nicht schaden! Die B-52 können sie steuern, aber mit der eigenen Unterschrift haben sie Mühe. Unbeliebt sind sie nicht, nur gefährlich. Ihr SAGE-System in Thule ist veraltet – sie haben bereits Wildgänse und den aufgehenden Mond als feindliche Objekte identifiziert und beinah beschossen.«

»SAGE?«

»Ihr Warnsystem – Semi Automatic Ground Environment, die Abkürzung ergibt ›weise‹«, Prantl grinst. Die Vokabeln können Sie abhaken, die hatten wir.

Brennhovd sieht auf: »Sie kennen sich da aus?«

»Nein, nicht mehr«, Prantl winkt ab.

»Und Ihr Shakespeare –«, Brennhovd erinnert sich wieder, »...was denken Sie, haben die Schüler aus der Stunde mitgenommen – ist eine Art Eisbär?«

»Da es für sie das stärkste, mächtigste Wesen ist, das Wappen ihres Landes dazu, ist der Vergleich gar nicht so falsch«, Prantl grinst.

»Sie stellen Ihren Dramatiker wirklich hoch, Herr Kollege, können sich begeistern. Und wie steht es mit der Bibelkunde?«

»Das ist nicht meine Sache, Herr Brennhovd. Ich bringe ihnen das englische Drama bei.«

»Ich möchte es nicht so verstehen, Kollege Prantl, daß Sie etwa Shakespeare über gewisse geistige Inhalte und Symbole stellen, als eine höchste moralische und kulturelle Instanz, sozusagen?

Ich muß Sie noch einmal fragen: welche Bedeutung kann Ihrer Meinung nach für die Einheimischen Shakespeare haben? Bevor ich mir überlege...«

»Wenn Sie mich schon darauf ansprechen, Pastor Brennhovd – ich wollte Sie auch schon lange etwas fragen: Was haben sich die Missionare gedacht, als sie ihre unverständliche, grausame Lehre von einem Gekreuzigten nach Afrika, Amerika, Asien brachten – und die Eskimos wurden auch nicht verschont! Ohne leibhaftigen Vater, von einer unbefleckten Mutter geboren – und was heißt hier befleckt? Das müssen Sie den Inuit erst einmal erklären!«

»Die Grönländer haben immerhin so viel begriffen«, Brennhovd hüstelt, »daß sie zumindest die Lampenlöschspiele eingeschränkt haben.«

»Wo denn? Auch wenn sie sich taufen lassen, heißt das

noch nicht, daß sie an die unbefleckte Empfängnis glauben! Und dann die Himmelfahrt! Natürlich leben auch sie nach dem Tode weiter, aber auf ihre Weise!«

»Ich möchte nicht weiter zuhören!«

»Pastor Brennhovd, woher nehmen Sie Ihre Sicherheit? Wenn diese dunkle, unverständliche Geschichte, die in der Wüste spielt, den Eskimos einleuchten soll, kann ich nur sagen – da man sie ihnen erst später aufgedrängt hatte –, man hätte besser Shakespeare genommen! Das wäre unblutiger verlaufen, und es wäre allemal verständlicher, glaubwürdiger als die Lehre von der Erbsünde, vom Verwandeln des Wassers in Wein und von auferstandenen Toten! Wo sie nicht einmal Holz für ein Kreuz haben! Und Wasser ohne Brunnen so schwer zu beschaffen ist. Sollen sie sich vorstellen, daß ein Eisblock sich plötzlich rot färbt? Also verbieten Sie mir nicht, ihnen ein anderes Universum zu zeigen – lebendiger und menschlicher als die Bibel!«

»Herr...Prantl – Kollege möchte ich nach dem eben Gehörten nicht sagen –, ich müßte eigentlich dafür sorgen, daß Sie mit dieser Gesinnung nicht länger als Erzieher...«, Brennhovd bekommt einen Würgehusten und fächelt eindrucksvoll mit den Händen.

»Dann suchen Sie jemanden, der hier unterrichten würde! Ich werde eher mit den Schülern ein Shakespeare-Stück aufführen, im Original, als daß Sie Ersatz finden!« Prantl drückt die Zigarette aus.

»Sie können doch nicht aus der Abwesenheit von Grundwasser und Holz auf die Abwesenheit Gottes schließen«, Brennhovd sammelt sich wieder. »Das Mobiliar zu Shakespeares Stücken werden Sie hier auch vergeblich suchen. Es wäre also angemessener, wenn Sie sich mit Ihrem Theater an die Landesgeschichte halten würden, wenn es schon sein muß«, er seufzt; diese Gespräche enden immer gleich. Er sieht noch einmal auf die Radierung: zwischen den steilen Giebeln von Hollars London ist keine Kirche auszumachen.

»Soll ich mit ihnen die Taten von Arnulf Schönhaar inszenieren, oder die von Erik dem Roten? Die sind ihnen genauso fremd wie Heinrich der Vierte. Sie hätten wohl am liebsten etwas über Ihren Landesapostel?«

»Nicht in Ihrer Fassung!«

»Dabei hat hier Ihr Egede einen anderen Himmel kennengelernt. Wo die Toten über den Wolken Fußball mit Walroßschädeln spielen – spannender als den Engelschören zuzuhören – und die Ertrunkenen ihren eigenen Himmel unter Wasser haben. Und wenn der Mond nicht erschien, war er im Meer oder auf der Erde, um sich Robben zum Schmaus im Himmel zu holen. Und ihr Großer Wagen war kein Bär, sondern ein Rentier. Das alles hat Egede erfahren und hat sie ausgelacht, ihre Schamanen geschlagen und als Betrüger beschimpft! Und dann zeigte er in den Himmel und redete von seinem Gott!« Prantl nimmt den weißen Beinvogel wieder in die Hand. »Aus mangelndem Grundwasser möchte ich keine Weltanschauung ableiten. Nur daran erinnern, daß Ihr Missionar dazu beigetragen hat, eine Kultur zu zerstören! Er wollte ursprünglich auch gar nicht die Eskimos missionieren, sondern die ›Norweger‹, die Nachfahren der ersten Kolonisten. Als er keinen fand, wollte er nicht mit leeren Händen zurückkehren, die Bergen-Kompanie wartete auf Verbindungen! – also wandte er sich diesen Wilden zu, die schon für ein paar Glasperlen zu haben waren. In Egedes Gefolge wurden Menschen geraubt, nach Norwegen, Dänemark verschleppt, wie Tiere in Käfigen gehalten, auf Jahrmärkten herumgezeigt! In dreckigen Verschlägen – wo sie in ihrer Heimat zum Walfang Festkleider anzogen, weil die Wale keine Unreinlichkeiten vertragen – schon gar nicht den Dreck von den Ölbohrungen in der Disko-Bucht!«

»Ich sehe, Sie haben Hans Egede gelesen«, Brennhovd lächelt.

»Nur über die Grönländer, sein Missionieren hab' ich übersprungen. Heimatkunde ist nicht mein Fach, ich unterrichte Englisch und Physik. Johannes Rink habe ich gelesen.«

»Ah, daher die Ausfälle gegen Egede. Sie wissen, daß die anderen Grönlandforscher die ehrenrührigen Behauptungen von Rink streng ablehnen, Louis Bobé zum Beispiel...«

»Ich brauche Rink nicht, um mir über Egede eine Meinung zu bilden, dazu genügen ein paar Seiten aus seinem Tagebuch.«

»Rink, die Eskimo-Sagen«, Brennhovd schüttelt den Kopf, als hätte er den letzten Satz von Prantl nicht gehört. »Wären Sie mein Praktikant, müßte ich Sie als aufmüpfig und arrogant bezeichnen. Ich sage nicht, untalentiert...«

»Ich bin nicht Ihr Praktikant.«

»Nein«, Brennhovd lacht. »Und Sie können sich begeistern. Haben auch einiges hinter sich«, er deutet auf Prantls verkürzte Hand.

»Es ist nicht der Rede wert und es geht Sie nichts an!«, Prantl geht. Dieser kalte Krieger, Halb-Witwer und verirrter Gottessucher bringt es jedesmal fertig, ihm die Zeit zu stehlen. Ist es die Sturheit oder die Einsamkeit? Wahrscheinlich beides, wie bei allen hier.

»Um Ihnen zu zeigen, was christliche Nächstenliebe ist«, Brennhovd hält ihn an, »eine zweite Wange, sozusagen«, er lacht, »möchten wir Sie zu einem pädagogischen Kongreß schicken. Deswegen wollte ich Sie sprechen. Ich kontrolliere nicht Ihre Stunde, was Sie vielleicht dachten...«

»Natürlich nicht«, Prantl grinst. »Wohin wollten Sie mich schicken?«

»Nach Österreich, Semmering.«

»Ich will nicht!«

»Es kann Ihrem Unterricht nicht schaden – neue Impulse. Ich wäre selbst gern gefahren, ich habe mich darum zwei Jahre bemüht.«

»Warum fahren Sie dann nicht?«

»Wegen meiner Frau. Sie wissen ja, sie ist krank, Doktor

Poulsen meinte... Nun, es sollten auch die Jüngeren an die Reihe kommen. Ich werde jedenfalls aus Godthåb die Papiere anfordern, mich notfalls auch mit Kopenhagen in Verbindung setzen, wenn es sich verzögern sollte. Hier habe ich schon einen provisorischen Antrag... Jan Otakar Prantl, ist das richtig? Die weiteren Daten können Sie selbst ergänzen.«

»Ich will nicht nach Europa, ich war dort sieben Jahre nicht, es muß nicht sein.«

»Eben deshalb. Sie wollen hier doch nicht völlig vertrocknen, ständig allein! Einmal ist Abwechslung nötig, der Flug wird bezahlt.«

»Ich habe keine Lust.«

»Sie müssen keinen Vortrag halten, obwohl Sie dort eine Sensation wären. Aus Grönland – von so weit her! Vielleicht können Sie dort die Lektüre von Hans Egede nachholen«, Brennhovd lächelt. »Aber vor allem bringen Sie uns neue ... Ideen. Wir setzen auf Sie!«

»Warum fährt nicht jemand aus Nuuk oder Narssaq?«

»Nuuk? Sie meinen Godthåb.«

»Ich meine Nuuk.«

»Gut, die Hauptstadt. Haben Sie nicht selbst gesagt, die Ostküste muß gefördert werden? Deshalb unterrichten Sie hier doch Englisch, obwohl es nicht in den Lehrplänen steht! Wir haben die Einladung bekommen, wir nutzen sie! Es fängt in vier Wochen an, in den Ferien. Sie können bei Ihrem Freikurs sicher auch früher Schluß machen, damit Sie alles vorbereiten können.«

»Was soll ich vorbereiten? Ich habe noch anderen Unterricht. An jedem Tag, den ich ausfallen lasse, trinken sie. Und was sollen sie in den Ferien machen? Die Fischmehlfabrik, die paar Schnitzereien und Robbenfelle, das reicht nicht! Und ich soll mir neue Impulse aus Österreich holen? Der Unterricht muß mindestens bis zum Schluß gehen!«

»Ah, der Legionär...«, Brennhovd lächelt.

Prantl schweigt.
»Aber Sie fahren?«
»Weiß ich nicht!«

Im Laden des KGH, des Königlichen Grönländischen Handels, mit seinem Wappen – ein sitzender Eisbär in blauem Feld unter der Königskrone, und mit der doppelten Inschrift ›Den Kongelige Grønlandske Handel‹ und ›Royal Greenland Trade‹ – gibt es auch heute keinen Rum.

Der Ladenverwalter Frans Hegwald bringt statt dessen einen Karton Aquavit. Prantl nimmt drei Flaschen, er wird sich daran gewöhnen müssen – und ein Stück getrocknetes Rentierfleisch, das ihm Hegwald auf die Seite gelegt hat. Neben Sardinen- und teueren Krabbendosen gibt es noch Stockfisch und polnische Fleischkonserven, an Spirituosen und alkoholischen Getränken das schwache dänische Bier, Gin und einen giftig roten Sirup – Kirschlikör, den er als Freund des Hauses vorgesetzt bekommt. Frans Hegwald, genauso lange auf Grönland wie Prantl, ist ein freundlicher fünfzigjähriger Däne, mit einer Einheimischen verheiratet, drei Kinder. Während er die Waren für Prantl zusammensucht, schafft er es, die halbe Flasche Kirsch zu leeren und von Versorgungsengpässen, vom Wetter und Angeln zu sprechen. Er kommt aus Gentofte, einem kleinen Ort im Süden von Seeland, über den er eine Menge Geschichten zu erzählen weiß, neben denen Kopenhagen so brav und gesittet wirkt wie der sitzende Hans Christian Andersen und die Lurenbläser.

»Wozu Reißzwecken?«

Prantl möchte Schülerzeichnungen in der Schule aufhängen – eine Art Ausstellung.

Hegwald bezweifelt, daß die Schüler dafür viel übrig haben werden, es sei denn, man möchte einige kaufen; wie die Schnitzereien, die sie ihm in den Laden bringen, damit er sie an die Isländer verkauft, die an Wochenenden zum Angeln kommen. Die Jungen brauchen Geld, das weiß er, und auch wenn sie das meiste vertrinken sollten, kaufen sie sich auch mal etwas zum Essen und für die Geschwister. Er wäre bereit, eine solche Ausstellung in seinem Laden zu organisieren, sagt er. Schließlich sollen nicht nur die paar Mitschüler und Lehrer die Zeichnungen sehen, sondern ganz Angmagssalik, auch die Touristen. Er begeistert sich immer mehr: »Wir könnten einen Wettbewerb veranstalten, und die ersten drei bekommen einen Preis.«

»Was für einen?«

»Weiß ich noch nicht, etwas Wertvolles. Jedenfalls keinen Alkohol.«

»Dann werden sie nicht mitmachen«, sagt Prantl.

Aus dem Hinterraum tritt Hegwalds Frau Eniko mit dem einjährigen Sohn auf dem Arm. Der Kleine streckt sich nach der Flasche Petroleum, die Hegwald für Prantl abfüllt, und bekommt von der Mutter ein Stück Trockenfisch. Es sieht wie ein Holzsplitter aus, er lutscht daran mit Konzentration. Prantl bietet Eniko seinen Kirschlikör an, den er nicht angerührt hat, sie nimmt an. Wie alt kann sie sein? Achtzehn? Sie trinkt feierlich und geht mit dem Kind hinaus. Prantl sieht, wie sie draußen die Wäsche von der Leine nimmt, kleine zugeschnittene Felle, die im Wind flattern, während das Kind im Gras zu ihren Füßen an seinem Fisch nuckelt.

»Alles?«, fragt Hegwald.

»Batterien fürs Radio.«

»Nächste Woche vielleicht. Aber es gibt Ananaskonserven, gerade gekommen.«

»Gut, eine Dose«, Prantl überlegt, daß er keine Ananas mag. »Und Nägel. Die halblangen, zwanzig Stück. Oder könnten es dreißig sein?« Er zögert, bisher bekam er nur, was er nicht wollte, aber Hegwald zählt bereits ab: »Was soll es werden? Wieder Bücherregale aus Kisten?«

»Rifjberg hat mir Bretter für einen Tisch versprochen, wenn er nächstes Mal kommt.«

»Ja, jetzt ist die Versorgung noch gut, solange die Schiffe

kommen. Im Winter wird es magerer.« Hegwald wickelt die Nägel in bräunliches Packpapier und schlingt aus Freundschaft einen roten Gummi herum.

Zwei Dänen von der Fabrikverwaltung kommen herein, sie möchten Zigaretten und Anglerzubehör, Hegwald beschleunigt sein Dänisch, lacht, holt verschiedene Marken her, die Auswahl scheint auf beiden Gebieten uneingeschränkt. Prantl zahlt, sein Akzent beim Grüßen wird von den beiden mit vorlauter Freundlichkeit beantwortet, als wären sie die Alteingesessenen; dabei sind sie erst seit drei Monaten hier.

Draußen macht er kehrt und holt noch eine Tüte Bonbons, unter scherzhaften Zurufen der beiden. Mit einiger Genugtuung sieht er, wie sie den süßen Kirschlikör hinunterkippen.

Er geht am Friedhof vorbei – weiße schmucklose Holzkreuze, wie torkelnd auf dem felsigen Grund, gehalten durch sparsam aufgehäufte Erde. Kunststoffblumen, kein Name. Unten am Felsrand verwitterte Steinhügel, mit Flechten und Moos bewachsen, ohne Kreuz – die alten Gräber der Jäger von Angmagssalik.

Prantl geht zu einer Kate am Strand, die sein Vorgänger als Treibhaus erbaut hatte; er zog fort, bevor das erste Grünzeug aufkommen konnte. Prantl benutzt sie gelegentlich als Schuppen, zum Abstellen von unnützen Sachen. So hat er wütend sein Kajak hierhergeschleppt, nachdem er im Frühjahr die Rolle nicht mehr geschafft hatte. Es lag dann im Weg, er konnte an die Flaschen nicht heran. Seitdem lagert das Kajak wieder unter seinem Haus neben leeren Ölfässern und verwittert langsam, wie alles hier, viel zu langsam, nur das Leder wird ohne Einfetten morsch.

Er nutzt den Umstand, daß die Kate am anderen Ende des Orts liegt, um hier Vorratsflaschen zu lagern. So muß er durch das ganze Dorf, wenn es im Haus nichts mehr gibt. Die Regel ist, daß er immer nur eine Flasche nimmt – Ein-

Mann-Spiele, einsame Übungen; im Winter bei Schneestürmen und in der Dunkelheit nicht so einfach. An Wochenenden geht er oft dreimal.

Die Halbstarken im Ort haben es längst herausgefunden; jetzt gehört es zum Spiel, die Flaschen immer anderswo zu verstecken. Viele Möglichkeiten gibt es in der Bude nicht.

Seit hier Konrad Kleist sein provisorisches Chemielabor eingerichtet hat, ist es schwer, überhaupt etwas zu finden. Er hat sogar mit einer PVC-Plane wieder ein Treibhaus gebaut; in einer dünnen Schicht Erde kauern niedrige Gewächse, stachlige Knollen, die nicht wachsen wollen, Kleists Kakteen; bei seiner Ankunft waren sie größer.

Kleist ist seit einem Jahr in Angmagssalik, graduierter Absolvent der Universität Aarhus. Die Schüler mögen ihn, wegen seiner Experimente, die er meist für sich sprechen läßt, ohne Erklärung. Sein violetter Rauch durch Jodsublimation, die Selbstentzündung von Glycerin/Permanganat, das schauerliche Gefühl des Eintauchens eines Fingers in Quecksilber – die Welt öffnet sich immer weiter. Seine Karbidfeuer auf dem Eis im Winter, die Magnesiumfackel unter Wasser haben ganz Angmagssalik in helle Aufregung versetzt. Der Angakok war gekränkt und ließ sich eine Woche lang nicht blicken, bis man ihm eine frische Seehundsleber und fünf Schneehühner brachte. Daraufhin erklärte der Schamane, das Unterwasserfeuer hätte er vorher mit der Herrin der Seetiere abgemacht. Kleist war es recht.

Sein bisher größter öffentlicher Triumph war das Verwandeln von Alkohol in Äther; zwar verschwand der kostbare Geruch, dafür war die Wirkung des neuen Stoffes auf die Bevölkerung doppelt so stark.

Seine Stunden sind im Lehrplan eigentlich nicht vorgesehen, ebensowenig wie Prantls Englisch, aber Brennhovd ist in seiner ›Aufbauphase‹ ehrgeizig und außer einer leichten Verunsicherung im Grunde stolz auf solchen Fachnachwuchs. In pädagogischer Hinsicht hält er Kleist für fast so bedenklich wie Prantl, wegen seiner Jugend hegt er aber noch eine gewisse Hoffnung. Kleist läßt sich jedoch auf kein Gespräch mit ihm ein.

Seit der letzte Schneeorkan sein Haus zerstört hat, samt Laborausrüstung, ist er noch schweigsamer geworden. Er fährt stundenlang hinaus, ist verschlossen, scheint aber zäh zu sein; nach der Verwüstung dachten die meisten, jetzt wird er seine Sachen packen, er blieb aber. Seit er Prantls Treibhaus benutzen kann, lebt er auf.

Zu Prantl hat er Zuneigung gefaßt. Wenn er von seinen Kakteen probiert hat, erzählt er von seinen baltischen Vorfahren, von der verhängnisvollen russisch-deutschen Umarmung, in der die kleineren Völker seit Jahrhunderten mitgequetscht und verformt werden – allen voran die Balten, nicht erst seit Hitler und Stalin.

Die Tür ist angelehnt, der ätzende Geruch läßt keinen Zweifel: Kleist kocht. Es blubbert, die Luft ist dick.

Er liegt auf Prantls ausrangierter Matratze, mit starrem Blick, singt vor sich hin: I am only bleeding…

»Was ist los?«, Prantl läßt die Tür offen.

»Nichts. Bist du es, Otaq?«, Kleist ist freundlich, geradezu heiter. »Ein Stück?« Er bietet Prantl von seiner mageren Ernte an.

»Nein, danke. Was macht das Haus?« Prantl kann den gereizten Ton nicht ganz unterdrücken.

»Ich warte auf Bretter.«

Er kaut. Das Peyote ist zu schwach, die grönländische Sonne kann keine Wunder schaffen, aber der Sommer fängt erst an. Er lächelt zuversichtlich. Was in der einen Hälfte der Bude nicht aufgeht, synthetisiert er in der anderen, über dem Spiritusbrenner; Provisorien, aber manchmal wirksam. Das Rezept für Meskalin hat er Prantl angeboten, als Miete, aber Prantl hat abgelehnt, wie schon vorher frischen Salat, den ihm der Chemiker in Aussicht gestellt hat.

Prantl sieht sich um, die Flaschen sind da; Kleist versorgt

sich auf eigene Weise. Prantl zieht seinen Aquavit heraus, überlegt kurz, und deponiert statt zweien nur eine Flasche; so schnell will er nicht wiederkommen müssen.

Kleist nimmt den Glaskolben vom Dreifuß und stellt den Sud zum Abkühlen beiseite.

»Wieso bist du eigentlich hier, als Chemielehrer. Hat es für eine Karriere nicht gereicht?« Prantl verzieht den Mund.

»Ich bin inzwischen auch Glaziologe geworden«, Kleist lächelt glasig.

»Die Eisvermessungen sind gelaufen.«

»Man kann noch an die Zusammensetzung heran ... Ich kann dir sagen, wie warm es hier vor fünftausend Jahren war.«

»In dieser Kälte will ich es gar nicht wissen«, Prantl lacht.

»Ich habe mich ursprünglich auf Mikrobiologie spezialisiert, Chemie kam später. Dann die Zellbiologie – ich als junge Hoffnung«, Kleist grinst.

»Warum bist du nicht dort geblieben, ›gereift‹?«

»Es gab mehrere Gründe. Wenn ich es so überlege, war es mir dort schon immer zu warm«, Kleist lacht. »Und dann, das ›Institutsklima‹ – ein paarmal haben sie mich auf Kongresse mitgenommen, herumgereicht. Wir arbeiteten an einer neuartigen ..., das würde dich nicht interessieren. Der Professor wußte nicht einmal, wovon ich sprach! Das konnte er auch nicht, bei seinen Reisen. Diese vagabundierenden Experten!«

Prantl zuckt mit den Schultern. »Die Wissenschaftler sind eben emsig, ich kenne das von den Philologen.«

»Ich hatte noch einen speziellen Grund«, Kleist starrt vor sich hin, trinkt von seinem Absud. »Schon was von der Gebärmutter der Henrietta Lacks gehört?«

»Nicht direkt«, Prantl ist verwirrt. »Zumindest hoffe ich.«

»Dann sei froh.«

»War sie so fruchtbar? Oder – in Brennhovds Sinn: Haben Sie sich was zuschulden kommen lassen?«, Prantl grinst.

»Sie war voll Krebs.«

»Das ist leider nichts Einmaliges.«

»Doch. Sie war eine Negerin«, Kleist flüstert. »Sie ist tot, aber ihre Krebszellen leben weiter, werden kultiviert, herumgereicht. In der ganzen Welt gibt es die HeLa-Zellen, sie sind zäh, halten sich besser als andere, setzen sich durch, greifen die anderen Zellkulturen an.«

»Was sagst du da?«

»Ja, sie werden gezüchtet. Sie ist gewissermaßen unsterblich. Sie ist an Krebs gestorben, und ihr Krebs ist unsterblich.«

»Was macht man damit?«

»Wenn du flächendeckend nach einer wirksamen Chemotherapie suchst, brauchst du eine einheitliche Kultur. Die Zellen von Henrietta halten sich besser, sind widerstandsfähiger, oder sagen wir, lebendiger, in vitro als die anderen in vivo.«

»Das ist unangenehm«, Prantl nimmt einen Schluck von dem Sud und erschauert – so bitter hat er es nicht erwartet.

»Die anderen Zellinien sind Weißen entnommen worden«, sagt Kleist. »Sie lassen sich identifizieren.«

»Wie?«

»Die G6PD der Schwarzen unterscheidet sich vom homologen Enzym der Weißen, das kannst du elektrophoretisch nachweisen.«

Prantl sieht Kleist an.

»Du glaubst mir nicht?«

»Doch.«

»Die G6PD ist Glucose-6-Phosphat-Dehydro...«

»Ich glaube dir wirklich!«

»Na gut«, Kleist ist beruhigt. »Der Unterschied geht auf ein verändertes Allel zurück und ist deshalb als ein Marker für die HeLa-Zellen verwendbar, verstehst du?«

»Das klingt irgendwie obszön und ziemlich rassistisch«,

sagt Prantl. – Der Trunk hat es in sich. »Und das wird gezüchtet?«

»Zellen in Kultur sind nicht einmal so anspruchsvoll«, sagt Kleist. Er ist zwar abgedreht, bleibt aber im Fach. »Kritisch ist der pH-Wert: unterhalb von 6,8 und oberhalb von 7,6 sterben die Zellen ab.«

»Laß das!«

»Es sind nur Zellen«, sagt Kleist. »Wenn es dich beruhigt, die besten Kompromisse bilden Glycilglycin- und Trispuffer, neuerdings auch die HEP-Äthansulfonsäure.«

»Hm.« Prantl hat den Faden verloren.

»Aber du hast recht, eukaryotische Zellen sind in gewisser Hinsicht soziale Wesen.«

»Was?«

»Na gut, sagen wir, symbiontische. Eine einzige Zelle stirbt, wenn sie allein bleibt. Nimm noch einen Schluck.«

Prantl schüttelt den Kopf.

»Es hat mich einfach deprimiert«, sagt Kleist, »mit den HeLa-Zellen der toten Henrietta, die vor zwanzig Jahren gestorben ist, zu arbeiten. Das bringt die gute Hela nicht zurück.«

»Wo war es?«, fragt Prantl.

»John-Hopkins-Hospital, Baltimore. 1951 – da war ich sechs Jahre alt. Das machte mich fertig. Es hat mir allmählich jede Lust genommen, weiter zu machen. Da weißt du, du hast etwas mit einem Tumor, mit einem Geschwulst, dem geht es gut, und der Rest, der Mensch, ist tot.« Kleist trinkt, ohne eine Miene zu verziehen.

»Ich habe täglich Umgang mit einem Tumor, mit einem Krebsklumpen. Mein täglicher Umgang. Mein Kumpel, sozusagen. Das kann einem auf die Leber gehen, einer anderen geht es auf die Gebärmutter.« Er trinkt aus. »Hä, mescal. Wie schmeckt es dir?«

»Dieses Gebräu? Scheußlich.«

»Es ist auch nicht echt. Vorläufig mußt du den Kaktus kauen, aber diese geben nicht viel her. Ich werde es synthetisieren, brauche aber ein paar Sachen«, er sieht Prantl an. »Gallylaldehyd, einen Liter, und eine Drehschieberpumpe, bis 0,1 Torr zum Reinigen.«

»Was?«

»Torricelli«, sagt Kleist. »Falls du verreisen solltest.«

»Wohin, nach Nuuk?«, lächelt Prantl.

»Nach Europa, zum Beispiel.«

»Wie kommst du darauf?«

»Nur so.«

Prantl fällt ein, daß es heute schon der Zweite ist, der ihn fortschicken möchte. Er geht.

Von der Schule her klingt ein Schülergesang:

taqigdlune name atúngiveqaoq,
kalatdlit, sujumut makigitse!
inugtut inuneq pigiuminaqoaq
saperase isumaqaleritse!

Unmöglich noch weiter in Ruhe zu verweilen. Grönländer steht auf...

Prantl denkt an seinen Unterricht, stellt sich vor, wie seine Schüler Shakespeare spielen.

Es könnten nur ein paar Szenen sein – er würde ihnen die Texte in grönländisch, dänisch und englisch verteilen. Nur ein paar Bilder:

– Hamlet, der Däne, mit dem Geist des Vaters.

– Die Balkonszene und der Tod der beiden Kinder aus Verona – a glooming peace this morning with it brings...

– Lear mit der toten Cordelia im Arm, oder lieber mit seinem Narren, bevor der sich zu Mittag schlafen legt. Šašíčku můj, mám ještě kousek srdce, a v něm mi tebe žel. – Die tschechische Übersetzung hat ihn immer mehr gerührt als das Original.

– Die verkleidete junge Viola, in die sich Olivia verliebt; zu Shakespeares Zeiten beide von Jungen gespielt. Er würde Mädchen nehmen.

– Kleopatra, zu Grabe gebettet. Woher eine Schlange nehmen? – Is this well done? It is well done, and fitting for a princess, descended of so many royal kings. Ah! soldier.

– Lady Macbeth, und ihr Mann: To-morrow, and to-morrow … sound and fury.

– Falstaff, von seinem vornehmen Kumpanen verlassen; der alte Saufbold allein in der Kneipe. – Das würden sie nicht verstehen.

– Und als Höhepunkt – Bottom: Den Löwen gebt mir auch! – Und den Eisbären dazu!

Sie können ihre Ode an den Mond und an den Neuschnee singen, an die Mutter der Seetiere. – Und als Kulissen Eisberge.

Im Moment scheint ihm dieses karge Dorf der passendste Ort für Shakespeare zu sein.

Er nimmt den Weg am Hafen, an der Fischmehlfabrik entlang, wo sich Möwen in Scharen mit schrillen Schreien auf die Mehlsäcke herunterlassen und von Hunden und Kindern gejagt werden. Halbstarke stehen herum, rauchen, trinken hinter den gestapelten Säcken und machen sich über die jungen Arbeiterinnen lustig, die jetzt Pause haben. Kinder spielen im Müll, der überall herumliegt – erst der Schnee deckt wieder alles zu. Sie laufen herum und malträtieren die streunenden Hunde, die sich im Sommer zu einer rudelstarken Plage auswachsen und ohne Aufsicht, ohne Füttern auch die kleinen Kinder angreifen können, wenn sie vor Hunger wild geworden sind. Es wurde in der Gemeinde beschlossen, daß sie angekettet werden, es kümmert sich aber keiner um die Durchführung.

Prantl geht zwischen halbgedeckten Gebäuden, notdürftig repariert, mehrere Häuser nur als Trümmer vorhanden, von denen das Holz bereits weggeschleppt wurde. Folgen des orkanartigen Piteraq, der im letzten Februar große Teile der Stadt zerstörte und Menschen und Tiere durch die

Luft wirbelte. Ganze Straßenzüge tragen noch Spuren dieser Verheerung.

Die Kinder drängen sich um ihn und wollen Bonbons, Zigaretten, Schnaps, manche mit offenen Wunden und Grind. Prantl weiß, daß die Hälfte von ihnen die Schule schwänzt, weil sie auf die jüngeren Geschwister aufpassen müssen, während die Eltern ihren Kater ausschlafen oder die glücklicheren sich an den getrockneten Fischen in der Fabrik die Hände blutig reißen. Er kennt das Gefühl, wenn das Salz in die frischen Risse eindringt. Der brennende Schmerz wird abends zum stumpfen Prickeln, das nie ganz verschwindet – fließendes Süßwasser ist kaum da, und die Hände am Eis zu reiben macht die Risse und den Schmerz nur größer.

Er verteilt die sauren Drops unter sie und geht, einige begleiten ihn, ohne noch etwas zu wollen, lachen, haschen sich, versuchen ihn in ihre Balgereien einzubeziehen. Er ist heute zu matt, macht nur ein paar halbherzige Ausfälle, die Kinder kreischen vor Aufregung, merken aber, daß es heute nichts mehr wird, lassen bald von ihm ab, hüpfen zwischen den Häusern – schon haben sie jemanden anderen gefunden.

Er ist aus dem Ort heraus und macht einen Umweg über das Plateau, an dessen Fuß Angmagssalik liegt. Die Luft ist frisch, jetzt im Mai geht die Sonne kaum noch unter, zwanzig Stunden volles Licht, die kurze Dämmerung bringt keine Erholung. Eine kaum faßbare Vielfalt von Farben, Formen, Gerüchen – das alles dauert nur ein paar Wochen, es muß schnell gehen. Die Intensität des Polarsommers. Des Frühlings – es fängt erst an.

Prantl lehnt an einem Felsvorsprung, der Granit fühlt sich warm an, er nimmt einen Schluck aus der Flasche und holt Zigaretten heraus, das Anzünden ist schwierig. In den Steinritzen sieht er spärliche Büschel gelber Blumen im Wind flattern und kleine Oasen Gras die Farbe wechseln, von sattgrün zu silbern, von lichtgrün zu braun, dazwischen

Felder blauer, weißer, lila Blüten. Am Horizont, so weit das Auge reicht, blendend weiße Eisberge im Meer, beim Wegsehen werden sie blau. Ein paar Schritte von ihm hockt eine Eiderente, er erkennt sie an einer unruhigen Bewegung, als er zu nahe kommt. Aus ihrem Gefieder lugen zwei kleine Schnäbel, jetzt sieht er auch ein Auge, das ihn beobachtet, allmählich erkennt er, daß um ihn herum lauter Enten hocken, er ist in eine Brutkolonie geraten und geht an den Rand des Plateaus zurück, um nicht zu stören, dabei macht er eine Kolonie Möwen unter sich nervös; zwei Schneehasen schlagen Haken zwischen den Nestern. Das Leben inmitten des Eises quillt aus allen Fugen.

Ein Kajak zwischen den Eisbergen bahnt sich den Weg durchs Treibeis. Das ist vielleicht der Grund, warum er hier lebt – dieser Widerspruch, der so stimmig ist: die großen Schiffe haben neben den Kajaks und Umiaks keine Chance, an die Eisbrocken so nahe heranzukommen. Einen Umiak, das offene Frauenboot, hat er schon lange nicht gesehen.

Er steigt hinunter zum Ort, an einer Leine mit gewaschenen Kammiks, den weißen Stiefeln der Frauen, vorbei, daneben ein Kajakstapel auf hohem Gestell, damit die Hunde die Bespannung aus Robbenfellen nicht auffressen können. Eine alte Frau mit einer starken Brille neigt sich über ein Stück Seehundfell und näht. Sie schaukelt leicht hin und her und singt monoton:

ilippuaalaa qiliniarsinngaalaa
qannaajaa eeriieejie
kiisa sepeerdivakka digiddarpaat
qannaajaa eeriieejie …

Hilf mir ich falle
Das Wasser geht über meine Füße
Hilf mir ich falle
Das Wasser geht über meine Knie

Hilf mir ich falle
Das Wasser geht über meine Beine,... Brust,... Nacken,...
Kopf...
Hilf mir ich falle.

Es ist ein Lied an den schwarzen Vogel, ein alter Trommelgesang aus der Gegend.

Prantl nickt ihr zu, sie nickt zurück, ohne aufzusehen.

Ein kleines Mädchen sitzt vor der Hütte, mit einer geschnitzten Puppe, und guckt düster mißtrauisch drein. Prantl greift in die Tasche und findet noch ein Bonbon, sie nimmt es ohne zu danken. Sie kennen das Wort, qujanaq, oft hat er es aber nicht gehört. Sie haben ihre eigene Art, sich Freundlichkeiten zu merken.

Sein Holzhaus am Rande der Siedlung ist nicht abgeschlossen, er riecht sofort den Trangeruch, vermischt mit Veilchenduft, die Sensation unter den Mädchen von Angmagssalik. Hegwald muß eine Ladung aus Godthåb bekommen haben. Oder trinken sie heimlich Petroleum? Das scheint fast wahrscheinlicher zu sein, an Petroleum ist leichter heranzukommen, es ist billiger. Trangeruch allein ist schon unerträglich, mit Veilchen vermischt erweckt er geradezu Brechreiz.

Im Zimmer ist niemand, aber sein Bücherbord ist durcheinander, sie suchten wieder nach ›Abbildungen‹. Aus der Schlafkoje Geräusche, Kichern, Tuscheln, entzücktes Kreischen. Er reißt die Tür auf, die Bettdecke wölbt sich, drei (?) Beine in weißen Kammiks ragen hervor, stämmige O-Beine grönländischer Mädchen, an der Westküste sind sie etwas länger und gerader. An der Westküste ist alles etwas leichter, auch sich in die Mädchen zu verlieben, oder sie zumindest zu dulden, gleichzeitig ist man dort nicht so allein, also bleibt das Verlieben aus, dort wie hier. Hier an der Ostküste gibt's dafür Eisbären.

»Kommt da heraus! Hört ihr?«

Tuscheln, gedämpftes Lachen.

Jetzt werden sie es sehr komisch finden und es für ein Spiel halten. Sie wälzen sich im Bett, die Decke über die Köpfe gezogen, allmählich kommt von ihnen immer mehr zum Vorschein, die eine hat schon kein Hemd mehr an, die Brüste sind klein, flach. »Verschwindet sofort, bevor ich euch hinauswerfe!«

Langes Haar, wildes Kreischen, schön sind sie, mit ihren kleinen braunen Brüsten und festen Beinen. Jung, zerzaust. Nicht mit zweien auf einmal. Er würde sich kontrolliert vorkommen, beobachtet, verglichen. Das geht nicht. Nicht heute. Er ist nicht nüchtern genug. Von seinem Einkauf ist schon eine Flasche zur Hälfte ausgetrunken. »Ich sage, verschwindet!« Er reißt die Decke ab, Ulla und Signe, ihre Freundin, die auf die Schule pfeift, sie hat eine Aushilfsstelle in der Fabrik und ist unabhängig, die könnte den Veilchengestank angeschleppt haben – sie liegen da und kugeln sich vor Vergnügen.

»Lösch die Lampe! Lösch die Lampe!«

»Laßt den Unsinn! Es ist keine Lampe an.«

»Dann mach die Tür zu. Mach's dunkel!«

»Ihr werdet mich mit euren Spielen nicht aufhalten, ich hab' zu tun!«

»Otaq, komm zu uns, leg dich zu uns! Komm, Löschlampen spielen!«

»Ich habe von euch die Nase voll, wißt ihr, wie ihr stinkt!«

»Schön riechen wir, komm zu uns!«

»Jetzt ist's genug!«, er schmeißt die Jacke von Signe aufs Bett und zerrt Ulla am Arm hoch. »Wenn ihr nicht verschwindet, bis ich zehn zähle...«

In dem Gezerre, als sie ihn zu sich ziehen wollen, fällt seine Leselampe herunter. »Die Lampe ist aus! Er hat die Lampe gelöscht! Otaq!«

Als sie gegangen sind, die Ananaskonserve haben sie mitgenommen, kommt ihm alles verwahrlost vor, unsinnig. Was will er hier eigentlich. Einmal Ulla ins Haus gelassen

– sie kam von selbst, und er war zu allein oder zu betrunken, um sie wegzuschicken, es gab auch andere – und man wird sie nicht mehr los. Brennhovds Anspielungen, sein pädagogischer Eifer, seine christliche Nächstenliebe. Die zweite Wange! Fett, aufgedunsen, Heimweh nach seinem Norwegen, trinkt wie ein Loch, wer tut es hier nicht? Dabei bekennerhaft, unglücklich und erfolglos – wer glaubt schon an den Zauber? Die Grönländer tragen gern Kerzen zum Advent und singen ›Stille Nacht‹, aber sie singen einfach gern. Sie würden jeden Text singen, Hauptsache, es ist laut.

Brennhovd weiß, daß er von ihm immer das gleiche zu hören bekommt, versucht es aber immer wieder. Ist auch allein. Die Zänkereien mit seiner Frau, das beredte Schweigen seiner Haushälterin, das Biest kann wirklich gemein sein. – Das ist ihm offensichtlich noch zu wenig. Wir sind hier alle gescheitert.

Prantl vergißt die Enten und daß das Leben aus allen Fugen sprießt – es ist öde, hoffnungslos, trangetränkt. Und voller Misere. Und angebrochenem Stolz von Menschen, die sich nicht mehr zurechtfinden. Es ist nicht ihre Welt.

Er hört ein Flugzeug rattern – ein Helikopter über dem Heliport, hört schwach die Kinder im Ort aufgeregt rufen. Das sind ihre Sensationen. Und das bißchen Kaugummi von den Soldaten.

Pädagogischer Kongreß am Semmering? Trostloser wird es auch nicht sein!

2

Im Frühstückssaal der Hotelpension ›Waldruh‹ haben sich vierzig Teilnehmer versammelt, man wartet noch auf Spätkommer. An Prantls Tisch sitzt ein holländisches Ehepaar, der Mann hat sich vorgestellt – ein doppelter Ach-Laut, vertraut kehlig. Prantl hat nicht genau verstanden und fragt nicht nach, noch sind sie Hotelgäste, privat, er möchte diesen Zustand nicht verändern, aber der Holländer ist bereits auf die Tagung eingestellt und wiederholt Prantls Namen, als möchte er ihn sich merken.

»Aus Grönland?«, er blättert neugierig im Programm. Prantl sieht seinen Namen handschriftlich nachgetragen; Brennhovds gedruckter Name ist gestrichen, aber immer noch leserlicher. Angmagssalik ist falsch geschrieben.

Der Holländer ist Pädagogikprofessor in Eindhoven, seine Frau Lehrerin in Vlissingen, wo die Familie wohnt. Sie ist deutlich jünger – wahrscheinlich seine ehemalige Studentin; Prantl entziffert die kontinentalen Verhältnisse mit einiger Verzögerung, wie das Blumenmuster auf dem Tischtuch: es sind Vögel. Er fährt mit der Hand über die Oberfläche, Wichsleinwand, es fällt ihm ein, daß er als Kind ›Wichsweiland‹ sagte. Die Frau ist hübsch, sommersprossig. »Vlissingen? Dort war Janáček.«

Sie lächelt, zuckt mit den Schultern. »In Eindhoven ist Philips«, sagt der Mann. Der dritte Obstler schmeckt nicht mehr. Prantl steht auf, um etwas anderes zu holen.

Das Ehepaar setzt sich inzwischen an den zentralen Tisch, wo der Kongreßleiter, Professor Hayek von der Universität Wien, die Tagung eröffnet; auch für Prantl ist ein Platz reserviet. Hayek begrüßt die Anwesenden im Namen der Österreichischen Gesellschaft für Pädagogik und stellt ihnen seinen Stellvertreter vor, Magister Alois Dohnal, Schuldirektor und Karpfenzüchter aus Mariazell, der die Organisation besorgt hat. Einige Programmänderungen werden angekündigt. Die Erwähnung der Karpfenzucht erweckt allgemeine Heiterkeit; Prantl merkt den einheitlichen Willen der Anwesenden, die Tagung zu einem Erfolg werden zu lassen. Er denkt über das Wort Karpfenzucht nach.

Als Hayek die Teilnehmer vorstellt: »...und sogar aus Grönland – wir begrüßen unseren Kollegen...« – er sucht in der Liste und zeigt in Richtung Prantl – bekommt der neben ihm sitzende sowjetische Pädagoge viel Applaus. Es ist Vjačeslav Ponomarenko aus Lwow, früher Lemberg, wie der konziliante Vorsitzende zu erwähnen nicht versäumt, Koryphäe auf dem Gebiet der Makarenko-Forschung, von einer usbekischen Mutter und einem Weißrussen; seine Gesichtsfarbe ist Mischung von beiden, dazu breite Bakkenknochen und helle Schlitzaugen. Die Teilnehmer klatschen heftig Beifall. Prantl wünscht, daß dieser Irrtum anhält, aber schon der übernächste Teilnehmer, der vorgestellt wird, der Ukrainer Igor Borolič, offensichtlich ein Nationalist und Anti-Makarenkianer, zeigt unmißverständlich auf Ponomarenko und bezichtigt ihn der Anhängerschaft zu dem zweifelhaften Bahnbrecher der sowjetischen Frühpädagogik. Die Teilnehmer sehen sich irritiert nach ihrem verlorenen Eskimo um; Prantl muß aufstehen und sein mitteleuropäisches Gesicht zur Schau stellen. Allgemeine Enttäuschung.

Auch ein Tscheche ist da, das korrespondierende Mitglied der Akademie der Wissenschaften Bohumil Frölich, mit weichem Bauch und schütterem Haar, er macht einen unsicheren Eindruck, als wäre er gerade einer Streichung aus der Partei entgangen. Während der Kaffeepause, als Prantl ihn anspricht, weicht der anfängliche Freudenschimmer in Frölichs Augen einem vagen Schrecken; es steht kein weiterer Tscheche auf der Liste.

»Sind Sie aus Olomouc?«, fragt er vorsichtig.
»Nein, ich bin aus Prag.«
»Dann sind wir zwei.« Frölich lächelt angestrengt. »Sind Sie von der Universität des 17. November, Genosse?«
»Ich bin von der Universität Angmagssalik, Bruder.«
»Also dann sind Sie…« Frölich begreift. Es ist doch der seltsame Eskimo – er dreht sich um, hinter ihm steht der Ukrainer und hört zu. Frölich fragt nicht, wann Prantl weg ging – die vor '68 sind noch schlimmer!, und drängt sich hastig zu den westlichen Pädagogen durch, die meist aus Ländern kommen, in denen sie geboren sind. Schon ist er im Gespräch mit einem großen lärmenden Amerikaner mit brauner Tabaksaftspur im Bart, der jedem auf die Schulter klopft und John Bentley II heißt.
– Zwei junge Pädagogen aus Westdeutschland sprechen laut von Summerhill und von ihrem '68.
– Ein älterer Gelehrter aus Metz gibt Witze zum Besten darüber, daß Rousseau seine Kinder ins Waisenhaus gesteckt hat.
Ein finnischer Pädagoge aus Jyväskylä hält sich abseits und beobachtet das Treiben.
»Sie werden über Ihre Erfahrungen mit der Alphabetisierung der Lappen berichten, nicht? Da kann dann Ihr Kollege aus Grönland anknüpfen«, lächelt der Vorsitzende.
»Der Samen«, sagt der Finne.
Einen gewissen Glanz verleiht dem Treffen die Anwesenheit zweier jungen Wissenschaftler aus Cambridge, die selbstsicher Wasser nach dem Essen verlangen, kein Mineralwasser, das ihnen die Bedienung in Rechnung stellen könnte; sie wird von ihnen mit mehr Klassendistanz behandelt als von den anderen, die für ihre Getränke zahlen. Frölich mit seiner schmalen Brieftasche wagt es nicht, beim Wasser zu bleiben; ein kleines Bier muß es schon sein. Auch der Russe und der Ukrainer leben in ständigem Widerspruch zwischen ihrem Durst und ihrer Währung.
Die Engländer sprechen kaum mit anderen. Sie stehen

nicht auf dem Programm, man munkelt, daß sie mit einer Überraschung kommen wollen, Näheres ist nicht bekannt. Sie gehen oft hinaus oder unterhalten sich laut inmitten der Diskussion; man wagt nicht, sie zu mahnen.

Die Kandidatin der pädagogischen Wissenschaften, Galina Těremeškova aus Suchumi, für die Beschulung der Abchasen mitverantwortlich und im Unterschied zu den meisten hier von gesunder Bräune, fühlt sich von ihnen angezogen; weniger von dem sportlichen Plumpton als von dem bläßlichen Screwley; die Sympathie wird nicht erwidert.

Es ist noch eine Frau da, die amerikanische Pädagogin Norma Iggers vom jesuitischen St. Spirit College aus Idaho, hager, von gelblicher Gesichtsfarbe, mit unruhigem Busen in einer cremefarbenen Bluse mit einer Schleife am Hals. Die quakerhaften Brüste machen einige Teilnehmer unruhig, vor allem die sowjetischen.

Am Abend des ersten Tages entflammt eine heftige Debatte: Dürfen Kinder geschlagen werden? Die meisten wissen, was man von ihnen erwartet und bringen entsprechende Argumente: gut zureden, erklären, Geduld, die Kinder sollen realisieren ... – am lautesten die ledigen Deutschen. Ab und zu kriegt er eine, lacht der Amerikaner; er spricht von seinem erwachsenen Sohn.

Warum eigentlich nicht?, lächelt der Franzose. Auch Rousseau hätte, wenn er die Kinder nicht rechtzeitig...

Sie würde Kinder alles tun lassen, Hauptsache sie vertrauen auf Gott, erklärt Iggers.

Die Engländer wollen sich gar nicht äußern, bis der asthenische Screwley durch die Zähne zischt: Nur zu!

Hayek versucht zu vermitteln und an das pädagogische Ethos der Anwesenden zu appellieren. Sollten nicht gerade wir noch andere Wege suchen...? Trotz der vorgerückten Stunde?

Vjačeslav Ponomarenko ergreift das Wort:

»Sehr geehrte Genossen, äh, Freunde, Kollegen!

Erlauben Sie mir, daß ich mich zuerst bei der Österreichischen Gesellschaft für Pädagogik für ihre freundliche Einladung herzlich bedanke. Für uns alle! Das ist der Beweis, daß die Werke unseres marxistischen Pädagogen und Wissenschaftlers, des großen pädagogischen Genies dieses Jahrhunderts, Anton Semjonowitsch Makarenko, immer mehr an Echo gewinnen.«

Die Teilnehmer sehen sich an.

»Es ist kein Wunder. Als 1949, anläßlich seines zehnten Todestages, das Präsidium der Akademie der Pädagogischen Wissenschaften der RSFSR beschloß, seine Werke herauszugeben, war ich noch sehr jung. Ich war ein junger Anwärter auf die Ehre, Volkslehrer zu werden, Erzieher unserer Jugend. Freunde, Sie kennen das, die Ungeduld, endlich ans Werk, ins Leben hinauszuschreiten, wie unser geliebter Anton Semjonowitch sagen würde. Der Weg ins Leben. Ja, das war es, was mich bewog, mein Studium abzubrechen, gleich im ersten Jahr, und in die Praxis, aufs Land zu gehen. Was heißt, bewog, ich wurde gerufen, Freunde, und da geht man. Das werden Sie verstehen. Wir alle gingen. Sie war heilig, diese Aufgabe. Wenn Sie bedenken, wie die Bezprizorniki auf den zaristischen Straßen herumlungerten – wer den überaus packenden und künstlerisch hochgeschätzten Film gesehen hat – wo sie der Frau zum Beispiel das Hinterteil... ich meine, von ihrem Pelz, Sie wissen, hinten am Mantel, das schneiden sie mit der Gilette aus, ja, ganz geschickt die Jungs, und rennen, bevor die Polizei kommt. Die dicke Kulakin merkt es erst, als sie sich an den Hintern faßt, haha...!

Aber zur Sache. Makarenko war auch jung, auch er voller Ideale, unseren Traum von einem freien Menschen zu verwirklichen. Und was macht Makarenko? – er wird berufen! Sie wissen, wenn ich sage ›berufen‹ – kaum ein anderer Beruf ist so ein Beruf im eigensten Sinne des Wortes – ja, berufen, von der Partei, von der Gesellschaft, aber Partei und Gesellschaft, das ist ja das gleiche. Die Partei ist eigentlich vor der Gesellschaft da, als ihre revolutionäre Vorhut, sozusagen. Sie bestimmt, sie spürt heraus, was die Gesellschaft braucht. Neue Lehrer, Kollegen! Gut, ich bleibe bei ›Kollegen‹, nicht alle hier sind Genossen, obwohl wir doch alle am gleichen Strang..., nicht wahr? Anton Semjonitsch geht und nimmt diese schwere Aufgabe auf sich.

Sie erinnern sich aus dem Film sicher, wie die Jugendlichen stehlen, wie sie aussehen, wie ungepflegt – ja, ich zögere nicht zu sagen: verkommen sind sie! Die Revolution hat sie befreit, natürlich, aber sie wissen mit diesem großen Geschenk nichts anzufangen. Noch sind sie nämlich nicht wirklich frei. Weil sie sich benehmen wie die letzten Bengel unterm Zarismus! Sie stehlen und plündern, auch Vergewaltigungen sollen vorgekommen sein – meist an fetten alten Witwen, Kulakenbagage das Ganze, oder frömmelnden Weibern, die nichts anderes in den Revolutionstagen zu tun haben als vor Altären zu winseln, oder, als endlich die Kirchen zugebrettert wurden, hinter den Mülltonnen mit Asche. Und weswegen, frage ich Sie? – Weil sie endlich befreit wurden!

Das nenne ich revolutionäres Bewußtsein, meine Lieben! Keine Ahnung, aber beschweren möchte sich so eine! Die Beschwerden häufen sich. Und wer ist der Verbrecher, wer hat schon wieder was ausgefressen? Die Bezprisorniki natürlich. Schon wieder! Immer auf die Schwachen!

Aber die Partei muß hart sein. Natürlich sind diese Kinder Opfer – Opfer des zaristischen Regimes, der verotteten zaristischen Moral, Opfer...«

Die antiautoritären Pädagogen aus Westdeutschland klatschen Beifall.

Ponomarenko sieht überrascht auf: »Danke, Täubchen, jedenfalls... wo bin ich steckengeblieben. Makarenko nimmt diese Aufgabe auf sich. Die Partei sagt ›du mußt, Genosse‹, und der Genosse geht. Wie ein Frontsoldat. Jawohl, ein Frontsoldat!«

Der DDR-Teilnehmer applaudiert jetzt vorsichtshalber

mit. »Jedenfalls Makarenko, ja, Anton Semjonitsch... In dem Film war noch zu sehen, wie die dicke Frau ißt – erinnert ihr euch, wie sie ißt? Sie ist dick genug. Aber sie stopft sich voll, sie frißt, das Fett tropft ihr aufs Kinn, einfach widerlich. Und draußen – die Bezprisorniki... sie lugen durchs Fenster und sehen diese Alte, diese fette Witwe, Kulakin...«

»Bravo!«

»Also die Dicke frißt. Und Makarenko soll das in Ordnung bringen. Ich weiß nicht, Genossen, was würdet ihr an seiner Stelle tun.«

Borolič: »Jedenfalls, er kann Frauen nicht ausstehen, das wissen wir inzwischen.«

Die Engländer tauschen einen bedeutsamen Blick und rücken näher, obwohl sie gerade gehen wollten. Machen Notizen ins kleine clandestine Heft.

»Makarenko also fängt an, baut die Kolonie auf, und führt die Bezprisorniki auf den Weg ins Leben...«

Applaus.

Eine Stimme aus dem Plenum: »Herr Kollege, eine Frage – auf wieviel Bände ist die Gesamtausgabe geplant? Ist sie abgeschlossen? Wir haben nun mal, seit '49 jetzt 1971. Was haben Sie dann gemacht? In welche Sprachen...?«

»Ja, gut daß Sie mich erinnern – natürlich, schon abgeschlossen.«

»Soviel hatte der Bursche wiederum auch nicht geschrieben«, sagt Borolič.

»Doch, sieben dicke Bände sind es geworden! 1934 ist er sogar in den russischen Schriftstellerverband aufgenommen worden!«

»Mußte er nicht auch mal unterrichten?«

»Es war kein Unterricht, es war Erziehung!«

»Deswegen hatte er so viel Zeit.« Borolič.

Ponomarenko aufgeregt: »Erziehung ist... lassen Sie mich! Die heiligste Aufgabe eines jeden...«, er verschluckt sich.

»Es gibt Autoren, die schreiben viel mehr, und auch noch in Latein«, versetzt Borolič. »Die konnten noch Latein!«

»Aber Kollegen, wegen solcher Kleinigkeit wollen wir uns doch nicht...« Hayek.

»Kleinigkeit? Fremdsprachenkenntnisse sind keine Kleinigkeit! Ich zum Beispiel kann noch Russisch« – alle sehen ihn fragend – »an und dabei bin ich Ukrainer! Fragen Sie Ponomarenko, ob er Ukrainisch...!«

»Aber liebe Freunde, das ist wirklich nicht unser Thema!«

»Und wessen Thema ist es dann? Ich dachte, hier in der ›Freien Welt‹ hätte man die Ohren und Herzen offen für die Probleme anderer Nationalitäten!«

Borolič hat schon etwas getrunken, die knapp bemessenen Devisen für Schnaps – (»Das nennt sich Wodka?!«) – ausgegeben. Der schwache, dünne Wein, der ›Heurige‹, ist nichts für ihn, zumal Ponomarenko es nicht einmal aussprechen kann.

»Andere konnten noch Latein!«, wiederholt er verstockt.

»Wer? Wer zum Beispiel? Nennen Sie mir nur einen! Nennen Sie mir überhaupt einen sowjetischen Großpädagogen außer Makarenko!«

»Da gibt's Dutzende!«, Borolič sieht sich suchend um. Dutzende! Vielleicht nicht alle so bekannt...«

»Ich will einen, einen einzigen!«, donnert Ponomarenko.

»Na, zum Beispiel... Blonski! Blonski«, strahlt Borolič. »Die Arbeitsschule«!

»Konnte Blonski Latein?«, fragt Ponomarenko Těremeškova.

»Blonski? Der Pädologe? Der ist doch durch den Erlaß des ZK vom 4. Juli 1936 entlarvt worden. ›Über die pädologischen Verzerrungen im System der Volkskommissariate für Bildungswesen‹, Genossen. Haben Sie es vergessen?«

»Nein, natürlich nicht«, lächelt Ponomarenko. Er wußte, daß diese Těremeškova Schwierigkeiten machen kann, aber solange sie sich kompromittiert, indem sie dem degenerierten Inglese nachläuft, kann sie nicht wirklich zum Problem werden, nur weil sie ihr Diplom mit Auszeichnung abgeschlossen hat. »Da war dein Blonski mit seinem Latein am Ende!«, lacht er Borolič glücklich an.

Těremeškova: »Der stand doch stark unter dem Einfluß der kleinbürgerlichen Pädagogik des Westens. Seine ›Arbeitsschule‹ von 1919 ist später verworfen worden. Und Anton Semjonowitsch half mit, sie zu entlarven.«

»Genau!«, freut sich Ponomarenko. »Jedenfalls Makarenko, wo bin ich stehengeblieben – in dem Film sehen Sie auch impressiv, wie die Besprisorniki unter seiner Anleitung ihre erste Baracke bauen...«

Prantl fragt sich, ob der Mann außer dem Film noch jemals etwas anderes von oder über Makarenko...

»Bekanntlich wurde die Herausgabe der Werke Makarenkos von der sowjetischen Öffentlichkeit lebhaft begrüßt«, unterbricht Hayek.

»Was ist alles drin?«

»Seine Gedanken, Freunde, seine Gedanken und spannende Schilderungen seiner Arbeit als Bahnbrecher der sowjetischen Pädagogik. Ich bin 1957 hinzugekommen als Mitherausgeber. Da hatte ich schon jahrelange pädagogische Tätigkeit hinter mir in so schwer zu alphabetisierenden Gebieten wie Pskow, Proletarskaja oder Dneprodzeržinsk. Wir haben die erste Schule in Schumicha im Transural gegründet, und in Makušino. Ich sage euch... Nein, ich sage euch nichts. Ihr habt keine Ahnung!« Er greift trotzig nach der Flasche. »Jedenfalls Makarenko. In dem Film war noch...«

»Gibt es in der Ausgabe auch die Korrespondenz mit Gorki?«, fragt unerwartet einer der Deutschen.

Ponomarenko sieht überrascht, etwas erschrocken auf. »Bravo, mein Junge, bist Molodez, gute Kenntnisse, das ist heute die Voraussetzung! Mit dem Film lassen wir es jetzt, erst später, wenn wir unter uns sind, da ist noch eine Szene – totlachen würdest du dich. Übrigens habe ich den Film mit, statt meines morgigen Vortrags. Andere haben Diapositive und Folien – so nennt man es heute, nicht? – ich habe gleich einen ganzen Film gebracht!

Gibt's noch was von dem euren ›Obstler‹? Wie Wässerchen, so schwach, aber besser als nichts. Und du lädst mich ein, Junge, Hermann heißt du? Netter Name, netter Junge! Chjermann, Gjermann! Du kriegst von mir mein Separat, mit Widmung! In Russisch, da kannst du dich weiter üben!

»Gorkij hat doch die Kolonie besucht, nicht?«, fragt ein anderer.

»Ja, sie haben auch Briefe geschrieben, das stimmt. Stimmt's nicht, Igor?«, Ponomarenko leert sein Glas.

»Sie mußten ja schreiben können, sonst hätten sie die anderen nicht alphabetisieren können«, knurrt Borolič.

Hayek überlegt, daß es ein Fehler war, die Beiträge in zwangloser Atmosphäre vortragen zu lassen, sie ist inzwischen sehr zwanglos. Borolič hat sich eine der Serviererinnen geschnappt und will mit ihr anstoßen, sie trinkt aber nur eine Limo, eine Keli, wie sie unverständlich beteuert.

»Wir waren eigentlich dabei, ob man Kinder schlagen darf«, erinnert Dohnal.

Ponomarenko: »Genau! Also in Poltawa, sechs Kilometer weg, auf sandigem Boden, ein Kiefernwald, schöne Landschaft an sich, dort diese Jugendlichen – später Maxim-Gorki Kolonie – und doch mußte auch Makarenko eine Ohrfeige geben!«

Borolič: »Nur eine? Das glaubst du doch selbst nicht!«

Ponomarenko: »Er schreibt nur von einer.«

»Na ja, so wie er aussieht – klein, schmächtig, Brille – es könnte stimmen«, grinst Borolič.

Ponomarenko: »Und lachen Sie darüber, mein Lieber? Ich habe den Eindruck ...«

Borolič: »Dabei hat er selbst über solche Spielereien der Natur geurteilt – wie war das, Galina? Mit dem Intelligenten?«

Těremeškova: »Da gibt's mehreres. ›Tut ein Intelligenzler etwas aus Prinzip, so heißt das, er selbst und seine ganze Umgebung müssen eine halbe Stunde später Baldrian nehmen.‹«

»Da war Pestalozzi ganz anders«, sagt der Schweizer.

»Und Rousseau auch«, der Lothringer.

Frölich räuspert sich: »Wenn Sie entschuldigen, ich meine… irgendwie auch doch Komenský, Jan Amos Komenský.«

»Komenský?«

»Ich meine Comenius, entschuldigen Sie.«

»O ja«, Hayek anerkennend, »der Comenius, sicher.«

»Der Lehrer der Nationen, sagte man, nicht?«. Dohnal.

»Ja«, Frölich ermutigt. »Natürlich, sein ›Orbis pictus‹ und ›Theatrum mundi‹ und ›Labyrint světa a ráj srdce‹ sind bekannt…«

»Wir wollen nicht übertreiben«, sagt Hayek, »die anderen sollen auch noch zum Wort kommen.«

»Also Pestalozzi…«

Ponomarenko: »Jedenfalls Makarenko hat bei Poltawa angefangen, mit Bezprizorniki, sie spielten auch Theater, Possen – wie wir hier, haha!«

Die Pädagogen sehen sich an.

»Aber vor allem – Arbeit, Arbeit. Nicht faulenzen! Arbeit erzieht am besten!«, er blinzelt zu den Deutschen, sie nikken zaghaft.

»Entschuldige, Genosse«, Těremeškova zieht ihren Makarenko heraus, »da muß ich dich korrigieren.« Sie schlägt die entsprechende Seite treffsicher auf: »›Gute Arbeit war häufig mit Grobheit, völliger Mißachtung fremden Eigentums und anderer Menschen gepaart und mit der tiefen Überzeugung verbunden, daß die geleistete Arbeit von jeglichen moralischen Verpflichtungen befreie.‹«

»Wo steht das, wo? Das hätte ich mir gemerkt!«

»Hier, ›Auf holprigen Wegen der Erziehung‹«, Těremeškova hält ihm das aufgeschlagene ›Pädagogische Poem‹ hin. »Gewöhnlich rundeten geringe Entwicklung, Verachtung gegenüber dem Lernen und ein völliges Fehlen von Plänen und Perspektiven für die Zukunft das Bild einer solchen Arbeitsliebe ab.«

Hayek, gedämpft zu Dohnal: »Der Makarenko scheint ein vernünftiger Mensch gewesen zu sein.«

»Ich habe erst vorgestern, als ich mich vorbereitete«, Ponomarenko blickt bedeutsam um sich, »meine Erstausgabe von Anton Semjonowitschs epochalem Werk von 1934 in der Hand gehabt. Ich möchte schwören, daß dort nichts dergleichen... Sonst hätten wir uns nämlich ausruhen können!«

»Natürlich nicht, Vjačeslav Davidovič«, Těremeškova lächelt, »dieses Kapitel kam erst 1950 hinzu, übersetzt aus dem Ukrainischen, weil man den originalen Wortlaut für verloren hielt. Erst 1951 fand man es im Institut für Weltliteratur. Erinnern Sie sich nicht? Sie haben doch selbst die Vorrede... oder war es Genosse Bylinskij?«

»Aus dem Ukrainischen?«, Borolič lebt auf. »Meine Worte! Zu viel Arbeit schadet! Das wußte also auch dein Makarenko. Und ich hielt ihn schon für völlig überholt!«

Ponomarenko verwirrt: »Natürlich erinnere ich mich, Genossin. (Wer ist wieder Bylinskij?) Ich danke dir, daß du diese Ergänzung gebracht hast. Ich wollte euch nur auf die Probe stellen!« Er droht neckisch Těremeškova und Borolič. »Gut gemacht, Těremeškova, gefällt mir! Jedenfalls war er gut, der Anton.«

»Und schwul«. Borolič.

Ponomarenko erstarrt, dann will er sich auf ihn stürzen, wird zurückgehalten. »Wo steht das wieder, wo? Ich bin der Herausgeber!«

»Na eben, dann steht es eben nicht da!«

»Natürlich nicht! Dafür werde ich schon sorgen!«

Die zwei ideologischen Schergen, die sich bereits erkundigt haben, ob es im nahegelegenen Mürzzuschlag ein Bordell gibt, kommen näher.

Der einzige Teilnehmer aus der DDR wittert seine

Chance, jetzt mit seiner Dissertation über das Gesellenstück von Wilhelm Pieck, einen Schrank, herauszurücken.

Die Sbirren, Jussup Smerdlow und Kusma Potapyč-Fichte, haben ihre Listen mit gefährlichen Themen mit, ›schwul‹ ist nicht darunter. Einerseits paßt es – er hatte eine Brille. Andererseits – ›unser Makarenko‹. Oder?

»Jedenfalls, wo bin ich stehengeblieben?«, Ponomarenko ordnet sein Jackett. »Die Wissenschaft wird weiterhin dazu beitragen, daß Makarenkos Werke ...«

»Und was war mit der Tscheka?«

»Ja, gut, daß Sie mich erinnern, Freunde, natürlich, das hätte ich beinah vergessen. Am Ende waren die ehemaligen Bezprisoniki, die früher stahlen, plünderten, fetten Kulakinnen ihre Pelze aufschnitten, haha! – so weit, daß sie selbst die Kontrolle für die Ordnung in ihrem Bezirk aufnahmen. Die tüchtigsten wurden mit Fürsprache der Tscheka in den Komsomol aufgenommen und die Elite sogar von der Tscheka übernommen, als Hilfsbataillon sozusagen!

Arbeitskommune Felix Dzierzynski. Das soll man sich anderswo bloß mal vorstellen!«

Prantl und der Finne sehen sich an: Lieber nicht.

Borolič: »Dabei war Makarenko selbst wegen hochgradiger Kurzsichtigkeit demobilisiert.«

Ponomarenko: »Aber wann, Genosse? 1917, also aus der zaristischen Armee, das war in Ordnung. Er wollte in der zaristischen Armee nicht länger für das Unrecht kämpfen.«

»Ich glaube, er hätte schon, wenn er nicht blind wie eine Patrone gewesen wäre.«

»Treib das nicht zu weit, mit deinen Lästereien!«

»Aber meine Herren ...«

»Hier geht es um Parteidisziplin!«

Borolič: »Eben! Er war ein ausgesprochen gehorsamer Mensch. ›Befehle führte er mit Leidenschaft und Eifer aus.‹«

»Und was für Befehle!«. Ponomarenko mit stolzer Brust.

»Versuchen Sie nicht, dieses Genie der marxistischen Pädagogik in irgendeiner Weise...«, er sieht sich nach den Begleitern um.

Borolič: »Er wirkte nun mal in der Ukraine. Einige Quellen gab es nur bei uns.«

»Bei euch! Die Union der Sowjetischen Sozialistischen Republiken ist eine njerušimaja Einheit, Genosse. Mogučij sojuz – splotila na věki vělikaja Rus, da zdrastvujet sozdannyj volej narodov, Genosse...«

Die Gorillas, Jussup und Kusmitsch, stehen stramm, singen mit feuchten Augen. »Und dürfen wir noch ›Ljoňka, der Schuft...‹ dazu, Genosse, als Zugabe? Die Baritonstimme des Vierschrötigeren macht sich dabei gut.

Ponomarenko: »Hast du gehört, Genosse, njerušimich respublik svobodnych!« – unverbrüchlicher freier Republiken –, übersetzt einer der Westdeutschen. – »Ich wundere mich tatsächlich...«

»Wundere dich Väterchen, aber laß dir sagen, daß wir Ukrainer...«

»Kollegen, wozu der Streit«, Hayek, »außerdem sind hier noch andere, der finnische Kollege zum Beispiel wollte uns von den Lappen erzählen.«

Der Finne: »Samen.«

Ponomarenko: »Von den Lappen? Dann kann ich euch von den Oroken erzählen! Von den Tschuktschen! Von den Koreanern auf Sachalin, wenn ihr es spannend haben wollt!« Die zwei Gorillas sehen sich an. »Na gut, von den Koreanern nicht. Und was geht es auch die anderen an, mit wem wir Sachalin bevölkern. Die können da sowieso nicht weg!«, er zwinkert und prostet Hermann zu. »Und Finnland? Ich könnte Ihnen was vom Winterkrieg erzählen! Die können froh sein... Und schade, daß wir damals aus Österreich in den Fünfzigern abgezogen sind. Hübsch gemütlich ist es bei euch, Täubchen, nur etwas wenig zu trinken.«

Der Finne verzichtet im Moment.

»Hast Angst, was? Die Lappen zu alphabetisieren ist

nämlich gar keine Kunst. Man verpestet ihnen ein bißchen die Landschaft, und schon kommen sie näher, man muß sie gar nicht einfangen, sie kommen schon von selbst. Wir haben es in Sibirien ausprobiert.« Er erhascht die Blicke von Smerdlow und Potapyč-Fichte. »Na gut, dann nicht.«

»Aber zu Felix Dzierzynski. Ihr habt keine Ahnung, wie die Kolonie aufgebaut wurde. Zuerst nichts, Sandmulden. Lehm. Und dann – die Verwandlung: Baracken, Fahnenehrung, Fanfaren, Blumenbeete – und schließlich die große Ehre, Gorkis Besuch und als Krönung – die Aufnahme der Bravsten in die Tscheka! Dem Dzierzynski haben sie Ehre gemacht!

Was ist die Tscheka, fragst du, du kapitalistisches Früchtchen! (zu einem der Cambridger). Die Ordnungstrupps natürlich! Tschrezvytschajnyj komitjet. Außerordentliche Kommission zur Bekämpfung der Konterrevolution, der Sabotage und der Spekulation, Dummkopf! Wir mußten gegen die Petljurovci wach sein, die blau-gelben ukrainischen Nationalisten, die immer gestänkert haben« – böser Blick zu Borolič.

Borolič zieht eine Fratze.

Těremeškova behilflich zu Screwley: »1922 aus der Tscheka hervorgegangenes Sicherheitsorgan des Sowjetstaates. GPU – Gosudarstvennoje Polititscheskoje Upravljenie. Staatlich politische Verwaltung. 1934 wurden seine Funktionen vom neugebildeten Volkskommissariat des Inneren NKWD übernommen.«

Ponomarenko trinkt: »Sie wollten auch Komsomolzen sein, die Gorki-Kolonisten. Und in die Tscheka! Aber nur die Besten, natürlich. Ich möchte also schließen mit wahrem pädagogischem Eros – Elan...«

Borolič: »Tscheka, von den ›Aktionen‹ dieser Trupps wissen wir auch, vor allem in der Ukraine.«

Ponomarenko: »Anton Semjonowitsch selbst hatte vor ihnen großen Respekt: ›Bei den Tschekisten nahm hoher Intellekt, verbunden mit Bildung und Kultur, niemals die für mich verhaßte Gestalt des russischen Intelligenzlers an.‹ – Was wollen Sie? Nach Dzierzynski benannt, große Ehre, Ukrainer!: ›Glühendes Herz, kühler Kopf, saubere Hände!‹«

Borolič: »Kommen Sie einem Ukrainer nicht mit diesem Namen! Die sauberen Hände möchte ich mir nicht aus der Nähe besehen!«

Ponomarenko: »So sprichst du von unserem Feliks? Jetzt hast du dich verraten, du Kulak! Du hättest wohl am liebsten mit der Bandera-Bande auf unsere Leute gelauert, rote Hälse durchgeschnitten, was? Nur gut, daß wir unseren Stašinskij hatten!«

Smerdlow und Potapyč-Fichte rücken vor. Der Durak Ponomarenko plappert schon zu viel (und Borolič als Provokateur geht zu weit).

Borolič: »Aha! So wurde es gemacht! Du gibst es selbst zu!« Er steckt die Flasche Ponomarenko wieder in die Tasche, fast leer, zwinkert Iggers zu.

Ponomarenko: »Natürlich wurde es so gemacht, Täubchen! Was wunderst du dich so plötzlich, nach fünfzig Jahren?« Er sieht sich um: »Aber wir müssen nicht unsere Wäsche... Wer kennt hier schon den Stašinskij?«

»Ich«, sagt unerwartet der Erfurt-Manfred (im Unterschied zum Bochum-Manfred), »er ist vor zehn Jahren mit seiner Ostberliner Freundin über die Mauer...«

»Aber Kollegen, wir sollten heute schlafen gehen«, Hayek möchte nicht, daß zu dieser vorgerückten Stunde auch noch die Stasi auspackt. »Auch die beiden... Herren hier«, er sieht Potapyč und Smerdlow-Fichte nachdenklich an. – Oder war es umgekehrt? »Noch ein Glas vielleicht? Einen Gute-Nacht – Trunk?« Er winkt die dickere von den Bedienerinnen heran, sie bringt ein Tablett mit einer Flasche und Gläsern. Jussup nimmt die Flasche lachend – die Gläschen interessieren ihn nicht. »Stroh Rum – siehst du, ich kann auch Latein!« Die Serviererin verständigt sich mit Blicken mit Hayek, er nickt, ja, es wird bezahlt.

Allgemeiner Aufbruch.

– »Siehst du das, Dušenka?«, Borolič tritt zu Iggers und öffnet umständlich sein Hemd: ›Es lebe Taras Bulba und Bogdan Chmelnickij!‹ – buchstabiert er für sie die Asbuka. Über der Parole eine blau-gelbe Fahne. »Tätowiert ist schon alles!« Und ›Stepan Bandera!‹ – ganz klein, verdeckt unter der linken Brust. »Damit du nicht denkst, ich wäre ein schlechter Patriot! Er rutscht vom Stuhl, zieht sie mit. »Ich weiß, daß in Charkow an einem neuen U-Boot gearbeitet wird«, flüstert er.

Sie starrt auf seine behaarte Brust. »Ist Charkow ein Hafen?«, murmelt sie verwirrt.

»Nein, das ist es ja gerade! Man würde es dort nicht erwarten!« Er sieht sich unter dem Tisch um. »Denkst du vielleicht, Bajkonur ist dort, wo man es vermutet? Na ja, es ist dort, aber ohne die Kosmonauten! Mein Vetter ist bei der Marine, am Schwarzen Meer – sie wollen nicht, daß die Ukrainer und die Balten zusammen...«

Er dämpft die Stimme: »Von dem weiß ich es. Bajkonur ist ein verschlafenes Nest, ohne Bahn. Die Raketen werden ganz woanders abgeschossen. Betrug alles, wie die Norm von Stachanow!«

Er zwinkert: »Schon was von Tjuratan gehört? Die Russen können nur lügen... Aber in Pečeněgi bei Charkow, da ist Wasser, Pečeněžskoje, dort werden die U-Boote...« Borolič sieht unter der Wichsleinwandtischdecke ein Paar braune Schuhe, mit doppelter Lederschicht an der Kappe; ein zweites Paar, das sich nähert, hat glitzernde Effekte an den Spitzen, aus Metall. Smerdlows ›botinki‹, bei Verhören bewährt; er nennt es Gespräche.

»Psst!«, Borolič drückt Iggers an sich.

Am anderen Ende wird die Tischdecke hochgehoben, Screwley, der nach seinem Stift sucht, wirft einen kurzen Blick auf die beiden und läßt die Decke wieder fallen. Die Schuhe entfernen sich, Jussup und Kuzmyč wollen sich noch im Blauen Stübchen umsehen; dort ist eine improvisierte Kultureinlage im Gange: Plumpton, der nicht bei

Wasser geblieben ist, murmelt verbissen: »... If neither foes nor loving friends can hurt you...«, ein Blick zu Screwley, der gerade mit einem jungen Deutschen ins Gespräch vertieft hereinkommt.

»Belejet parus odinokij«, erwidert Ponomarenko würdevoll. – Es blinkt ein einsam Segel.

»Jedenfalls danke ich Ihnen allen für den außerordentlich – tschrezvyztschajnyj, sagten Sie? – Auftakt, lebendig, informativ. Wenn es so weitergeht...«, Hayek schüttelt den Kopf.

»Wird unser Treffen ein Erfolg sein!«, ergänzt geistesgegenwärtig Dohnal. Und klatscht Beifall. Die anderen klatschen mit.

»Ist es schon«, ruft Hayek. »Gute Nacht allesamt!«

»Gute Nacht!«

»Spokojnoj noči!«

...

Das Licht wird vorzeitig ausgeschaltet. Kreischen der Serviererinnen, Gelächter der Sbirren, Klirren von Gläsern, Gurgeln, Piepsen: »Vergessen Sie Pestalozzi nicht!«

»Und die Lappen.«

»Samen!«

3

Prantl geht früh aus dem Hotel und bleibt den Kongreßveranstaltungen fern. Er würde sich gern verlaufen, die Landschaft ist aber so durchrastert, durchzogen von Wegen und Hinweisen auf Ausflugsziele, daß er den Rückweg viel zu leicht und zu schnell findet; er versucht dann, sich in einer anderen Richtung zu verirren.

Er bricht in der Morgendämmerung auf, bevor die Hitze einsetzt. Der Bach führt Hochwasser, die Brückenpfeiler erzittern unter dem Anprall der Wassermengen, an den großen Findlingen im Bett bilden sich Strudel und Katarakte, das Holz der Planken ächzt. An einer Uferbucht sieht Prantl Forellen fast reglos stehen und auf Insekten lauern, metallische Libellen knapp über der Oberfläche, die sich um das Getose nicht kümmern. Über den Wiesen hebt sich der Nebel, eine verspätete Katze schleicht in den Stall ein. Der Tag wird heiß werden.

Er steigt den Waldpfad hoch, an einem zerfleischten Christus aus rosigem Gips vorbei, überdacht, die Wunden tief klaffend, fleischig blasses Rot; die Marterln und die Waldkapellen der Umgebung sind von naturalistischer Anschaulichkeit. In der Kapelle an der Wegkreuzung ist auch das Herz Marias zerfleischt, Christus' Hände bluten, der Körper durch ein Dutzend Wundmale versehrt. Ein tätiger Katholizismus, der die Gläubigen in Bann hält. An der Felswand eine Tafel für den abgestürzten Anton Pichler aus Spital, neunzehn Jahre alt, ›Gott ist der Herr‹.

Prantl denkt an das Grab von Alfred Wegener auf Grönland, auf dem Inlandeis begraben, über zweitausend Meter dick, wo auch am Rande das Graben keinen Sinn hat, weil die Erde so dünn ist, daß sich in sie nichts betten läßt.

Keine Pflanzen, keine Toten. Er sieht den Scharen wandernder Touristen in Bundhosen und knöchelhohen Schuhen zu, die sich mit Rucksäcken und Wanderstöcken an die begehbaren und gut gekennzeichneten Wege halten. Grüß Gott, sagen sie sportlich.

Prantl geht in Sandalen, die er acht Jahre nicht getragen hat, die Riemen sind morsch, aber sie halten. Er spürt die Nässe an seinen Zehen, wenn er durch taufeuchte Wiesen watet, die Kiesel und Zweigstücke, die sich unter seine nackten Sohlen zwängen; das Stauchen und Stacheln hatte er vergessen.

Was er genießt, sind die Wälder: mit ihrem Duft, ihrer Vielfalt von Bäumen, von Grün; ihren weichen Boden, die ausgefahrenen Mulden neben den Wegen, den Geruch frisch gefällten Holzes und von Harz, Blumen, Beeren, Pilzen. Tiere, braunbepelzt, keine Schneetarnung, gestreifte Katzen, einige vom Dorf kommen heran und möchten gestreichelt werden. Warmer Pelz, lustvoll gestreckt, träge in der Sonne, nur die Eidechsen sind in der Hitze schnell.

Weiden, Kühe, Birnbäume – er benennt alles was er sieht, auf ›Vogelscheuche‹ kann er sich nicht besinnen. ›Tupilak im Korn‹, fällt ihm ein. Er muß lachen.

Seine Fröhlichkeit lockt einen Japaner heran. Er drückt ihm einen Fotoapparat in die Hand, seine Erklärung ist komplizierter als die Bedienung, um die es geht. Die Familie – der Mann, die Frau und zwei kleine Kinder posieren vor dem Objektiv mit völliger Sicherheit, Prantl braucht sie nicht zusammenzustauchen, sie wissen genau, wann sie noch ins Bild passen. Sie nutzen die ganze Fläche, keine Spur von Verkrampfung, die sie sonst ohne den Schutz der Kamera zeigen. Die Frau verneigt sich mehrmals, dankt.

Der Mann möchte noch ein paar Aufnahmen vor einem großen Kirschbaum haben. Die Blüten sind nicht so prächtig wie die Japanische Kirsche, sagt er, aber sie tragen. Kirschen in Japan sind teuer. Die Familie hält sich an den

Händen, sie können den Baum umfassen, die Kinder freuen sich über seine Dicke.

Dann noch der Mann allein. Er erklärt Prantl, daß es sein Baum ist, auch der Boden darunter. Er hat ihn gekauft, um dort begraben zu werden. Prantl glaubt an einen Irrtum, hervorgerufen durch das eigenwillige Englisch des Japaners, es klingt wie eine Sprachübung: »This is my tree.«

»Wollen Sie nicht in Ihrem Land begraben werden?«

»Ja, aber es ist zu teuer«, lacht der Japaner. Er ist nicht älter als vierzig.

»Und Ihre Eltern?«, Prantl möchte es eigentlich nicht wissen.

»Meine Mutter wird auch nicht in ihrer Heimat begraben werden. Sie lebt in Spanien, an der Küste. Sie ist aber nicht die einzige dort. Es ist eine Kolonie von alten Japanern, sie bleiben unter sich und können ihre Gräber gegenseitig besuchen.«

»Nach dem Tod?« Prantl ist verwirrt. Der Japaner lacht höflich. »Nein, sie besuchen sie jetzt schon.« Er findet es nicht komisch, nur Prantls Frage.

»Und Ihr Vater, was sagt er dazu?«

»Er liegt vor Okinawa im Meer, er ist von uns allen der Heimat am nächsten. Mit ihm möchte ich tauschen.«

Er wendet sich zu seiner Frau und redet heftig auf sie ein. Sie erhebt sich hastig und holt die Tasche. Ans Licht kommen bunte Gerichte in dünnes Spanholz und Blätter verpackt: kleine Röllchen Reis, mit Tang umwickelt, in der Mitte ein Stück roher Fisch; schmale Scheiben von rotem und weißem Fisch, ohne Reis, dazu Soja-Soße mit scharfer Meerrettich-Paste, Sashimi, sagt die Frau und belegt den Rand mit Minze-Blättern und in Essig eingelegten Kirschen. Zum Schluß bildet sie aus frischen Kiefernnadeln ein Ornament, es erinnert an japanische Zeichen, es könnte ihre Unterschrift sein. Prantl traut sich nicht, das Bild zu zerstören, sie muß ihn mehrmals bitten. Nach dem ersten Bissen fühlt er sich eigentümlich nach Grönland versetzt. Nur ist sein Küchentisch bar jeglicher Ästhetik und die Stücke von rohem Fisch, die er allein ißt, sind größer.

Der Mann öffnet eine Flasche Champagner, Veuve Cliquot – eine weitere Aufnahme unter dem Kirschbaum. Die Frau füllt ihn in kleine Porzellanschalen, sie stoßen an. Es schmeckt ihnen nicht; zu Hause, wo sie dafür das Vielfache zahlen würden, wäre der Geschmack anders. Sie wirken unfroh und sind erleichtert, daß Prantl Durst hat. Die Kinder trinken Brause und spielen mit einer Eidechse, die sie geschickt immer wieder einfangen. Sie windet sich in den Fingern des Kleinen, versucht zu beißen, zuletzt befreit sie sich, indem sie den Schwanz verliert. Der Schwanz krümmt sich auf der Handfläche des Kindes. Sie kreischen, versuchen den Schwanz zu zerreißen. Die Mutter mahnt sie sanft. Der Mann nimmt ein Röllchen und taucht es in die Soße. Das Essen in Europa wäre ein Problem, sagt er. Zu fett, zu reichlich. Sie sind gestern angekommen, achtzehn Stunden Flug, über Alaska. In Anchorage konnten sie auf die Terrasse hinausgehen, frische Luft atmen. Man kann dort im Laden getrocknetes Büffelfleisch kaufen, aber keinen Fisch. Sie mußten zuerst mit dem Zug von Nagoya nach Tokio fahren, dann mit dem Bus nach Narita, zum Flughafen. Er zieht ein Stück Papier mit einem großen Stempel heraus. Shinkansen, sagt er.

Prantl sieht einen fahrenden Zug mit japanischer Schrift.

»Wozu ist der Stempel?«

»Wir sind damit gefahren.«

»Haben Sie auch einen Stempel vom Bus?«

Der Mann lacht so, daß er sich verschluckt.

»Und vom Flugzeug?«, fragt Prantl weiter.

Die Frau kichert leise ins Taschentuch, sie halten ihn offensichtlich für einen Witzbold.

Über den Flug gibt es nichts Gutes zu sagen. Es hat zu lange gedauert, vor allem für die Kinder war es zu viel.

»Sind Sie über Sibirien geflogen?«

»Nein, natürlich nicht. Über den Nordpol. Stundenlang nichts als Weiß, dazwischen schwarze eisfreie Flächen, der Ozean. Es blendet und nimmt kein Ende. Man kann die Augen nicht abwenden. Bis nach Grönland geht es so.«

»Grönland. Von dort komme ich.«

Sie glauben zunächst ebenfalls an ein Mißverständnis. Prantl merkt, daß er für sie viel exotischer ist als sie für ihn.

Der Mann versucht es zu verreden. Es habe nur ein japanisches Essen im Flugzeug gegeben, alles andere sei europäisch gewesen. Seiner Frau sei jetzt noch schlecht. Nur einmal bekamen sie Fisch mit Reis. Davon ließen sie sich vorsichtshalber ein paar Packungen geben. Für die Kinder, vor allem der Kleine hat einen empfindlichen Magen. Dabei geht er in den Kindergarten, dort lernen sie marschieren und die Fahne hissen und laufen das ganze Jahr hindurch ausgezogen. Auch im Winter.

»Warum?«, Prantl will von den Leuten nichts, aber er kommt von ihnen nicht los. Vielleicht, weil sie anders aussehen als die übrigen Touristen. Er kann sie sich in Angmagssalik vorstellen. Der Vater dolmetscht die Frage für den Jungen. Der stochert mit einem dünnen Zweig auf eine weitere, zwischen zwei Balken eingeklemmte Eidechse ein und redet Unverständliches schnell vor sich hin.

»Weil der Wind bläst«, sagt die Mutter.

Sie hat Würde und Anmut. Das scheint der Mann nicht zu merken. Ihre Augen und Backenknochen erinnern an Ulla, sie ist aber zierlich. Ihr Mann hat einen heiseren bellenden Ton, sobald er mit ihr spricht. Vielleicht ist es im Japanischen nicht so gemein, wie es klingt. Die Frau duckt sich unmerklich, nickt dann und lächelt wieder, gießt Prantl unter Verbeugungen nach.

Prantl wehrt sich, er möchte nicht bedient werden, obwohl er merkt, daß er damit die familiäre Situation durcheinander bringt. Die Frau fühlt sich durch seine Höflichkeit in Gegenwart ihres Mannes unwohl, wie ertappt, weil ihr diese Aufmerksamkeit nicht zusteht. Sie packt weiteres Essen aus, kandierte Walnüsse, Reisgebäck, Feigen, kirschengroße Tomaten, und legt sie aus Verlegenheit zu einem neuen Ornament. Das Reisgebäck hat eine scharfe salzig-süße Lasur, und die Kinder zerstören ihr Werk, indem sie die kleinen mürben Fische und Vierecke herauspicken und mit ihren weißen Zähnchen zerdrücken. Der Mann bleibt beim Reis. Er öffnet eine zweite Flasche, offensichtlich ist er froh, sie loszuwerden.

Prantl läßt sich nachschenken. Er trinkt praktisch allein: am Anfang wie Sauerkrautwasser, am Ende kann man nicht genug davon bekommen.

Einmal ist zu Weihnachten eine Kiste Veuve Cliquot versehentlich in Angmagssalik gelandet, etikettiert als Kognak. Prantl kaufte sie Hegwald ab; als Schnaps war der Champagner für Grönland-Temperaturen zu schwach und zu teuer.

Es ist eine unfrohe Begegnung, durch die Zeremonialität aber erträglicher als die laute Kumpanei der deutschen Österreicher um ihn herum.

Verneigen, eine Visitenkarte – und ›Domo arigato‹.

Die verkrüppelte Eidechse hat sich im Holzstapel verkrochen.

Prantl klettert weiter, mit bleiernen Füßen und brennendem Schweiß in den Augen. Die Mittagssonne macht den Anstieg zusätzlich mühsam. Hinter der ersten Biegung bleibt er stehen und schnappt nach Luft.

Nur weil ein Japaner nichts Besseres zu tun hat, als mit der ganzen Familie zu seinem Grab zu fahren und es mit Champagner zu feiern, der ihm nicht einmal schmeckt! Die zollfreien Geschäfte auf Flughäfen sind nichts für Japaner. Sie kaufen sie leer, ohne etwas für sich zu finden. Abgepackten rohen Fisch hatte man da nicht. Und der Kleine hat einen empfindlichen Magen. Offensichtlich nicht, wenn er Eidechsen zerstückelt. Weil der Wind bläst! Prantl dreht sich der Kopf.

Er beugt sich unter einen Wasserstrahl am Weg, der von einer Felswand herabfällt, bis das Pochen in seinen Schläfen nachläßt, trinkt.

Der Pfad wird steiler, sein Atem ist jetzt ausgeglichener. Die Benommenheit und die Schwere in den Beinen bleiben.

Am Sattel macht er Rast. Unter ihm die Landstraße, deutsche und holländische Autoschilder, am Fuß des Berges eine Mühle, die zum Ausflugslokal umgebaut ist. Am Horizont Berge mit kahlgeschlagenen Breiten für Skifahrer. In der Nähe hört er eine Frau lachen.

Frauen. Frauen mit nacktem Hals und nackten Armen, junge Mädchen in Shorts mit gebräunten Beinen, sommersprossig, rothaarig, Frauen mit langem japanischem Haar.

Er würde ihnen in unwegsamen Schluchten Nachtschattengewächse und Kristalldrusen zeigen, mit ihnen vereiste Gipfel besteigen, wo über Abgründen Vögel kreisen.

Ein Kind plärrt, die Frau lacht nicht mehr, sie hat eine gereizte Stimme, dazwischen mürrische Mahnungen des Mannes. Männer und Fliegen. Prantl klettert weiter.

Er überquert den Kamm und gerät auf die schattige Seite des Berges. Er ist noch geblendet vom Anstieg und kann den Boden nicht unterscheiden. Auf einem Schotterweg rutscht er aus und prallt mit dem Hinterkopf auf harten Grund auf, wo dünne Rinnsale klaren Wassers aus dem Boden sickern, Hangwasser; er könnte graben und eine Quelle einfassen. Über den Boden laufen dünne Kapillarwurzeln, er reißt sie ab beim Versuch, sich zu halten.

Während er einem Abrutsch entgegensaust – unten Gestrüpp, eine Schlucht – sich an Kanten verletzt, der Boden unter ihm rollt, Quarzgeröll – spürt er Schmerz in der rechten Hand. Er fällt mit einem Plumps auf den Grund. Ein Bein scheint eingeknickt zu sein, er kann aber gehen. Zuerst humpelt er.

Die Steine in der Schlucht – es war keine wirkliche Schlucht, sonst würde er sich nicht bewegen können – aber es reichte auch so. Zerrissene Hose, ein Knie aufgeplatzt, die Hand. Er ist hellwach. Bis jetzt war alles dumpf, zu viel Pädagogik um ihn herum. Er hinkt guter Dinge in das Dorf unten, das sich mit ein paar zerfallenen Häusern ankündigt.

Hier wollte er bestimmt nicht landen. Schattig, eng, immerhin kein Ausflugsziel. Er bleibt auf einer Bank mit Dorfblick sitzen. Ein paar Abschürfungen an den Handballen, eine Hand läuft blau an, nichts Schlimmes. Das Knie klebt am Hosenbein. Vielleicht bekommt man hier Verbandszeug.

Zu seiner Überraschung tuscheln im Dorfladen Screwley und Plumpton mit dem Besitzer, machen sich Notizen. Sie nicken Prantl mißtrauisch zu und wollen den Laden offensichtlich nicht verlassen, bevor er geht, aber der Händler hält ihn auf, aufgrund der Tatsache, daß er noch eine Banane wollte. »Mir hat er meine erste Banane gekauft«, flüstert er aufgeregt. Banane ist offensichtlich ein Kodewort.

»Wer?«

»Unser Lehrer.« Er holt aus der Schublade ein vergilbtes Schulzeugnis und legt es aufs Pult. Prantl entziffert mühsam die Unterschrift. »Wie heißt der Ort hier?«

»Trattenbach, das wissen Sie. In Otterthal werden Sie kaum noch etwas finden.«

Er will Prantl ein schmuddeliges Heft verkaufen, Vokabeln, krakelig und schwer leserlich, über den Preis würden sie sich schon einigen, meint er.

»Aber ich will kein Heft«, lacht Prantl.

»Sie gehören doch zusammen, nicht?«, der Mann dämpft die Stimme und zeigt zu den beiden, die vor dem Laden warten. »Ich wußte nicht, daß so viele kommen. Na ja, er war ein guter Lehrer... Daß er die Schüler schlug, auch nicht mehr als die anderen. Der Konrad Gruber hat's dann selbst gesagt, er hätte sich in der Nase gebohrt, damit sie blutete, und der Piribauer, das war ein Miesmacher, dem hat's gepaßt. Und daß einige in Ohnmacht fielen, Kaschperl!«

»Wovon sprechen Sie?«

»Ja, die anderen wollen auch nicht, daß etwas durchsikkert«, der Händler zwinkert. »Aber schlecht war er nicht. Einmal hat er in der Fabrik die Dampfmaschine repariert. Das hat der Neururer vermittelt, der Pater, ein Freund von ihm. Der langhaarige Sozi, nannte man ihn... Na, was ist? Wollen Sie das Heft?«

»Warum geben Sie es nicht den beiden?«

»Sie sind mir zu gierig. Und außerdem Engländer, arrogant. Es gefällt mir, wenn einer nicht giert.«

»Ich wollte ein Pflaster.«

»Sehen Sie, das meine ich, und als Vorwand reicht's auch. Aber Sie mußten sich wirklich nicht dermaßen zurichten!«, der Händler lacht. »Dafür stehen die paar Kritzeleien nicht. Andererseits...«

Als Prantl den Laden verläßt, sieht er die beiden von einer Bank auf dem Dorfplatz den Ausgang des Ladens belauern, jeder mit einer Banane in der Hand, mit einer Miene, als hätten sie schon viele essen müssen. Er wirft seine Bananenschale in den Papierkorb, die beiden zucken zusammen – ein toter Briefkasten? Gleich werden sie herantrödeln und unauffällig die Lage prüfen, nachsehen, was er alles erworben hat. Dann kann er ihnen ein Stück Pflaster offerieren, für Plumptons Schienbein. Kurze Hosen machen sich an den beiden nicht gut. Screwleys Knie sind käsig spitz, Plumpton hat rote Kniescheiben. Prantl fällt dazu kein entsprechender Ertüchtigungssport in Cambridge ein.

Er geht weiter, dreht sich einmal um, sie sitzen immer noch vor dem Laden, behalten den Eingang im Auge.

Am Dorfrand ist ein düsteres Gasthaus, Prantl trinkt einen Kaffee. Soll er den Wirt nach diesem Lehrer fragen? Er ist Ende sechzig, könnte ihn gekannt haben. Wie war es mit den Ohrfeigen?

Der Wirt stellt vor ihn ein Stamperl mit Klarem und erzählt.

Als Prantl nach anderthalb Stunden auf die Landstraße hinaustorkelt, sitzen die beiden an der Bushaltestelle gegenüber, als hätten sie auf ihn gewartet. Sie beobachten ihn gespannt. Bald werden sie ihm folgen und sich im Wald unweit der Schlucht auf ihn stürzen, seine Beute ergreifen und sich seiner über den Rand entledigen.

Weil ihr Guru ein paar Rotznasen in Trattenbach unterrichtet hat, ein paar Nasen blutig geschlagen hat, dadurch ist die Logik keinen Schritt vorangekommen, aber er will sich nicht auf Dispute einlassen. Er könnte nach Mürzzuschlag fahren und sich nach Büchern umsehen – nach Jahren wieder eine Buchhandlung betreten. Bei jedem Umzug, nach langer Fracht schrumpfen die Bücher, werden brüchiger, die Broschüren zerfleddern; einige Ausgaben davon sind rar.

Was sagte der Verkäufer? Wegen Ihres Akzents? Meine Großmutter war aus Böhmen.

Sie konnte Powidltascherln machen.

Wegen der Powidltaschen seiner Großmutter hat er jetzt ein altes Vokabelheft, das Wittgenstein in den zwanziger Jahren hier von den Schulkindern im Dorf anlegen ließ.

Und Screwley und Plumpton sind scharf darauf. Und schleichen hier in den Dörfern herum. What a wonderful world! Bucklige Welt.

Prantl kichert, dann prustet er los. Ein paar Autos weichen aus, mit langem Hupen. Aus einem holländischen Wagen kommt ein erhobener Finger, von den Deutschen drohende Fäuste, Zeigen auf die Stirn. Diese Verständigungsgesten sind rührend und urkomisch. Prantl krümmt sich auf der Fahrbahn, jede erschrockene Mahnung der Vorbeifahrenden steigert seine Heiterkeit. Ein gelber Postbus taucht ihn in aufgewirbelte Staubwolken ein, mitsamt einem halben Christus aus Blech, der hier zu Ostern die Trattenbacher erlöst. Die aufgerissenen Gesichter von

Plumpton und Screwley hinter den Busfenstern sind am komischsten. Prantl kullert in den Straßengraben und lacht bis zur Heiserkeit, bis er Bauchweh hat und vor Staub und Tränen nichts sieht.

Er könnte hier liegen bleiben, aber es ist zu staubig und zu laut. Er kriecht auf allen Vieren auf das Grummet hoch, zweimal rollt er wieder herunter und muß sich darüber im Graben ausschütten. Er überquert vorsichtshalber auch die Wiese auf Knien, obwohl das verletzte unter dem Pflaster empfindlich ist. So ist er den Gräsern und Seggen näher, den Heuschrecken und Grillen, für die vielen Käfer und Blumen fehlen ihm die Namen. Während er über sie nachdenkt, wird sein Kopf klarer. Der Mangel an Sprache macht ihn ernst.

Im Wald kann er sich aufrichten. Auf einem schattigen Weg orientiert er sich: er muß über den Hügel, die Richtung dürfte stimmen.

Zwei Flaschen Champagner und vier Obstler; als er wieder in die Sonne kommt, wird er schläfrig. Er legt sich auf einer Lichtung ins Gras, der Geruch geschälter Baumrinde und von Harz steigert seine Benommenheit. Er träumt Japanisches, einen Bach mit Kamelienblüten, den er vor Jahren in einem Film gesehen hat, zwei Frauen knien am Ufer und fangen die Blüten, lächeln und verneigen sich. Eine bringt sie ihm, er soll daraus trinken. Ein Kelch. Er will nicht mehr trinken. Nur Wasser.

Er wacht von einem Stich in der Ferse auf. Ein trockener Zweig bricht durch sein Zucken ab. Zu seinen Füßen sieht er eine Schlange gleiten, sie züngelt über die Borke und über Bruchsteine und trockene Kiefernnadeln. Der Fuß ist weit von ihm, er spürt nichts, sieht nur, daß die Stelle rot anschwillt.

Die Schlange peilt jetzt seine Hand an, züngelt nach seinem Daumen. Er hat schon lange keine Schlange gesehen. An die Zickzacklinie auf ihrem Rücken erinnert er sich nur aus Abbildungen. Es gibt sie also wirklich. Diese Landschaft füllt Gedächtnislücken auf. Die Otter ist so nahe, daß er den leichten Windzug spürt, als sie an seiner Hand vorbeigleitet und unter der Rinde verschwindet.

Es ist Schlangenwetter. Die Hitze verdichtet die ätherisch würzige Luft. Prantl findet sich von Holzstämmen eingekeilt, er hat sich im Schlaf zur Seite gedreht und ist unter den Stapel geraten. Er hätte der Otter gar nicht entkommen können. Die Last des Holzes ist beruhigend, diese Schwere und Ohnmacht möchte er noch nicht aufgeben. Langsam stemmt er sich gegen das Holz und schiebt sich seitwärts heraus. Ein Aststumpf streift sein Gesicht und drückt ihm eine klebrige Harzspur auf. Er hat eine knappe Stunde geschlafen, es kann halb vier sein. Der Tag ist noch lange nicht zu Ende.

Eine steile Wand, Gestrüpp, er kommt nicht weiter. Auf dem Grat über sich sieht er eine Gemse – so niedrig hätte er eine Gemse nicht erwartet. Er möchte ihr nachklettern, aber zwischen ihr und ihm ragt ein Felsabbruch, eine scharfe Kante, die zum Klettern nicht geeignet ist. Die Gemse sieht reglos zu ihm hin. Er hält sich an Sträuchern und Felsvorsprüngen fest, während er versucht, schräg hinaufzukommen. Unter seinen Füßen lösen sich Steine, er hört sie in der Tiefe aufprallen, ohne sie sehen zu können. Er zieht sich an Wurzeln und Ästen hoch, die taube Hand, in der sich nach langem wieder Schmerz regt, ist nicht sehr kräftig. Das aufgeplatzte Knie und der geschwollene Fuß behindern ihn zusätzlich. Der Schwellfuß. In den Mythen wurden Lahme und Hinkende zu Boten, weil man glaubte, daß sie mit ihren ungleichen Gliedmaßen auf den Hängen der Berge schneller vorwärts kämen.

Seit einiger Zeit hört er über sich einen Lärm, ein schwaches Rattern wie von einem Helikopter. Zwischen den Bäumen dürfte die Suche nach einem Abgestürzten schwierig sein.

Von dem überstehenden Gipfelplateau oben sieht er ein

nacktes Bein in die Luft treten und sich gegen einen dunklen Schatten wehren, der über dem Rand gleitet wie der Flügel eines riesigen Vogels. Prantl zieht sich hoch und sieht einen mächtigen Schnabel und ausgestreckte Krallen, auf ein Mädchen gerichtet, das angebunden am Felsen sich loszureißen versucht, die Arme auf dem Rücken gefesselt, langes blondes Haar, wirr im Gesicht, mit aufgerissenen Augen und geknebeltem Mund. Der Lärm, den er die ganze Zeit hört, kommt nicht von einer Rettungsmaschine, sondern von dem Greif. Bevor er nachdenken kann, hat sich das Mädchen so weit losgestrampelt, daß ihre Brust freiliegt, das Ungeheuer startet zum nächsten Angriff.

Das Summen wächst zum Motorlärm an, sie zerrt vergeblich, der Busen spannt zwischen den Stricken, die nackten Beine unter dem dünnen zerrissenen Kleid. Als der Greif zu einem Anflug von Prantls Seite, von der frei zugänglichen Flanke aus ansetzt, klemmt sich Prantl zwischen einen Baum und den Felsen und versucht, einen Ast über sich abzubrechen, lang genug, um den Vogel zu verscheuchen oder zumindest abzulenken. Der Vogel bewegt die Flügel schwerfällig über dem Boden, ein paar große Federn lösen sich und kreisen über dem Mädchen, fallen ihr auf die Brust. Er wirft seinen Schatten auf sie, auf Prantl, die Krallen ausgefahren, nicht aus dieser Welt, ein fabelhaftes Ungeheuer, aber real bedrohlich, als es mit seinem Schnabel den Kopf des Mädchens nur knapp verfehlt. Es versucht flatternd, auf ihrer Schulter zu landen. Sie schüttelt es ab, die Schulter entblößt, mit roten Striemen, zerrt an den Stricken, um den Arm frei zu bekommen. Als der Vogel zum nächsten Angriff ansetzt, holt Prantl mit seinem verkürzten Arm aus und schlägt mit dem Ast zu. Der Schlag kommt zu spät, er erwischt den Vogel nur am Schwanz. Der Greif macht einen Sprung nach vorn, taumelt in der Luft, fängt sich wieder. Prantl ist jetzt hoch genug, um das Gesicht des Mädchens zu sehen. Sie sieht erschöpft aus und seltsam unbeteiligt, angespannt, aber als wäre es nicht des Vogels wegen.

Der Greif ist zurück, eine Flüssigkeit tropft ihm aus dem Schwanz, ein paar Federn hängen verklebt abgeknickt vom Steiß herab. Geschrei von Menschen, die Frau schüttelt den Kopf, den Mund weit aufgerissen, aber ihr Schrei kommt durch den Knebel nicht durch. Prantl holt mit voller Wucht aus und trifft das Biest auf den Kopf. Es fliegt beschleunigt im Bogen auf den Fels, stürzt auf den Schnabel, überschlägt sich und bleibt auf der Seite liegen. Rattert, schwarze Flüssigkeit aus dem Schnabel, Ölgestank. Es zuckt in letzten Zügen, noch einmal hüpft es ruckhaft nach vorn, dann liegt es da. Ein Auge hervorquellend, das Stück Fleisch, das es plötzlich im Schnabel hält, wirkt wie ein rot getränkter Lappen, der aus dem Rachen hervorhängt. Die riesigen Beine mit Schuppen, Krallen und heraldischen Federhosen zucken noch eine Weile.

Prantl zieht sich hoch auf das Plateau, wo die Gefangene sich aufbäumt, er versucht die Brust zu übersehen, löst ihr die Hände, entknebelt den sabbernden Mund, ihre Augen rollen.

Idiot! sagt sie als erstes.

Prantl sieht auf, eine Gruppe wild gestikulierender Leute läuft auf ihn zu, ein Kran mit einer Kamera wird eilig zurückgeleiert, eine Blondine, ein Zwilling der Angebundenen, aber mit heilem Kleid und gekämmt, schreit einen hochgewachsenen gebräunten Mann mit Tropenhelm an, der das überwältigte Ungeheuer ratlos ansieht, eine Frau mit einer Mappe in der Hand versucht etwas zu klären, während ein dicklicher Mann mit Sonnenbrille sich besonders aufregt und etwas wie ›csehül áll!‹ schreit.

Sie sollten lieber verschwinden, sagt das Mädchen.

Prantl sieht sich um, hinter ihm ist nur der Abgrund, den er so mühsam hochgeklettert ist. Er versteht nichts.

Sie hebt die Arme, sie hat Flügel, eine Art Plane, an ihren Armen gerafft und befestigt, die sie jetzt entfaltet, kalkfarben wie der Fels, an dem sie angebunden war. Sie spannt sie breit und stürzt in einem weiten Sprung auf Prantl, eine Harpye, schließt ihn in ihre Häute und fällt mit ihm, während oben das ganze Filmteam brüllt, droht, schreit, gakkert und mit den Flügeln schlägt.

Sie fallen hinab, überschlagen sich unzählige Male, über Steine, Baumstümpfe, streifen Baumstämme, rollen durchs Gestrüpp, an der Gemse vorbei, zerstören Ameisenhaufen, drücken Grasbüschel und große, alpine Margueriten zu Boden, die sich wieder aufrichten, quetschen Pilze und Schlangeneier, unter Haufen trockener Rinde abgelegt, scheuchen Eichhörnchen auf und dunkelbraune Kröten mit Goldaugen, verwirren Feuersalamander. Die Fauna und Flora des Abhangs wird mitgerissen in dieser Umarmung, in der Prantl mit jeder Umdrehung weniger Luft kriegt und mit zunehmender Geschwindigkeit die Baumkronen nicht mehr unterscheiden kann, ein goldenes Grün, ein schwarzes, und die Augen in der Aura schließt, um Jahre zurückversetzt, als er sich in der Luft drehen konnte, im freien Fall.

Sie werden langsamer, Prantl versucht, sich aus der würgenden Umklammerung zu befreien, die schützende Plane reißt an seiner Hintertasche, wo sich Wittgensteins Vokabeln quetschen, er umarmt das Mädchen und legt sein Gesicht an ihren Hals.

Mit der Frau hinabrollen, diesmal ist es nicht Trattenbach, sondern Puchberg, und nächstes Mal wird es Otterthal sein.

Er fängt an zu lachen, umarmt sie fester, spürt, daß sie schon die ganze Zeit lacht, den ganzen Abhang hinab, Abschürfungen, Kratzer von Ästen und Steinen, Schwindelgefühl können ihr nichts anhaben.

Sie streift die Plane von ihren Gesichtern.

Er starrt in ein braunes und ein blaues Auge. Auch das andere blaue Auge geht verloren, die Kontaktlinse gleitet unter dem Lid hervor und ragt heraus, unter Lachtränen.

Sie fährt sich ins Gesicht, ihr angemalter Mund ist schief, unter der Farbe blaß, nach unten gezogen.

Sie wird immer nackter: unter dem langfasrigen blonden Filz kommt kurzes dunkles Haar zum Vorschein, jetzt merkt er erst, daß sie eher mager ist, ihre Brust, die unter den Stricken so aufreizend wirkte, ist ziemlich klein. Sie ist spröde, hat eine Unnahbarkeit, obwohl sie mit ihm unter der Gummihaut eng umschlungen liegt. Sie können kaum atmen. Sie reden schnell, lassen das Englische, in dem sie beide mit Akzent sprechen, überspringen das Deutsche, da ist sie besonders stur, es bleibt das Tschechische, Tonfall von Prag, mit mährischem Einschlag. Sie wundern sich beide nicht; nur, daß er so alt ist, und sie so häßlich, das sagen sie aber nicht.

Sie wird immer brauner, die weiße Paste, mit der sie beschmiert war, bleibt auf der Plane und an Prantl haften. Prantl riecht ihren Gewürzduft: Kamille, Fieberkraut, Wermut.

Er erkennt die körperliche Anspannung und die Gier seiner früheren Jahre, extreme Zustände. Er kannte nur noch das Frieren, die Hitze kaum mehr. Jetzt verbrennt sie ihn fast. Er hat Fieber. Die Viper wirkt.

Sie kriecht aus der Plane, taucht in den Fluß.

Er kommt ihr nach, kühlt sich ab, sie schwimmen gegen die Strömung, bis zum Wehr, lassen sich wieder hinabtragen, mit den Forellen und Plötzen, die hier aus dem Wasser springen und ihre rötlichen Flecken und Flossen in der Sonne leuchten lassen.

Eine Wasseramsel, sagt sie.

Wo?

Da, auf dem flachen Stein. Mit der weißen Brust. Das sind Experten. Können schwimmen, den Boden eines fließenden Gewässers überqueren, laufen, klettern, fliegen ...

Wie du.

Ich fliege nicht so gut.

Es hat gereicht, er hebt sie aus dem Wasser. Wie heißt du?

Karla.

Sie biegt sich rückwärts, taucht und schwimmt durch seine Beine, versucht, ihn unter Wasser zu ziehen.

Ein warm angezogener Bauer mit Hut, der auf dem gegenüberliegenden Ufer mäht, sieht ihnen verwundert zu: in dem Wasser kann man nicht baden. Sie stapfen zu ihren Sachen, kriechen noch einmal in die Plane.

Nach einiger Zeit, er ist eingenickt, wird er von leichten Erschütterungen wach. Sie schläft nicht, sie betrachtet ihn aus der Nähe, sein Gesicht, seine Falten, preßt ihren Mund auf seine Schulter und lacht.

Oben auf dem Berg..., du warst unglaublich komisch. Wie Peter Sellers als Inder in ›Hollywood Party‹, hast du den Film gesehen? In der Schlacht, wo er mindestens zwanzigmal getroffen wird, und er kriecht weiter! Sie vergeuden auf ihn die Munition für die halbe Komparserie, aber er läßt sich nicht töten. Sie überlegen schon, ob sie nicht scharfe nehmen sollen. Und in der Drehpause, als er seinen Schuh zuschnüren will, stellt er ihn direkt auf den Auslöser der Dynamitladung. Die Festung fliegt in die Luft, ohne daß jemand filmt, verstehst du?

Ja, ich verstehe, Prantl kommt sich ziemlich blöd vor, muß aber auch lachen.

Der Greif war an diesem Film auch das Teuerste, weißt du?, sie kullert sich in der Plane in Lachkrämpfen.

Hast du Typhus gehabt?, er streicht ihr übers Haar.

Das ist für einen Kriegsfilm, der ist noch nicht fertig.

Bist du da in einem KZ?

Zuerst sollte ich, aber der Produzent sagte, nicht schon wieder eine Jüdin. Als dürfte nur er Jude sein. Also bin ich eine Französin, die so von ihren Landsleuten zugerichtet wird, wegen Kollaboration mit den Deutschen. Dabei ist ihr Geliebter ein Elsässer. Sie wird dann wahnsinnig.

Spielst du sie?

Nein, es gibt dort aber ein paar Szenen... sie springt aus einem brennenden Fenster, das mache ich.

Und der Star?

Die kommt mit den unbeweglicheren Szenen ganz gut zurecht.

Mußte sie sich auch das Haar...?

Nein, das war nicht nötig.

Und du?

Ich wollte es.

Möchtest du nicht einmal die Hauptrolle spielen? Bist du nicht neidisch?

Worauf? Ach so... nein, ich weiß, daß sie nie so springen würde. Ich möchte das, was sie in dem Film tun muß, nicht spielen.

Sie fährt sich durchs Haar. Ich habe mich auf das KZ gefreut, am liebsten wäre ich kahlköpfig. Das würde mir auch am besten stehen, glaube ich. Das war dann dem Produzenten zu viel, Stuntmen sollen nicht auffallen. Dabei haben sie uns nichts zu sagen, nur der Stunt-Koordinator. Wir machen reale Arbeit und sind nicht so abhängig. Andererseits, je blöder der Film, desto gefährlicher die Stunts. Aber wenn ich an die arme Marilyn Monroe denke, die sich dauerhaft mit Peroxyd verbrannte und trotzdem ihr Schamhaar nie blond bekam, es blieb dunkel. Du würdest nicht glauben, was sich die ›Stars‹ alles gefallen lassen. Jean Simmons ist einmal in Hollywood mit kurzem Haar angekommen. Der Regisseur wurde so wütend – die Nutte hat sich erlaubt, sich so zu verunstalten! Er hat geschworen, daß sie im nächsten Film mit langem schwarzen Haar spielen wird. So entstand ›Angel face‹, mit Robert Mitchum. Es war aber eine Perücke.

Er sieht sie an: Also keine Schauspielerkarriere?

Eher Filmregie. Was hast du mit dem Arm. Eine Verletzung?

Ich war auch eine Art Kaskadeur, Springer.

Von wo bist du gesprungen? In deinem Alter.

Ich war damals jünger. Jünger als...So alt wie du, vielleicht.

Ich bin vierundzwanzig.

Ich war jünger.

Wo bist du gesprungen. Von wo?

Aus einem Flugzeug.

Fallschirmspringer?

Parachutist, ja.

Und wieviel Punkte hast du gemacht. Hast du gewonnen?

Nein.

Ich meine nicht die Hand.

Ich auch nicht. Wir haben nicht gewonnen. Wir landeten im Protektorat. In Böhmen.

Wie alt bist du.

Fünfzig.

Das glaub' ich nicht!

Sie ziehen die Kleider über die verschwitzten Körper, Prantl sucht in der Plane nach seiner zweiten Sandale, der Riemen ist gerissen, sie benutzen einen der Stricke als provisorische Befestigung.

Er löst die komplizierte Flügelbindung von ihrem Kleid, untersucht den Stoff. Wie bei einem Fallschirm.

Du hast mich eingewickelt. Ich bin den ganzen Tag von dir abgehalten worden. Ich habe mich verirrt, war betrunken, bin abgestürzt, von einer Viper gebissen, ließ mir einen gefährlichen Kode aufdrängen, getarnt als Vokabeln, entkam knapp einem Anschlag mit einer präparierten Banane und den Nachstellungen von zwei feindlichen Agenten, wurde beinah vom Postbus überfahren, um endlich von einer Gemse direkt zu dir und zu deinem Greif geführt zu werden.

Das wird noch Ärger geben, erinnert sie sich. Soviel ich weiß, haben sie dafür keinen Ersatz.

Irgendwann mußt du mir den Inhalt des Films erzählen.

Das ist schon alles. Der Vogel ist die ganze Pracht. War.

Sie rollen lachend aus der Plane.

Sogar dieser lange Tag hat eine Dämmerung. Sie denkt an ein Buch, wo der Zurückgekehrte von einem anderen Planeten die Simulationsspiele der ruhiggestellten Gesellschaft nicht versteht und die Schauspielerin in der fiktiven Schlucht ernsthaft retten möchte, ein Vergessener, Verschollener aus einer anderen Zeit.

Wie heißt du?

Jan Prantl.

Können wir hier nicht bleiben?

Ich denke ja.

Ihr Haar an seinem Gesicht. Wenn er nicht aufpaßt, wird sie es immer kürzer schnippeln.

Er ahnt, daß sie noch ein Problem wird. Daß sich diese Liebe, die er nicht wollte, vor die sich die Ereignisse des ganzen Tages gestellt hatten, nicht mehr aufhalten läßt.

4

Es vergehen zwei Tage, in denen sie die Täler und die Verfolger wechseln. Einmal ist es eine Gruppe aufgeregter Pädagogen, mit Ponomarenko und Hayek an der Spitze, flankiert von Screwley und Těremeškova, die die Jagd kurzfristig verbindet, mißtrauisch beäugt von Plumpton, ein andermal setzen ihnen wütende Statisten und Stuntmen nach, die wegen des Arbeitsausfalls auf ihre Risikoprämien verzichten müssen und ihren Bewegungsdrang an der ›Buckligen Welt‹ auslassen. Sie lungern in ihrer Eingeborenenkluft – Lendenschurz, Fell-BHs, Keulen doppelten Gewichts in der Hand – unbeschäftigt herum und verunsichern die alpinen Täler.

Erzähl weiter, sagt Karla.

Don't bend, fold or mutilate your registration cards, mahnt der Koordinator per Megaphon in den Pausen vor der Essensausgabe, und es tönt von Berg zu Berg – durch Trattenbach, Puchberg, Otterthal und Schottwien, verfängt sich im Kreuzgang des von Josef II. aufgelassenen Klosters zu Kirchberg am Wechsel, hallt verformt zurück und hört sich an wie eine Einladung zum Heurigen in die Kongreß-Pension ›Waldruh‹, wo beim Abschiedsabend Pädagogen und Stuntmen heftig aneinander geraten, uneinig darüber, was für die Jugend schädlicher ist: Schule oder Film.

Und wie geht's aus?

Die Pädagogen sind in der Überzahl und sehr verbissen. Aber die Stuntmen sind trainiert. Es geht völlig eindeutig aus, sagt Prantl.

Auf wessen Seite bist du?

Es ist gar keine Frage. Er küßt sie aufs Ohr. Ich bin für

den Film. Schon als Kind habe ich die Schule geschwänzt, um ins Kino zu gehen.

Ich auch!

Sie streifen umher und lernen die Landschaft und die örtliche Gastfreundschaft kennen. Das Geld, Erspartes in sieben Jahren Grönland, wird reichen; dort gab er es nur für Beschaffung von Büchern und Alkohol aus, mehr brauchte er nicht.

Karla in ihrem lädierten Kostüm, die Flügel abgestreift; die Plane war ein sichereres Quartier als die vielen Pensionen und ›Zimmer frei‹, wo Wirtinnen im Dirndl gerade ausgebucht sind oder Gäste nur für mehrere Nächte aufnehmen, solche, die mit Gepäck kommen.

Die letzte Nacht verbringen sie endlich in der Prachtherberge, wo das Filmteam untergebracht ist. Bei der Suche hat Karla einen bemerkenswerten Mangel an Orientierungssinn gezeigt; da sie den Ortsnamen nicht behalten hat – ›etwas auf -berg‹, versuchen sie, sich auf ihr Landschaftsgedächtnis zu stützen. Sie verwechselt Berge und Täler, jeden Wald hat sie schon irgendwie gesehen, die Kühe, die Gasthöfe, die Kirchen; auch der Fluß fließt in jeder Biegung ähnlich. Noch als sie direkt vor dem Hotel stehen, ist sie unsicher, die Halle mit Dekor, Täfelung und Teppichen kommt ihr fremd vor. Der Mann in der Rezeption erkennt sie und gibt ihr etwas verwirrt den Schlüssel.

Die Fenster der Komparserie gehen in den Innenhof, mit Küchengeruch und Abfallkannen, sie müssen leise sein, mahnt sie, um die anderen nicht zu wecken, sie würden sonst nach dem Vogel fragen. Sie lacht gedämpft, aber das Bett knarrt, und sie ist auch nicht leise, von nebenan kommt ein Pochen an die Wand, das ist der Mann mit der Klappe, der ist nur neidisch, sagt sie. Aber es ist ein übermüdeter Handelsreisender aus Wels mit Gummiwaren, der in dieser katholischen Gegend keinen Umsatz gemacht hat. Das Filmteam ist abgereist, das erfahren sie erst am Morgen, als sie das teure Doppelzimmer bezahlen sollen.

Prantl würde am liebsten die Vokabeln von Wittgenstein versetzen, für den Preis könnten sie zwei Tage länger bleiben und sich dann noch ein Taxi zum Gloggnitz leisten, das Heft hat hier aber keinen Wert. Sie müssen ihr Geld zusammenkratzen und zu Fuß gehen. Karla sieht in kurzer Hose wie ein Junge aus; der Versuch, per Anhalter zu fahren, scheitert.

Unterwegs erläutert sie die Hintergründe des Films. Ein ungarischer Emigrant, seit vierzig Jahren in den USA, dreht low budget Filme; der Greif war von einer nicht realisierten Produktion übriggeblieben. Das Drehbuch hat ein anderer Ungar geschrieben, der '56 gegangen ist. Es war zu literarisch, konnte so nicht bleiben, die Pointen hätte keiner verstanden, meinte der Produzent, und der Greif würde sich nicht amortisieren. Er traut dem amerikanischen Publikum nichts zu. Sein Freund mußte die Geschichte umschreiben. Jetzt ist der Greif im Mittelpunkt, und die Blondine. Den Text kannst du vergessen. Aber ungarische Statisten sind billiger als amerikanische.

Sie drehen doch in Österreich?

Nur die Bergszenen. Danach geht's in die Pußta. ›Csehül áll!‹ Sie sind schon dort.

Was heißt es?

›Da siehst du alt aus.‹ ›Da stehe ich tschechisch da.‹ Das habe ich täglich fünfzigmal gehört. So etwas wie ›Scheiße!‹ oder ›Do prdele!‹

Sagen sie es oft?

Sonst eigentlich nicht. Er hatte wahrscheinlich eine slowakische Großmutter, aus Kežmarok, Vyšné Ružbachy oder Rimavská Sobota, ich höre diese Namen so gern.

Wärst du gern in die Pußta gefahren?

Meine Arbeit war eigentlich hier zu Ende. Dort waren noch ein paar Reitszenen, aber das macht eine andere Frau.

Eine Ungarin?

Eine Polin, Karla lacht. Sie war früher beim Zirkus. So gut bin ich nicht.

Werden sie dich nicht vermissen?
Bei diesem Film nicht mehr. Ich kann später bei der Agentur nachfragen. Oder auch nicht. Sie winkt ab.
Ein Lieferwagen hält an.
Sie klettern nach hinten, zwischen leere Styroporkisten für Gefrierfisch.
Wie kalt ist es auf Grönland?
An der Ostküste in der Gegend um Angmagssalik sind es im Sommer durchschnittlich drei bis vier Grad, auf den Hängen kann es sich aber in der Sonne ganz schön aufheizen. Im Süden ist es wärmer. Im Winter sind es etwa minus zwanzig Grad.
Ist das alles? Karla ist enttäuscht. Das hatten wir in Prag auch.
Im Norden kannst du dreimal so niedrige Temperaturen erleben. Die Extremwerte liegen bei −75 Grad, in Jakutien. Auf einer Polarstation sind schon Temperaturen um −80 Grad gemessen worden.
Da leben Menschen?, fragt Karla.
Prantl zuckt mit den Schultern. ›Leben‹ wäre übertrieben. Bei achtzig Grad kannst du nicht draußen arbeiten. Ich war einmal auf einer Station im Norden, wir hatten nur vierundfünfzig Grad. Du kannst essen. Die meisten nehmen ab, aber da alle plötzlich Appetit oder Heißhunger auf Fett kriegen, können sie es wieder ausgleichen. Long eye – du hast einen Vier-Meter Blick in einem Drei-Meter Raum, starrst vor dich hin und nimmst niemanden wahr. Oder ein Big eye – du sitzt da und kannst nicht schlafen. Beschäftigungen. Filme sind beliebt. Spiele, aber nichts Anstrengendes. Wir haben uns ein ›Memory‹ gebastelt, das kennst du vielleicht – Karten werden umgedreht, wenn du zwei gleiche hast, behältst du das Paar.
Das heißt in Prag ›Pexeso‹ – Pekelně se soustřeď'. ›Konzentriere dich höllisch.‹ Das konnte ich nie, sagt Karla.
Wir auch nicht. Sie haben mir das Spiel gegeben.
Hast du es?

Es müßte irgendwo sein, ich habe es seitdem nicht herausgeholt. Man wird apathisch, verblödet langsam, rostet. Frag mich nicht, wie weit ich mich bücken kann. Nansen litt auch am meisten unter Rheumatismus.

Dabei war er sicher einiges gewöhnt. Karla überlegt. Was aßen sie damals? Bärensteaks? Eher umgekehrt, sie verzieht den Mund.

Die sind meist voll von Trichinen, man muß das Fleisch lange kochen. Die Leber ist giftig, zuviel Vitamin A.

Wissen es die Eskimos?

Sie haben Erfahrung. Aber das lange Kochen ist meist ein Problem. Dabei ist der Eisbär die begehrteste Beute. Der König der Arktis – sein Fell ist ein Beweis der Stärke. Auf das viele Fleisch zu verzichten, bei der Kälte und Hunger – sie kauen schon daran. Manchmal geht es gut aus.

Was jagen sie sonst?

Seehunde, Schneehasen, Polarhühner, aber auch Größeres – Rentiere, Moschusochsen, Karibus – es hängt von der Gegend ab. Eisbären gibt es nur an der Ostküste, Wale nur im Westen. Seehunde sind überall. Das ist die Hauptnahrung, und Fisch. Man probierte schon alles mögliche. Eine französische Südpolarexpedition hatte einen begabten Koch, der hat aus dem Kaiser-Pinguin und aus der Raubmöwe zwei neuartige Gerichte zubereitet: ›Rôti d'Empereur‹ und ›Suprême de Skua sur Canapé‹. Prantl lacht. Dafür war mit dem Krill nichts. Er versuchte es als Suppe, mit der *Sauce Américaine*, aber die Mannschaft bekam nur einen fürchterlichen Durchfall und mußte zwei Tage lang in den Kojen bleiben.

Woher weißt du das?

Ich habe in den ersten Jahren auf Grönland nur gelesen. Ich habe etwa zweieinhalbtausend Bücher, einige in Sprachen, die ich schon fast vergessen habe oder nie richtig konnte. Das ist in einer Stadt in Europa nicht besonders viel, aber auf Grönland ist es eine Menge. Der Nachschub ist schwierig. Auf Grönland las ich zunächst alles, was ich in die Hand bekam, über das Land und darüber hinaus. Ich kenne die Tagebücher von Nansen, Amundsen, Peary, Rasmussen, die Abläufe der meisten Expeditionen. Wenn du einmal angefangen hast, kannst du kaum noch aufhören. Außer Lesen machte ich Ausflüge; der längste dauerte acht Tage. Nichts Großes, ich blieb meist in der Nähe der Ostküste. Die Gegend um Angmagssalik kenne ich einigermaßen. Am Anfang scheint dir alles gleich, weiße Fläche, endlos. Erst langsam siehst du die Unterschiede, die Spalten, kannst dich an den Nunataks, den Gipfeln, orientieren. Es ist eine ungeheuere Landschaft.

Karla sieht ihn an.

Hast du schon einen Eisbären gesehen?

Ein paar Mal. Mehrmals drifteten sie auf Eisschollen, einmal sah ich am Ufer eine Bärin mit zwei Jungen, sie hatten ein honiggelbes Fell, wie Gössel, und waren vielleicht zum ersten Mal aus ihrem Bau herausgekommen, sie konnten kaum laufen. Sie bewegten sich, als würden sie sich über alles wundern. Es war ein Geschenk.

Hast du jemals einem Eisbären in die Augen gesehen?

Du meinst, ob ich so nahe war. Die Grönländer sagen, wenn du einem Eisbären in die Augen blickst, dann ist es schon zu spät. Prantl schweigt. Ja, einmal. Es war im Schneegestöber, es wurde immer dichter. Ich war in Sermiligaq, einer Siedlung nördlich von Angmagssalik, ich weiß nicht mehr, warum. Jemand soll einen goldenen Seehund gesehen haben. Du mußt wissen, das ist das höchste, ein Mythos – fast nicht wahr. Ich hatte im Dorf davon gehört und ging los, auf die Klippen über dem Fjord, der Kutter war noch nicht abfahrtbereit, ich hatte Zeit. Es fing an zu schneien, manchmal kommt es ganz plötzlich schon Ende August, ich war gar nicht ausgerüstet, kein Gewehr, nicht einmal warme Sachen. Es wurde immer dichter, aber als hätte ich etwas unten im Wasser gesehen, bin ich weiter geklettert. Dann habe ich die Orientierung verloren. White out.

Du unterscheidest nicht mehr zwischen Himmel und Erde, alles verfließt ineinander. Hubschrauber stürzen ab, weil der Pilot nicht weiß, ob er 300 Meter hoch ist oder 30 Zentimeter. Du hast keinen Horizont, an dem du dich orientieren kannst, richtest dich auf, und fällst auf den Rükken, stolperst über die eigenen Beine, weil du sie nicht siehst. Schneeblindheit – alles sieht rot aus, und du hast ein Gefühl in den Augen, als hättest du Grieß drin. Das kann nach drei Tagen verschwinden, oder du siehst nichts mehr. So weit war es nicht. Weil ich plötzlich sah. Ich bin auf den Bären fast getreten. Er kam hoch, ich sah die Augen.

Wieso lebst du? Karla sieht ihn an.

Das weiß ich auch nicht. Ich habe mich kaum bewegen können. Vielleicht habe ich einen Schritt zurück getan. Unter mir hat eine Schneebrücke nachgegeben, ich wußte gar nicht, wohin ich gelatscht war. Ich rutschte in eine Eisspalte. Die Küste ist voll davon. Die Umgebung von Angmagssalik kenne ich, aber bei Sermiligaq war das anders. Einige Spalten sind sehr tief, da kommst du nicht raus. Ich sah noch den Schatten über mir, den Bären am Rand der Spalte. Er brüllte. Dann weiß ich nichts mehr.

Und wie kamst du raus?

Sie haben gesucht. Die Bewohner von Sermiligaq sind überwiegend Einheimische, sie kennen sich aus. Als der Kutter zurückfahren sollte, wurde ich vermißt. Sie mußten ablegen, sagten aber im Dorf Bescheid. Ich hatte Glück, daß die Sirius-Patrouille in der Nähe war. Ich habe Schüsse gehört, das hat mich aufgerüttelt. Allein hätte ich es nicht geschafft.

Die Sirius-Patrouille?

Eigentlich sind sie in Daneborg stationiert, zweitausend Kilometer nördlich. Sie patrouillieren an der Ostküste, bis minus fünfzig Grad sind sie noch mit ihren Schlittengespannen unterwegs. Alle unter dreißig, Freiwillige, fünf Wochen Spezialschulung in Norwegen, dazu eine gründliche Marineausbildung. Eine Elite-Einheit, die einsamste.

Als Armstrong und Aldrin ’69 als erste Menschen den Mond betraten, hatten sie ihr Abzeichen dabei: den Kopf eines Schlittenhundes vor dem Sirius-Stern. Sie haben mich gefunden.

Was haben sie gesagt?

Nichts. Sie waren freundlich, aber ich konnte mir vorstellen, was sie dachten. Ich hatte mich wie ein Anfänger benommen.

Und die Einheimischen?

Die sind viel nachsichtiger. Sie haben sich gefreut, daß ich lebe. Dabei sind sie unter sich auch nicht so verständnisvoll. Wenn du deinen ersten Seehund verfehlst, von der ersten Jagd mit leeren Händen zurückkommst – es kann am Wetter liegen, am Mißgeschick, oder daran, daß die Seehunde sich zurückgezogen haben – das Dorf erwartet, daß du jetzt ein Mann bist. Davon hängt viel ab. Soviel, daß ein erfolgloser Jäger, um dem Spott des Dorfes zu entkommen, zum Großen Geist hinausfährt, der wohnt draußen zwischen den Eisbergen, wo die Gletscher kalben. Wenn du einmal das Getöse gehört hast, mit dem die Eismassen ins Meer stürzen, würdest du verstehen, was die Kalaatdlit meinen. Schon wenn du im Kajak an einem Eisberg vorbeifährst, ist es unheimlich. Der Eisberg knistert und rauscht, bewegt sich, die Inuit sagen, er spricht zu ihnen. Oft dreht er sich plötzlich, kippt um, und nimmt das Boot mit. Größere Schiffe trauen sich nicht einmal in die Nähe. Die Masse des Eisbergs unter Wasser schlitzt eine Schiffswand auf wie nichts. Wo die Eisberge vom Gletscher ins Meer gestoßen werden, dort knistert das Eis nicht, dort brüllt es. Das Wasser schäumt auf, die meterhohen Wellen reißen alles mit. Eisberge drehen sich, tanzen, das Meer brodelt, riesige Eisschollen schieben sich übereinander und zerdrücken alles, was zwischen sie gerät. Der Qivitoq, der Ausgestoßene, hat keine andere Wahl, als zum Großen Geist zu gehen, dort ist er vor dem Spott der anderen sicher, dort hat das Leben in Scham ein Ende.

Hast du es erlebt?

Ich habe einen Jungen geholt, er war mein Schüler. Er hatte nichts gefangen. Keiner traute sich, ihm zu folgen oder ihn zurückzuhalten. Das war seine Entscheidung, sie wird respektiert. Ich wußte, daß ihn etwas Stärkeres zurückholen muß.

Was war es?

Du wirst lachen. Ich. Ich hatte den Motor ausgeschaltet, er wäre sonst geflohen, weiter gepaddelt, dorthin wäre ich mit dem Motorboot nicht gekommen. Ich warf das Seil aus, wollte mich an den Eisberg heranziehen, und er drehte sich, kippte nicht um, schlidderte nur, und nahm mich mit. Ich wurde mit dem Seil herausgeschleudert. Er hatte es gehört und blieb liegen. Länger als drei Minuten im Wasser hält man es normalerweise nicht aus. Er hat es irgendwie geschafft, mich rauszuholen, war schrecklich sauer auf mich. Während der ganzen Rückfahrt sprach er kein Wort mit mir. Kurz vor der Einfahrt in die Bucht von Angmagssalik sind wir auf eine Gruppe Seehunde gestoßen, und er hat einen erwischt. Der Empfang war groß, aber damit konnte keiner rechnen. Ich hatte ohnehin Fieber und hatte nichts davon. Vielleicht waren es schon dreieinhalb Minuten, bis er mit seinem Kajak angepaddelt kam. Er wollte ja erst gar nicht.

Hast dich schön erkältet, sagt Karla.

Nicht einmal. Husten, Schnupfen – das ist kein Thema. Bakterien, Viren haben bei den Temperaturen keine Chance. Es ist schon mehr die Substanz. Prantl lächelt. Erfrierungen. Meinen linken Kleinzeh spüre ich nicht, aber das schon lange. Das hatte mit dieser ›Rettung‹ nichts zu tun.

War er dir wenigstens dankbar?

Dankbar? Er sprach mit mir mindestens einen Monat nicht. In der Schule ließ er sich nicht mehr blicken. Er war jetzt erwachsen. Einmal kam seine Mutter. Eine sehr liebe Frau…

Und?

Nichts. Ich habe die Familie wohl zum zweiten Mal gekränkt.

Prantl lacht. Doch, ich wurde bedankt. Sie nannten mich seitdem Otaq.

Und wie nannten sie dich vorher? Jan, oder Prantl?

Vorher nannten sie mich Lehrer.

Aber du heißt auch Otakar.

Vielleicht hat es damit zu tun. Otaq war ein Stammesältester, der mit Peary am Nordpol war. Er galt als besonders tapfer und stolz.

Karla sieht ihn an. Das hast du gut gemacht.

Und was wird mit dem Seehund?, fragt sie nach einer Weile.

Der wird mit Süßwasser begossen, damit er etwas zu trinken hat. Sie glauben, daß er tot noch durstig ist. Wenn kein Süßwasser da ist, spucken sie ihm auf die Schnauze. Es soll das gleiche bewirken. Die Frauen nehmen ihr Ulo, das Frauenmesser, und häuten ihn, schaben die Haut ab, weiden ihn aus, verarbeiten das Fleisch. Die Leber wird roh gegessen, eine Delikatesse.

Hast du sie schon probiert?

Natürlich.

Das Blut trinkt man frisch. Wenn du ablehnst, hast du ihr Vertrauen verspielt. Viel Auswahl hast du nicht. Sie singen dann. Besingen den Bruder Seehund. Er ist ihr bester Freund, rettet sie vor Hunger, vor Schande. Alle haben etwas davon. Auch die Hunde, die sonst im Sommer kaum gefüttert werden. Erst im Winter geht es richtig los. Ich habe mich über das Zusammensein zwischen den Inuit und den Hunden immer gewundert. Im Sommer greifen sie aus Hunger kleine Kinder an, werden mißhandelt, keiner kümmert sich. Im Winter ist es anders. Eine Verbundenheit, die beinahe unerklärlich ist. Wie die Menschen mit den Hunden umgehen, wie die Hunde sie verstehen – es ist eine Toleranz seitens der Hunde, eindeutig, aber die Hunde scheint es zu freuen, daß sie jetzt gebraucht werden.

Der Leithund ist meistens ein Weibchen, es lernt schneller und leichter als ein Rüde. Es muß ein starkes, kluges Tier sein. Wenn sie Junge hat, die sie säugen muß, verliert sie am Bauch fast ihr gesamtes Fell. Sie bekommt ein Fell untergebunden, damit sie sich nicht an dem harten Schnee wund scheuert und Erfrierungen erleidet, und die Jungen werden auf dem Schlitten sorgfältig eingepackt. In den Pausen werden sie gestillt. Länger als fünf Jahre macht es kein Hund. Dann sind ihre Lungen verbraucht. Ein Gespann von acht bis zwölf Tieren ist in der Gegend um Angmagssalik üblich. Snowmobile haben dort kaum Verwendung, der Boden ist zu zerklüftet, um mit einem Motorschlitten durchzukommen. Die Hunde wittern, wo es lang geht, können Gefahren ausweichen. Sie sind wild, die ostgrönländischen Huskies, haben Wolfsblut. Wer sie steuern kann, ist ein ganzer Mann, die Kinder lernen es von klein auf. Ich durfte es einmal probieren.

Und?

Die Hunde spürten sofort, daß ich zu weich bin. Das Weibchen vorn schonte sich, heulte nach ihren Jungen, spielte die Primadonna. Ich hatte sofort Verständnis, aber die Kalaatdlit waren hart, es sollte weiter gehen. Plötzlich konnte sie wieder. Es ist ein Gleichgewicht. Es gibt Situationen, da sterben die Menschen wie die Hunde. Die Tiere sind widerstandsfähiger. Die Kalaatdlit töten auch ihre eigenen Kinder oder geben sie weg, wenn der Hunger zu groß wird.

Was passiert dann?

Sie werden nicht belangt. Noch nicht. Die Rechtsprechung auf Grönland ist großzügig, sie hatten bis jetzt keine Gefängnisse. Das wird sich ändern. Du darfst nur die Namen der Toten nicht aussprechen. Erst, wenn wieder ein Kind geboren ist und den Namen des Gestorbenen bekommt. Vorher hat die Seele des Toten keine Ruhe.

Karla schweigt. Haben sie eine Hölle?

Sie haben einen Himmel und als Übergang ›Qudlivun‹, das glückliche Land. Die Hölle ist in gewissem Sinne das Leben. Dort gibt es Hunger und Kälte, und Tupilaks – Geister, die überall lauern. Vor denen müssen sie sich in acht nehmen. Die Sonne ist weiblich, die Große Mutter. Der Mondmann wird nicht so geliebt, er ist zu wandelbar, zu launisch.

Ist die Sonne nicht launisch, wenn sie sich drei Monate lang nicht blicken läßt?, fragt Karla.

Sie ist scheu, muß sich ausruhen. Die Inuit lassen auf sie nichts kommen. Verehrt wird auch die Herrscherin der Seetiere. Sie wohnt in einem Haus aus Walrippen auf dem Meeresboden und schickt sie an die Oberfläche, zu den Menschen, damit sie Nahrung haben. Wenn sie ihnen böse ist, bleiben die Tiere aus. Dann muß sie versöhnt werden. Mit Gesang, Trommeln, Tanz, Amuletts. Die helfen auch gegen böse Geister. Ganz harte Fälle erledigte der Angakok, der Schamane, er hatte einen oder mehrere Hilfsgeister und wußte Bescheid. Sie sterben heute aus, die Kalaatdlit schämen sich, sie aufzusuchen, sie wissen, daß es der Pastor ungern sieht. Das gilt heute schon für die kleinsten Siedlungen. Wir haben in der Nachbarschaft einen ›falschen‹ Schamanen. Die Menschen trauen ihm nicht mehr so ganz, lassen ihn aber manchmal kommen. Er macht sich wichtig, sagen sie. Und betrügt.

Und was machen sie mit ihm?

Sie lachen. Bringen ihm aber manchmal noch Geschenke.

Gehen sie in die Kirche?

Am Sonntag, sie singen gern. Abends erzählen sie sich aber ihre eigenen Geschichten, meist gruselig. Eine alte Frau lebte an einem Fjord und tötete alle Jäger, die vorbeikamen. Kajaangaq, ›der Mann, der immer rudert‹, wollte wissen, was los ist. Er kam zu der Frau, sie bot ihm Schwarzbeeren und eine Menschenhand zu essen an. Als er es ablehnte, brachte sie Eisbärenfleisch mit Menschendaumen. Er aß auch das nicht, schmierte ihr aber nachts, als sie schlief, das Fett und die Beeren ins Gesicht, so daß sie nichts sehen konnte, und floh. Dann kam er mit fünf anderen, darunter einem Medizinmann, der die Frau hypnotisierte. Sie bohrten Löcher in die Hauswände und warfen Harpunen und Pfeile auf die Alte. Sie schrie vor Schmerzen, konnte aber nicht hinauslaufen, weil die Pfeile sich in der Hütte verspreizten. Als sie endlich starb, konnten sich die Menschen am Fjord ansiedeln. Die Geschichte habe ich schon sehr ausgeschmückt gehört. Einige erzählen, daß sie schwarze und rote Bänder im Haarknoten hatte.

Warum?

Das tragen Witwen, die wieder heiraten wollen.

Und die anderen?

Die nicht mehr heiraten wollen, tragen weiße Bänder. Das sind aber nur die ganz alten Frauen.

Und sonst?

Es ist ein ganzes System. Heiratsfähige Mädchen tragen rote Bänder, unverheiratete mit Kind grün, verheiratete blau.

Also man weiß gleich Bescheid.

Natürlich.

Lügt jemand?

Nein, warum?

Auch in den Geschichten nicht?

Frauen sind in den Geschichten oft die Übermächtigen und Bösen, über Männer kann man besser lachen. Sie haben keine Hierarchie, dadurch entfallen die meisten Lügen. Die Kalaatdlit sind auch nicht ›verwendbar‹. Keine Sherpas. Als die Europäer kamen und Expeditionen starteten, mußten sie ihr Gepäck selbst tragen. Die Inuit haben dafür nichts übrig. Sie helfen aus Freundlichkeit, in Not, lassen sich aber nicht mieten.

Warum sagst du manchmal Kalaatdlit und dann Inuit? Es sind alles Eskimos, nicht?

Kalaatdlit nennen sich die Inuit auf Grönland. Das Wort Eskimo hören sie nicht gern. Die Bezeichnung hat ihnen ein französischer Missionar vor dreihundert Jahren gegeben. Es bedeutet so etwas wie Rohfleischfresser in einem indianischen Dialekt, den sie nicht einmal sprechen. Ich weiß nicht genau, was sie daran kränkt, denn rohes Fleisch essen sie in der Tat. Vielleicht, daß das Wort von anderen stammt. Dabei ist ›kalaaleq‹ und der Plural ›kalaatdlit‹ auch nicht schmeichelhafter. Wenn die Etymologie stimmt, dann kommt es vom altnordischen ›skraeling‹ – Kümmerling, häßlicher Mensch. Die Vikinger haben diesen Namen den Eingeborenen auf Grönland und Vinland gegeben.

Wie heißt Grönland auf ›eskimoisch‹?

Kalaatdlit nunaat. Nuna – Land, also die Lande der Grönländer, das t am Ende bezeichnet den Plural.

Wie sagst du: Zauberer, Schamane?

Angákok.

Und zwei Schamanen?

Die gibt's kaum noch. Aber etwa: Mardluk Angakut.

Sag noch etwas.

Prantl überlegt. Was kennst du? Anorak. – Anore ist Wind.

Sag: Ich liebe dich.

Das sagen sie so nicht.

Und wie sagen sie es?

Sie zeigen es mehr. So. Prantl umarmt sie.

Und die Nase?, schmunzelt Karla.

Ja, Prantl berührt mit der Nase ihre Nase, ihre Wange.

Und was noch?

Es würde dir nicht gefallen.

Sag es.

Da ist nicht viel zu sagen. Man würde vielleicht noch einen Knochen nehmen und ihn gegen deinen Bauch stoßen, aber eigentlich ist auch das schon eine Übersetzung.

Und dann?

Nichts. Keine Vokabel.

Wie sagt man: Kind?

Qitornaq.

Und Mutter, und Vater?

Anaana, ataata; angut – arnaq sind Mann und Frau.

Du kannst die Sprache?

Nicht wirklich. Aber ich lebe da seit sieben Jahren. Die Lücken füllt man mit Dänisch aus.

Wie sprichst du mit ihnen?

Grönländisch. Das ist eine Mischung. Du kannst alles sagen. Die kompliziertesten Sachen. Es gibt Bücher, Übersetzungen. Texte von Shakespeare; sie lesen ihn, als wäre er ihr Schamane. Gegenstände, die sie nicht kennen, werden aus dem Dänischen übernommen, mit einer grönländischen Endung: Kaffeemik. Dabei ist ostgrönländisch und westgrönländisch unterschiedlich. Im Osten hörst du: Kappee, Kappee. Ja ist I-i-i.i. Im Westen aap. Sie zählen bis zwölf. Alle weiteren Zahlen heißen viel.

Und wenn du vierzig sagen willst?

Ab zwölf zählst du dänisch weiter.

Kannst du einen Satz aufschreiben?

Prantl nimmt einen abgefahrenen Busschein und schreibt auf dem Knie, während der Laster über die Landstraße holpert.

igdlorssuatsiarliorfigssaliarqugamiuk

Was ist das? Karla starrt ungläubig.

›Da gebot er ihm, zu der Stelle zu gehen, wo das ziemlich große Haus gebaut werden sollte.‹

In einem Wort? Das ist wie die Gründung Prags: ›Und ihr werdet dort einen Mann finden, der zimmert die Schwelle eines Hauses. An der Stelle werde ich eine Stadt gründen.‹ Aber Libuše brauchte dafür mehr Worte. Und das kannst du?

Das ist ein Paradestück. Wie ›Strč prst skrz krk‹. Aber halb so lange Wörter sind üblich. Es sind allerdings keine einzelnen Wörter, sondern Zusammensetzungen, Wortstämme mit Endungen, das wichtigste steht am Anfang.

Ein Wort kann bis zu 80 Suffixe haben, die erste Zusammensetzung weitere 60, die zweite noch einmal 70. Es gibt Ableitungen dritten, vierten Grades, die sich weiter flektieren lassen, bis zum sechsten Rang kannst du mit Begriffen jonglieren. Igdlorssuaq – ein großes Haus, Igdluliorpoq – er baut ein großes Haus. Igdlo – Haus.

Ich dachte, Iglu.

Die Aussprache wechselt, wie bei der Endung -q am Ende. Sermiligaq liest du als Sermiligá. Angmagssalik kannst du auch Ammassalik schreiben, die Tendenz ist phonetisch. Schriftsprache gibt es seit hundertzwanzig Jahren, vor allem durch die Deutschen eingeführt. Die erste Grammatik ist von Samuel Kleinschmidt – ›Grammatik der grönländischen Sprache mit theilweisem Einschluß des Labradordialects‹. Ich habe die Erstausgabe von 1851 gesehen. Er verfaßte auch ein Wörterbuch und übersetzte das Alte und das Neue Testament, daneben druckte er eine Reihe Sachbücher in Grönländisch. Außer seiner Handpresse und seinen Büchern unterschied er sich nicht von den Einheimischen. Er hatte ein Kajak, ein Zelt, und als er vom dänischen König eine Verdienstmedaille bekommen sollte, lehnte er ab: Man braucht keine goldene Medaille am Anorak.

Karla wird nachdenklich. Hätte er nicht lieber die Grönländer in Ruhe lassen sollen?

Du meinst, in ihrem schriftlosen Schlummer? Prantl lächelt. Du stellst dir die Grönländer als ein reines Naturvolk vor, aber das sind sie nie gewesen. Die ersten waren nicht die Eskimos, sondern die Vikinger, etwa um 980. Es war damals wärmer, deswegen ›Grün‹-land. Erik der Rote, ein norwegischer Desperado, konnte sich auf Island und im eigenen Land nicht mehr blicken lassen, also machte er einen Ausflug über das Eismeer, westwärts. Er hatte gehört, daß es dort Land gibt. Eigentlich hieß er Thorwaldson.

Er kam im Süden an, und je weiter er vorstieß, desto grüner war es. Grüner als Island, woher er kam. Er fuhr zurück und holte die ersten Siedler, Vieh und Haushaltsgeräte. Von 25 Schiffen sind nur 14 angekommen, die ersten 100 Menschen. Sein Sohn Leif ging um 1000 weiter nach Westen und fand Vinland – Amerika. Er holte allerdings auch den ersten Priester aus Norwegen. Bereits Mitte des 12. Jahrhunderts hatten die Grönländer ihren ersten Bischof. Ein Jahrhundert später kommen die Thule-Eskimos in den Süden und treffen mit den Vikingern zusammen. Soll ich weiter erzählen?

Natürlich!

Ein weiteres Jahrhundert verläuft ziemlich ruhig. Dann verschlechtert sich die Verbindung mit Europa, auch die Beziehungen zu den Eskimos. Um 1500 sind plötzlich die Vikinger verschwunden. Eine Rolle kann auch die Veränderung des Klimas gespielt haben. Im 16. Jahrhundert wird der Walfang von großer Bedeutung. Ein Wal liefert 25 Tonnen Tran und eine Tonne Fischbein. Die Haut, das Fleisch und die Knochen blieben für die Eskimos. Für die Hilfe, ihre Pelze und das Elfenbein von Walroß und Narwal bekamen sie Glasperlen, Schießpulver, TBC und Syphilis. In der Davisstraße im Westen tummelten sich vor allem Holländer, aber auch Dänen, Deutsche, Engländer und Franzosen.

Franzosen?

Ja, auch später. Dann sind es Glaziologen, als es keine Wale mehr gibt. – Ich verkürze um ein paar Jahrhundert. – Es gibt zum Beispiel einen Champs Elysée-Gletscher und einen Paris-Gletscher, aber auch den Scoresby Sund, Peary Land und den Rasmussen-Gletscher. Über Rasmussen möchte ich dir mal erzählen. Er war ein Halbblut-Eskimo, konnte die Sprache, sammelte ihre Sagen. Auf seiner vierten Thule-Expedition, der ›literarischen‹, kam er in das Gebiet von Angmagssalik, hat dort später sogar einen Film gedreht – ›Palos Bruderfaerd‹. Auf der fünften, ›der langen Schlittenreise‹ erreichte er die Hudsonbai. Und fuhr dann weiter mit Hundeschlitten nach Alaska, bis zur Beringstraße, untersuchte die kanadischen und amerikanischen Eskimos, schrieb ihre Lieder und Sagen auf. Auf Grönland hat er am nordwestlichen Ende eine Station errichtet – Thule; der Name stammt von ihm. Die Inuit sagen Qaanaaq. Der ganze Norden von Grönland, Nordost, Nordwest, ist voller Spuren von ihm. Der Süden, der Südwesten war ihm zu leicht. Er starb an einer Fleischvergiftung, die er sich bei einem Festessen bei den Einheimischen zugezogen hatte. Als es kurz schien, er würde durchkommen, träumte er sofort wieder von einer neuen Reise. Knud Rasmussen, gestorben am 21. Dezember 1933 – ›Gebt mir Winter, Gebt mir Hunde, Und alles andere könnt ihr behalten!‹ –

Es hat sich alles verändert. Prantl sieht auf. Ich könnte dir von Alfred Wegener erzählen, der die ›mittlere Traverse‹ markiert hat. Im Norden Rasmussen. Bei Angmagssalik, südlich der Hundegrenze, Nansen. Das Überqueren von Grönland war immer mörderisch; in der ›Mitte‹, wo das Eis über dreitausend Meter dick ist, Wegener. Sein Grab ist zwischen der Westküste und der ›Eismitte‹. Seine Theorie der Kontinentalverschiebung wurde noch in den fünfziger Jahren belächelt.

›Hast du das große Schweigen erlebt, …den Text gehört, den die Natur dir predigt? Dann lausche auf die Weite, sie ruft dich zurück!‹ – Nansen an Amundsens Grab.

Karla sieht ihn an. Erzähl mir noch von Grönland.

Um 1720 kommt ein norwegischer Pastor auf die Idee, die Nachfahren des Erik des Roten in ihrem christlichen Glauben zu stärken. Als er sie nicht vorfindet, stürzt er sich voll Eifer auf die Einheimischen, die sich inzwischen mit allen Vorgängern vermischt haben und recht interessant aussehen. Mongolide mit blauen Augen sind an der Westküste und im Süden keine Seltenheit. Egede hält sie trotzdem für Heiden, also Barbaren, und macht sich daran, ihnen ihre Sitten auszutreiben. Statt den Schamanen sollen sie protestantischen Priestern gehorchen. Es geht wie immer um den Handel. Nachdem die Wale in der Davisstraße ausgerottet sind, kommen Pelze an die Reihe. Die Handels- und Missionsstationen gedeihen. Der Handel im Südwesten ist fest in den Händen der Dänen und Norweger.

Die Ostküste, weniger vermischt, bleibt von Egedes Bekehrungseifer verschont. Erst 1884 entdeckt der Däne Gustav Holm während seiner ›Frauenbootexpedition‹ die Eskimos von Angmagssalik.

Waren Frauen dabei?

Nein. So nennen sie die großen offenen Boote, in denen früher Frauen fuhren. Männer fahren allein, in Kajaks, verschlossen.

Sie schweigen.

Ich hatte an der Moldau auch ein Kajak, sagt Karla. Und ich kann die Eskimorolle!

Das hätte Egede nicht gern gesehen. Prantl grinst, sieht sich die Landschaft an. – Hier kenne ich es schon.

Der Laster hält vor einer Bahnschranke.

5

In den zwei Tagen hat sich ein festes Gefüge unter den Kongreßteilnehmern herausgebildet. Die Russen lärmender Mittelpunkt, die Deutschen harter Kern, mit einigen vorbereiteten Fachleuten und einem Zug zum Fanatismus, auch politischen. Dazu Außenseiter, die von den Gruppen angezogen werden, kaleidoskopisch zerstieben und sich zu neuen Mustern, neuen Meinungen zusammenklumpen.

Frölich ist unter die Fittiche von Bentley II geraten, eingelullt durch den Umstand, daß hier keine Kontrollen stattfinden, wie bei den Russen. Der einzige Tscheche weit und breit ist der seltsame Eskimo, der sich seit zwei Tagen nicht blicken läßt. Bentley will unterhalten werden, Frölich strengt sich an:

»Stalin kommt aufs Land, besucht eine Kolchose. Kak poživajetěs, tovarišči? Wie geht's euch, Genossen, scherzte Genosse Stalin. Gut, scherzten die Kolchosniki zurück.«

Stille. Bentley wartet. Mit der Satzkonstruktion hat er Mühe. Hinter ihm lacht Borolič los. Ponomarenko in der Nähe tut, als hätte er nichts gehört.

Frölich müht sich, noch ist es Zeit, wegzukommen, noch haben die Tschechen den Nimbus der Überfallenen, des Opfers, es sind erst drei Jahre seit der Okkupation ins Land gegangen. Aber wer in der Welt interessiert sich für marxistische Pädagogik? Kaum die Westdeutschen. Er macht sich keine Illusionen. Vielleicht ein Posten als Hilfsbibliothekar, oder Übersetzungen aus dem Russischen? Seit Komenskýs Zeiten hat es die tschechische Pädagogik nicht weit gebracht.

Er macht ein paar vorsichtige Anläufe, aber Bentley ist

schwerhörig, lacht viel, klopft ihm auf die Schulter. Frölich als Entertainer. Mit seinem Nachnamen hätte er mehr Chancen als die Österreicher Hayek und Dohnal. Aus Bohumil wird Gottlieb, oder gleich Godfrey. Bentley könnte ihm ein paar Tips geben.

In der Pause nimmt ihn der Amerikaner zur Seite: Seine Vorfahren seien aus Böhmen, vertraut er Frölich an. In Wilber/Nebrasca, findet jedes Jahr Anfang September ein tschechisches Fest statt. Er ist deswegen zu diesem Kongreß gefahren, er will eine echte Tracht aus Náchod für seine Nichte besorgen. Frölich soll sich umhören.

Prantl ist zurück, müde, gleichmütig. Karla schläft. Er kommt herunter, sie sind ihm alle so fremd, daß es ihm nicht in den Sinn kommt, sie könnten etwas von ihm wollen.

Bentley zeigt Fotografien herum. Phantasiegewänder, nicht belegbare Kostüme. Eine Frau mit Brille in breiten Röcken und schwarzen Stiefeln, eine Haube mit Schleifen auf dem runzligen Kopf. Amerika und seine fossilierte Vorstellung von Böhmen. Neben ihr ein Mann mit bestickter Weste und einem Tirolerhut. George Herman und Patty Herman, früher Heřman; Bentleys Sippe.

Die Heřmans verließen in der Mitte des 19. Jahrhunderts mit anderen Exulanten das Land, und ihre Nachkommen stellen alljährlich in lebenden Bildern auf Frachtwagen dar, was ihnen davon überliefert wurde. Der alte Farmer Ben Reznicek als der einäugige Žižka, dazu die Klänge von ›Blaník‹, erklärt Bentley.

»Wenn sie zumindest ›Tábor‹ genommen hätten«, bemerkt Frölich zu Prantl – für einen Moment hat er vergessen, daß er sich mit diesem Emigranten nicht sehen lassen sollte.

Bentley zeigt, wie seine Verwandten, die Culeks aus Praque/Nebrasca, Polka tanzen, die Töchter sonntags Kolatschen backen und Ente mit Sauerkraut braten, dazu Prazdroj. Wegen des Biers bleibt das Fest nicht nur auf die tschechischen Siedler beschränkt, die Iren und die Deutschen aus der Umgebung kommen auch.

Auf einem Allegorienwagen Bentleys Sohn als der Heilige Václav, sein Vetter Joe als Boleslav, die Hand mit dem Dolch emporgereckt, mit dem er Wenzel an die Kirchentür nageln wird. Bentley jr. als Václav, kniend, mit lammhaften Zügen; zwei Fotos weiter stellt er im gleichen Kostüm den aufständischen Edelmann Dalibor dar. Er hat dafür sogar Geigenunterricht genommen, sagt Bentley stolz.

Nächste Szene: Hus in Flammen, Stanniol und Farbpapier um Holzscheite gewickelt, rot, gelb, an einem Pfahl der Hilfssheriff Fred Vopicka als Hieronymus von Prag; beide angekettet, hohe Papiertüten mit schandbaren Bildern und Ketzer-Aufschriften auf dem Kopf.

Cindy Vopicka mit langem Haar und einem lockeren Gewand als Vlasta an der Spitze der tschechischen Jungfrauen gegen die Männer aus Clarkson, Wilber und Praque. Athletisch, muskulär, Pivot der Basketballmannschaft der Damenauswahl von Schuyler/Nebrasca.

Auf dem nächsten Wagen Nancy Herman, Schönheitskönigin des letzten Jahres, in selbstgenähter Tracht als verkaufte Braut. Hans (Joe Culek, vorher Boleslav) trägt einen Anzug, der an einen Cowboy erinnert.

Weitere Szenen – Karl der Vierte gründet die Universität. Hundertfünfzig Jahre bevor Columbus Amerika entdeckt hat!, betont Bentley, als wäre er in Wilber. Frölich grinst.

Oldřich a Božena (George & Patty Herman), Bruncvík mit dem Löwen – den spielte früher Čučik, der Neufundländer von Culeks, jetzt ist es die Dogge von Reznicek; die Ritter von Blaník – an diesem lebenden Bild beteiligt sich am Tag nach dem Fest ganz Wilber – es schlafen alle.

Die Nationalhymne ›Kde domov můj‹ (Wo ist meine Heimat) wird in diesen Tagen zum Schlager in halb Nebrasca und mit der slowakischen Variante ›In der Tatra blitzt es‹ als Single im Arrangement von Greg Kuperberg aus Auburn/

Al in einer Auflage von Fünfzigtausend gepreßt; mit ›Lásko, bože lásko‹ und ›Teče voda, teče‹ auf der B-Seite.

Prantl betrachtet die Bilder mit einem Gefühl der Erleichterung darüber, daß er der einzige Tscheche auf Grönland ist. Diese Wilber-Umzüge könnten sonst auch unter den Inuit stattfinden. Er stellt sich Szenen aus der tschechischen Geschichte vor den Eisbergen vor. Gesang, Allegorien, Tische mit Schallplatten und Souvenirs, Bierausschank, tschechische Volkstänze auf der Laderampe der Fischmehlfabrik.

Für die luftigen Trachten dürfte es in Angmagssalik zu kalt sein. Vlastas Mädchen müßten für den Kampf Robbenfelle und Kammiks anziehen. Er müßte Ulla und Signe erklären, daß es gegen die Männer geht, und warum. Es wäre auch nicht schwieriger als ›Der Jude von Malta‹. Šárka, die Ctirad betören soll, müßte es auf grönländische Weise tun, schnell, sachlich; lange Verführungen in durchsichtigen Gewändern sind bei den örtlichen Temperaturen nicht zweckmäßig. Die Allegorien würden auf Schlitten gefahren, und die Darsteller der lebenden Bilder müßten sich heftig bewegen. Die Pflege der Folklore hängt vom Klima ab.

»Der Starfighter fiel aus der Höhe von 3000 Schuh«, hört er Bentley sagen. Es ist unklar, ob er einen Unfall schildert oder nur die Sprache seiner Landsleute in Nebrasca wiedergibt.

Frölich lacht ungehemmt. Prantl spürt seine Aggressivität, die Herablassung des im Lande Gebliebenen gegenüber dem erfolgreichen Auswanderer, der Heimweh zeigt.

Frölich wirkt jetzt ausgeglichen, fast überlegen. Nach dem kurzen Traum von einer Karriere als Komiker am Broadway hat er seine amerikanischen Pläne fahren lassen und sich für das ›Organische‹ entschieden – für die innere Emigration in Prag/Böhmen, in der Grauen Zone zwischen Dissidenz und dem Apparat. Die Mehrheit der tsche-

»Wer ist Jeroným?«, Ponomarenko kommt heran. »Von Gus habe ich gehört. Dieser Jerom – was war das für einer? Was hat er getan?«

»Jeroným war ein Humanist, er hatte in Oxford, Paris, Heidelberg studiert, in Prag! Seine Dispute waren berühmt. Als einer der wenigen Gelehrten seiner Zeit war er in Jerusalem gewesen. Und in Konstanz ließen sie ihn kaum zu Wort kommen! Er konnte sich nicht einmal verteidigen. Sogar der päpstliche Sekretär Poggio Bracciolini mußte zugeben, daß er ›wie ein Philosoph‹ starb, mit Mut und Würde.« Frölich war im westlichen Ausland noch nie so entschieden gewesen.

»Er stank«, sagt Aebli.

»Was?«

»Er stank und schrie vor Schmerz. Er war dickleibig, mit langem schwarzem Bart, es gibt Berichte ...«

»Papistengeschwätz!«

»Von neutralen Konstanzer Bürgern.«

»Die neutralen Konstanzer Bürger kenne ich! Von Hus haben sie es auch behauptet, dabei waren es die Miasmen eines verscharrten Maultiers unter dem Scheiterhaufen, das durch die Brandhitze zu stinken begann. Das gibt sogar euer braver Ulrich Riechental zu!«

»Es gab auch andere.«

»Welche? Es war das Maultier von Kardinal Pankratius!«

»Pankratius, das Gefängnis?« Borolič kommt interessiert heran.

»Das meinte ich nicht ...« Frölich sieht sich verwirrt um. Auch Bentley und Ponomarenko hören zu. An der Tür angelehnt der tschechische Grönländer, der ihn schweigend ansieht.

»Wir sprechen ...«

»Vom Konzil in Konstanz. An dem die Schweizer Schuld haben sollen!«, Aebli wirft einen amüsierten Blick in die Runde, keiner lächelt zurück, als wären sie sich alle gerade ihrer slawischen Herkunft bewußt geworden.

»Das habe ich nicht gesagt«, Frölich will sich in seine verschlafene Unverbindlichkeit zurückziehen, aber Aebli läßt nicht locker: »Welche Augenzeugen haben Sie?«

Frölich schweigt für einen Moment. »Es ist so viel geraubt worden in Prag, alte Dokumente wie neue, die ganze Kafka-Dokumentation ist verscherbelt worden! – Merken Sie die Schande?«, er sieht auf. »Über das Konzil schreibt Petr z Mladenovic ...«

»Peter von Mladenowitz als Tscheche schildert natürlich eine Passionsgeschichte. Nach Hause konnte er nicht kommen und sagen, Hus hätte gestunken.«

»Hat er auch nicht!«

»Dann war es das Tier unter ihm. Einige sagen sogar, daß von ihm so viel unverbrannt geblieben ist, sein Herz zum Beispiel, und der Schandhut.«

»Das ist äußerst unwahrscheinlich, der war ja aus Papier«, Frölich wendet sich zu Bentley: »– eine Papiermütze, eine Elle lang, mit drei aufgemalten roten Teufeln, die eine Seele zerreißen, darüber die Inschrift ›Haeresiarcha‹ – für Ihren nächsten Wilber-Umzug.«

»Wie ging die Hinrichtung vor sich?«, will Bentley wissen.

»Hieronymus war kein Rektor der Prager Universität, kein berühmter Prediger der Bethlehem-Kapelle, einige Demütigungen blieben ihm erspart. Hus bekam alle Meßgewänder umgehängt, den Kelch in die Hand, dann wurden sie ihm vom Erzbischof von Mailand und sechs weiteren Bischöfen abgenommen. Sie wußten sich nur keinen Rat, wie sie seine Tonsur wieder rückgängig machen sollten. Sein Körper wurde dann der ›weltlichen Macht übergeben, seine Seele dem Teufel‹. Er wurde mit Stricken und Ketten ans Brett gebunden, mit dem Gesicht nach Osten. Das fanden einige für einen Ketzer unangebracht, also drehte man ihn gegen Westen. Man nahm zwei Fuhren Holz, mit Stroh vermischt und mit Pech bestrichen. ›Er sang Psalmen und erstickte, bevor die Flammen ihn erfassen konnten.‹ – So wünscht man es sich zumindest.« Frölich schweigt.

»Konnte man den Henker nicht bestechen, damit es nicht so lange dauerte?«, fragt Ponomarenko.

»Das war manchmal möglich, durch stillschweigendes Erdrosseln mit der Kette um den Hals oder einen heimlichen Schlag gegen die Schläfe. Auch Schütten von Pulver ins Stroh war üblich. Bei Hus gab es aber zu viele Bewacher, es war ein politischer Fall, seine Freunde hatten dazu keine Gelegenheit. Und bei Hieronymus' Verbrennung waren kaum noch Freunde da. Bracciolini hat seinen Tod immerhin aufgeschrieben.«

»Braccioli...? Hat er nicht auch gezeichnet? Von einem solchen habe ich Bilder gesehen, wo Menschen wie Maschinen aussehen«, sagt Borolič. Ponomarenko sieht ihn verwundert an.

»Sie meinen Braccelli, Giovanni Battista Braccelli, mit seinen ›Bizzarrien‹«, Aebli möchte vom peinlichen Thema des Konstanzer Konzils ablenken. »Es sind faszinierende Darstellungen, eigentlich Roboter aus dem siebzehnten Jahrhundert.«

»Wie ging es weiter mit Hieronymus?«, fragt Bentley. »Auf dem Scheiterhaufen«, er sieht Aebli feindselig an.

»Weiter?«, Frölich zuckt mit den Schultern. »Poggio schreibt, daß er sich selbst auszog, dann fiel er auf die Knie und betete vor dem Rad, woran er dann mit nassen Stricken und der Halskette gebunden wurde. Versuchte noch, mit dem ›Volk‹ zu sprechen, aber für die Gaffer war er ein Ketzer, die wollten nichts von ihm, nur, daß er endlich brennt und möglichst lange, damit sie etwas davon haben. Er bekam zwei Rutenbündel unter die Füße, man schichtete grobes Holz um ihn, bis zur Brust – einige schreiben, bis zum Kinn. Als sie den Scheiterhaufen in seinem Rücken anzünden wollten, sagte er zum Henker, er solle das Feuer vor seinen Augen legen: ›Denn hätte ich Angst vor deinem Feuer, wäre ich hierher nicht gelangt.‹« Frölich sieht hoch, verschwommene Gesichter herum.

»Was geschah mit den Innereien?« fragt Ponomarenko.

»Verbrannt, die Knochen zerstoßen. Auch seine Kleider verbrannt, sein Bett, damit nichts in die Heimat gelangte und als Reliquie dienen konnte. So machte man es damals mit Ketzern! Die Bücher von Hus – verbrannt. Und der Gestank? Wenn schon!« Frölich sieht Aebli an. »Ja, Hieronymus war kräftiger als Hus, hatte einen dichten schwarzen Bart. Verbranntes Fleisch und Haare stinken eben! Was wollten Sie damit eigentlich sagen? Daß euer sauberes Städtchen verunreinigt wurde? Es hat sich immerhin gleich zweimal bei der Bekämpfung von Häretikern bewährt!«

»Ich bin aus dem Kanton Uri, mit Konstanz habe ich nichts zu tun. Es ist auch überwiegend deutsch, wenn ich es so sagen darf, die Schwoben!«, Aebli versucht zu lachen. »Ich sehe die Schweiz durchaus kritisch. In meinem Beitrag ›Pestalozzi und die sittliche Frage der Koedukation‹, wo ich übrigens auf gleichem historischem Gleis...«

Meine Herren, wollen wir wieder – Hayek klatscht in die Hände, die Kaffeepause ist zu Ende.

Prantl sieht Karla in der Gruppe um Frölich, sie sieht düster vor sich hin. In hellem kurzem Kleid, in dem ihre Magerkeit und ihre Bräune deutlich hervortreten. Einige der Teilnehmer sehen sich überrascht nach ihr um.

»Ah, der Kollege aus Grönland«, Hayek kommt heran. »In den letzten zwei Tagen hatte ich nicht das Vergnügen...« Er blickt auf Prantls lädierte Hose, dann zu Karla. »Wir sind schon neugierig auf Ihren Beitrag.«

Dohnal verteilt das ergänzte Nachmittagsprogramm. »Wie ich sehe, ist die Rednerliste voll. Aber wir wollen uns für das Schulwesen auf Grönland Zeit nehmen«, Hayek lächelt aufmunternd. »Sonst freue ich mich schon auf Ihren Bericht für unseren Sammelband.« Prantl zuckt mit den Schultern. Über das grönländische Schulwesen kann er einiges erzählen, aber bei dem Überschuß an angemeldeten Rednern und dem chronischen Überziehen jeder Diskussion seitens der sowjetischen Pädagogen, die seit '68 zum erstenmal wieder auf einem internationalen Forum vertreten sind, ist die Gefahr, daß es dazu kommt, nicht sehr groß.

Die Kellner rücken die Tische zusammen, wenden die Tischdecken und schaffen neue Flaschen mit Mineralwasser herbei; zusätzliche Bestellungen werden mit Dienstfertigkeit angenommen. Prantls doppelter Kognak wird diskret in einer Teetasse serviert. Der letzte Kongreßnachmittag hat begonnen.

Ein deutscher Teilnehmer oder ein Österreicher vergleicht Hans Castorp mit dem Rattenmann. Der eine, mühsam geheilt, anschließend in einem Schützengraben des Weltkriegs gefallen, der andere nach langer Entrükkung auf dem Zauberberg, voll Lebensmut sich in das Weltengetümmel hineinstürzend – der getragene Ton ist mehr von Thomas Mann inspiriert als von Freud.

»Ich möchte die polymeren Aldehyde aus dem Spiel lassen und zur Chemie der Myrrhe und des Weihrauchs zurückkehren! Die Harze der *Boswellia*-Arten, mit ihren fäulniswidrigen Eigenschaften...«, auf Hayeks Wink wird die angelehnte Tür zum Nebenraum, wo Naturwissenschaftler tagen, von Dohnal geschlossen. Prantl hätte gern erfahren, was mit den *Boswellia*-Harzen los ist, sie interessieren ihn mehr als die Expektorationen von Hans Castorp, zumal jetzt unter den Humanwissenschaftlern eine Diskussion über den pädagogischen Ansatz des Referats entbrennt. Die Mehrheit ist der Meinung, es gäbe darin keinen.

»Hast du noch Fieber?« Karla neigt sich zu Prantl, faßt ihn am Handgelenk: »Was macht die Ferse? Du solltest dir doch ein Serum geben lassen.«

»Das ist mein Serum«, Prantl nimmt einen Schluck aus der Tasse.

»Du auch?«

»Nein«, sie sieht ihn an: »Geht's dir gut?« Seine Augen glänzen, im Gesicht starres Grinsen.

»Alles bestens«, Prantl ist ziemlich laut. Hayek versteht

es als Beteiligung und versucht, ihn in die Diskussion einzubeziehen. Ponomarenko und Borolič nutzen die entstandene Pause, um ihre Ansichten vorzubringen.

Es sollten endlich die Teilnehmer zu Worte kommen, die dazu bis jetzt keine Gelegenheit hatten, sagt Hayek, bereits gereizt. Die Liste sei zwar voll, aber es müßten noch einige wichtige Beiträge…, er sieht Prantl an; offensichtlich mit dem Verdacht, daß er sich überhaupt nicht vorbereitet hat.

Aebli raschelt ungeduldig mit seinen Papieren, aber Pestalozzi, Komenský und Rousseau, die eigentlichen Themen des diesjährigen Treffens, das dem historischen Aspekt gewidmet war, werden aufs nächste Mal verschoben. Auch der mutige bulgarische Beitrag ›Das türkische Joch und seine Folgen in der Pädagogik von heute‹ wird aus Zeitgründen zurückgestellt.

»Und Summerhill?«, fragt jemand von den jüngeren.

»Ja, leider.«

»Wir haben noch die Schülerschule«, wendet fast schüchtern ein italienischer Teilnehmer ein.

»Ja, auch das wird leider erst nächstes Mal erörtert werden können. Aber dann bestimmt. Es ist auch ein sehr wichtiges Experiment«, betont Hayek.

»Und die Funktionen und Taxonomien für die Planung von Unterricht?« – regt sich ein Deutscher auf.

»Die Kommunikationsstruktur und das Wirkpotential?«

»Methoden zur Objektivierung des Verstehens?«

»Ich sage nur: Lesen, Darstellen, Begreifen!«

»Ideologie oder Aufklärung?« – fragt herausfordernd eine angespannte Teilnehmerin aus Koblenz, die bis dahin nicht aufgefallen war.

»Operation und Kompetenz! Wir haben noch gar nicht von der Lernzielbeschreibung in den einzelnen Fächern gesprochen. Wie wollen Sie zum Beispiel ihren Hans Castorp den Schülern schmackhaft machen?«

Die Stimme eines Teilnehmers, Thomas Mann könne man ohnehin niemandem schmackhaft machen, wird im allgemeinen Lärm überhört. Nach dem sozio-psychologischen Ansatz eines dynamischen Reformpädagogen, der seinen Vortrag bereits in der Evangelischen Akademie Hofgeismar vorgetragen hat, wirkt der konkrete Beitrag von Borolič über den Volksgärtner Mičurin fast erfrischend, wenn er auch nicht an Substantielles rührt – wie Hayek meint. Aber im Sinne seiner Lehre gehen heute alle sowjetischen Schulklassen in die botanischen Gärten!, argumentiert Borolič; er wird von den Lernzielstrategen übertönt.

Auch Ponomarenkos Versuch, Makarenko noch mit Plechanow und Pawlow zu vergleichen, findet nur mäßigen Anklang, trotz seines neuesten Witzes über Pawlow (U tovarišča Pavlova byla bljocha/Bei dem Genossen Pawlow war ein Floh). Der ist alt, meint Borolič, und wiederholt sein Angebot, über Mičurin und sein flächendeckendes Okulieren als Beitrag zur Volksbildung gemeinsam nachzudenken. Er sieht dabei Norma Iggers an; die Amerikanerin lächelt ihm aufmunternd zu.

»Nächstes Mal, vielleicht verbunden mit Pestalozzi, der soll auch Pflanzen gemocht haben«, schlägt Hayek erschöpft vor.

»Pflanzen?« – Aebli tappt im Dunkeln, er weiß aber, was nächstes Mal erwartet wird. »Vielleicht könnte ich es mit Rousseaus Aufenthalt auf der St. Peter-Insel im Bieler See verbinden«, bietet er an.

Das wird das Beste sein, meint Hayek erleichtert.

Die allgemeine Diskussion über Lernziele wird jäh unterbrochen; Screwley und Plumpton, gefolgt von einem halben Dutzend aufgeregter Begleiter, darunter zwei Frauen, platzen in die Versammlung. Sie möchten dem Kongreß ihre Ergebnisse vorlegen.

Dohnal flüstert Hayek zu, daß diese Referate angemeldet waren und im Grunde eine Art Krönung... immerhin Cambridge – der Beitrag wird angekündigt. Leises Murren unter den Anwesenden; die Russen erkundigen sich umständlich, was los sei.

Die Briten nutzen ihren Vorsprung.

Sie hätten seit längerem in der Umgebung recherchiert, Augenzeugen befragt, Aussagen verglichen. Sie verstünden nicht, wie ein pädagogischer Kongreß in Österreich, ausgerechnet am Semmering, außer acht lassen könne, daß hier, in unmittelbarer Umgebung, Wittgenstein – jawohl, Ludwig Johann Josef Wittgenstein – als Lehrer gewirkt habe! Es wäre symptomatisch, daß die österreichische Rezeption seines Werkes weit hinter der Anerkennung herhinke, die seinen Gedanken und geistigen Impulsen bereits weltweit zuteil geworden wäre, allen voran England. Die Österreicher dächten wohl, es sich immer noch leisten zu können, dieses Elementarereignis der modernen Logik als Randerscheinung zu betrachten. Bei der Beurteilung seiner Lehrertätigkeit hätte ein »Fachmann« sogar den Ausdruck ›schizotymer Autist‹ benutzt. Als wären sich diese Pädagogen gar nicht bewußt, daß es der ganzen Zunft zur Ehre gereichte, wenn ein solcher Geist sich in die Niederungen der Volkserziehung begibt, um der kommenden Generation klares Denken beizubringen!

»Vielleicht haben Sie sich bei ›Autist‹ verhört«, sagt ein alter Lehrer aus der Umgegend, der sich bisher die Vorträge mit einer gewissen Ehrfurcht, Freundlichkeit und Amüsiertheit angehört hat. »Es sollte wohl ›Sadist‹ heißen. Natürlich nicht nur. Aber Büschel ausgerissener Haare und blutende Nasen gab es bei ihm öfters. Ohne seinen Stock machte er keinen Unterricht.«

»Wir haben Einheimische gehört, die beschworen, daß er sich für die Schüler aufgeopfert hat!«, sagt Screwley.

»Das sicher auch«, der Lehrer nickt. »Vor allem beim Rechnen. Er schlug die Schüler bis zur Erschöpfung, bis sie es endlich verstanden hatten.«

»Er schlug nicht alle!«

»Nein. Nur solche, von denen er meinte, daß es sich bei ihnen lohnen würde. Eine Art Anerkennung. Den Scheibenbauer beutelte er mit beiden Händen am Kopf und schlug ihn an die Tafel: ›Ich weiß, du kannst es!‹. Und ließ ihn dann stehen. Dann kam er wieder zu ihm, er sollte weitermachen. Scheibenbauer schrieb die Aufgabe fehlerfrei an die Tafel und bekam zwei leichte Tachteln als Belobigung. – Wittgenstein wußte genau, wen er durch Strafen fördern sollte und wen nicht. Die Mädchen ließ er meist in Ruhe. Zumindest in der Mathematik. Sonst schimpfte er auch auf die ›verfluchten Weiber‹, das war aber mehr in den anderen Fächern.«

Die österreichischen Kongreßteilnehmer, die bisher von Wittgensteins Tätigkeit als Lehrer wenig Ahnung hatten, sehen sich an; peinlich berührt und geschmeichelt.

Der Reformpädagoge aus Bochum ist schneller. »Ich fasse zusammen:« Er habe sich Notizen gemacht. »›Abbruch der Kommunikation zwischen Lehrer und Schüler durch den Abbruch der Arbeit an der Aufgabe; der Schüler sucht die direkte Kommunikation mit dem Lehrer, um Unterstützung bittend; sein Kommunikationsversuch wird mit einem Schlag ins Gesicht abgewiesen, der Kopf des Schülers direkt gegen die Niederschrift der Aufgabe geschlagen; der Schüler verharrt in Konfrontation mit der Aufgabe, beim Aufprall zerbrach die Distanz, der Lehrer kann vergleichsweise zurücktreten. Der Schüler muß allein bleiben bei der Aufgabe; die Arbeit der Aufgabenlösung setzt an ihm wieder ein. – Alles ist so klar wie eine Watschen!‹ Nach der von uns entwickelten Theorie der rekursiven Konfliktlösung…«

»Das erinnert mich an die Lehrertätigkeit von Jára da Cimrman«, sagt Frölich, »unseres Universalgenies, das sich praktisch auf jedem Gebiet hervorgetan hat. Seine Methode war nicht weniger einprägsam als die von Wittgenstein, aber humaner. Um zu beweisen, daß Licht schneller ist als Schall, ließ er zwei Schüler um die Wette laufen, den besten Läufer der Klasse mit einem Windlicht vor dem schlechtesten mit der Schelle, und damit nichts schief ging, bekam der mit der Kerze noch einen Vorsprung.«

Die Pädagogen sehen sich an.

»Wie war der Name?«, erkundigt sich ein Marxist.

»Wurde Wittgenstein selbst in der Schule so viel geschlagen?«, fragt der holländische Teilnehmer. »Kamen seine Mathematik-Kenntnisse von daher?«

»Nein. Das ist es ja gerade«, meldet sich einer von der Gruppe der Wittgensteinianer um Plumpton/Screwley, Oskar Luitpold aus der Wiener Neustadt, für das Gebiet Biographisches zuständig. »Er hatte eine Schule von innen so gut wie nie gesehen! Bis zu seinem vierzehnten Lebensjahr wurde er im Palais seiner Eltern von Hauslehrern unterrichtet. Dann ging er nach Linz, um die Matura abzulegen. Für eine Oberschule in Wien dürften seine Kenntnisse nicht ausreichend gewesen sein. Natürlich wurde er nie geschlagen. Ein Wittgenstein!«

»Das ist symptomatisch«, meint der Theoretiker aus Bochum. »Wir haben ein ähnliches Experiment durchgeführt. Schüler sollten Lehrer spielen. Daraufhin schlugen sie die anderen, schrien sie an, es kam zu ernsthafteren Körperverletzungen. Von Kindern, die nie in der Schule geschlagen worden sind!«

»Aber Wittgenstein war schon erwachsen, als er Lehrer wurde«, wendet jemand aus dem Saal ein.

»Was verwundert Sie daran? Der Mann war mit den Nerven völlig herunter«, äußert Bačko Bočaj, positivistisches enfant terrible der Gruppe, Linzer Soziologe mit serbischen Vorfahren. »In solcher Umgebung! Waren Sie jemals in Trattenbach? Außerdem hatte er eine Kopfverletzung aus dem Krieg. In den er sich übrigens freiwillig gemeldet hatte.«

»Um seinen ›Tractatus‹ in Ruhe zu schreiben«, sagt Plumpton.

Gelächter.

»Wieso?«, der Holländer bleibt ernst.

»Es ist verständlich«, springt der Bochumer ein. »Freud beschreibt ähnliche Fälle, wo Soldaten mitten im Angriff in den Schützengräben eingeschlafen sind. Andere wiederum reichen den Angreifern ihr Brot, die können nicht ablehnen und werden daraufhin von den Brotgebern mit dem Bayonett erstochen. Dabei war es keine List.«

»So war es nicht! Lorenz beschreibt das ganz anders. Es kam zu Verbrüderungen!«, ein Ethologe aus Seewiesen, der hier als Beobachter teilnimmt, kann nicht länger schweigen.

»Der war durch den Umgang mit seinen Graugänsen völlig verweichlicht, mazeriert im Gemüt!«, belehrt ihn Bočaj. »Haben Sie jemals einen Angriff in einem Schützengraben erlebt? Von wegen Verbrüderungen! Es drängten schon die nächsten nach, die kein Brot bekamen!«

Prantl sieht zum erstenmal von seiner Tasse auf.

Unter den Teilnehmern verbreitet sich Unbehagen.

»Ich wollte damit die Inkongruenz der Affekthandlungen...« – der Bochumer wird übertönt:

»Glauben Sie, daß der ›Tractatus‹, für den Wittgenstein immerhin Jahre gebraucht hat, eine Art Affekthandlung war?«, fragt der Holländer.

»Nein, aber vielleicht sein Impuls, Lehrer zu werden.«

Er werde sich das nicht länger anhören, unterbricht Screwley. Hier wird sogar an Wittgensteins ureigenster Entscheidung, Lehrer zu werden, gezweifelt, er womöglich als Psychopath angesehen, der nur aus Spleen oder Depression heraus alles Geld weggibt, seine Bildung, seine brillanten Beziehungen, eine Laufbahn in Cambridge hinter sich läßt und in die verwahrlosten Gebirgsdörfer Niederösterreichs geht, um Volksschullehrer zu werden! Sich gewissenhaft in einer ...Lehrerausbildungsanstalt auf seinen Beruf vorbereitet und sich dann täglich aufreibt, den Schülern Schuhe für Ausflüge kauft, Obst, Bücher, Lehrmittel, Fahrten nach Wien bezahlt, Nachhilfeunterricht gibt, besonders begabte Kinder zum Studium schicken will – und das ist der Dank?

»Ich muß zugeben...«, hebt Hayek an.

»Das ist der Dank!«, Screwley sieht in die Runde, sieht Hayek, Dohnal, Ponomarenko, Borolič, Frölich, Bentley vorwurfsvoll an, die Deutschen, Iggers, läßt Těremeškova aus, sieht zur geschlossenen Tür der Naturwissenschaftler. »Lehrerausbildungsanstalt«, murmelt er, schüttelt den Kopf.

»Bleiben wir bei seiner Schulzeit«, sagt der Holländer ruhig. »Hat sie ihm so gefallen, daß er sich deshalb entschlossen hat, Lehrer zu werden?«

»Im Gegenteil!«, Luitpold lebt auf. »Die Mitschüler dichteten auf ihn: ›Wittgenstein wandelt wehmütig widriger Winde wegen wienwärts‹.«

»Grausam...«, flüstert eine Anhängerin aus der Gruppe der Wittgensteinianer.

»Ganz gekonnt, der Stabreim«, meint Aebli.

»Warum?«, fragt der Holländer.

»Er verlangte von ihnen, daß sie ihn siezten.«

»Er muß ziemlich unerträglich gewesen sein«, stellt Dohnal fest.

»Und ging er?«, fragt der Finne.

»Ja, sie haben ihn hinausgeekelt! Wie später die Trattenbacher!«, Screwley sieht sich mit zugekniffenen Augen um. »Nicht nur durch alberne Alliterationen, sondern auch durch vulgäre Verleumdungen!«

»Aber das Abitur hat er noch geschafft?«, erkundigt sich der Holländer.

»Ja, natürlich«, Plumpton winkt ab.

»In Religion war er ausgezeichnet«, sagt Luitpold. »Alles andere zwischen 3 und 4. In naturwissenschaftlichen Fächern etwas darüber. Die schriftlichen Arbeiten waren ›ungefällig‹ bzw. ›minderordentlich‹, vom Turnen war er befreit.«

»Und so etwas schlägt Schüler, bis sie bluten?«, fragt jemand laut.

»Er suchte dann die Kinder zu Hause auf und bat um Verzeihung.«

»Da war Makarenko ganz anders!«, Ponomarenko hat schon auf seinen Einsatz gewartet.

»Das eine Mädchen hat sich die Nase absichtlich blutig gerieben«, sagt Plumpton.

»Die Göre!«, Screwley.

»Hm, das glauben Sie doch selbst nicht. Außerdem, warum sollte sie es tun, wenn er wirklich ein allgemein beliebter Lehrer war?«, fragt der Holländer.

»Eher bei den Jungen«, Bočaj grinst.

»Wie Makarenko!«, prustet Borolič, der den Namen Wittgenstein noch nie gehört hatte. »Ein Logiker? Das hat etwas mit der Mathematik..., oder?« Er zwinkert Iggers zu.

»Das weiß ich nicht, Täubchen«, Ponomarenko ist gereizt. »Jedenfalls ein dekadentes Element.«

»Aber du hörst doch, Vjačeslav Davidovič, er war Lehrer, wie du und ich.«

»Du bist Lehrer, ich bin Pädagoge.«

»Das sieht man dir an!«

»Laßt es sein, meine Herren, wir verstehen Sie, aber...«

»Jedenfalls die Jungen, die Schüler von ihm. Sie wurden demokratisch erzogen?«

»Was heißt demokratisch, seinem Vater gehörten die größten Stahlwerke in Österreich. Es war die drittreichste Familie des Landes.«

»Interessant«, Ponomarenko zieht eine Augenbraue hoch. »Demnach eine Art Krupp?«

»Vielleicht etwas bedeutender«, lächelt ein Österreicher geschmeichelt.

»Aha, und darauf sind Sie womöglich noch stolz, mein Lieber, ja? Jedenfalls ich kenne diesen Wittgenstein nicht.« Zu Borolič, flüsternd: »Sicher ein Jude. – Und sein Tod? Wohl Selbstmord, nicht? Was blieb ihm auch übrig.«

»Wie bei Makarenko«, freut sich Borolič. »Der eine Bourgeois, der andere blindes Würstlein, nicht zum Militärdienst tauglich, aber stramme, vielleicht auch ukrainische Jungen ohrfeigen!, die mehr Kraft im kleinen Finger hatten…«

»Vergleichen wir beide Leben«, sagt Ponomarenko; er möchte den nationalistischen Schwall von Borolič dämmen. »Anton Semjonowitsch Makarenko, geboren 1888, am 1. März, nach dem alten Kalender gerechnet, in einer Arbeiterfamilie in Belopolje, Kreis Sumy, Gouvernement Charkow. Sein Vater Anstreicher in den Eisenbahnwerkstätten der Südbahn.«

»Anstreicher wie Hitler« – Borolič.

Luitpold: »Wittgenstein, Ludwig, geboren am 26. April 1889 in Wien als Sohn des Stahlindustriellen Carl Wittgenstein in der Alleegasse 16, der heutigen Argentinierstraße. Zur Eisenbahn hatte er auch eine Beziehung. Einmal wollte er in Manchester einen Zug mieten, um mit einem Freund zum Weekend an die Küste zu fahren.«

»Da hätte Makarenko sich bedankt!«

»Geschwister?«

»Von Anton Semjonowitchs Familie ist wenig bekannt.«

»Die Vorfahren wohl alle Klein-Kulaken«, tippt Borolič.

»Bei Wittgenstein waren es insgesamt fünf Brüder und drei Schwestern. Die Brüder galten sämtlich als genial. Für den einen schrieben Ravel, Richard Strauß und Prokofjew ein Klavierkonzert für die linke Hand, die rechte hatte er im Krieg verloren, ein Kosake hatte sie so verletzt, daß sie amputiert werden mußte. Drei begingen Selbstmord. Nur einer war nicht genial – der schickte an der Piave seine Mannschaft nach Hause, als der Krieg verloren war, und dann erschoß er sich, weil er einen Befehl verweigert hat. Er hatte dem Oberst gesagt, er würde ihn über den Haufen schießen, wenn er die Leute nicht ziehen ließe.«

Stille.

»Und Wittgenstein selbst?«, fragt der Holländer.

»Der war bei der Artillerie, wurde verletzt, bekam eine Tapferkeitsauszeichnung, dann in Italien in englischer Gefangenschaft, wo er den Mitgefangenen – meist Lehrer, Dostojewski vorlas, mit dem ›Tractatus‹ in der Tasche.«

»Dafür unser Anton Semjonowitsch, der wurde 1917 nach einem halben Jahr wegen hochgradiger Kurzsichtigkeit demobilisiert«, sagt Borolič.

»Und ein paar Monate später hat er das Poltawaer Lehrerinstitut mit der Goldenen Medaille beendet!«, Ponomarenko blickt um sich.

»Warum halten Sie nicht endlich den Mund«, sagt der Finne.

Die Naturwissenschaftler haben die Tür geöffnet. Sie diffundieren in den Hauptsaal mit leeren Tassen in der Hand, hoffen auf Kaffee; bei dem Namen Wittgenstein bleiben einige stehen. Screwley wartet, bis sich genügend unbeeinflußte Zuhörer versammelt haben. Er habe hier einen Beweis, wie ernst Wittgenstein seinen Beruf als Lehrer genommen hätte, für alle Zweifler! Er schwenkt ein dünnes Heft über dem Kopf. »Das ›Wörterbuch für Volksschulen‹, 1926 in Wien erschienen. Nach dem ›Tractatus‹ Wittgensteins zweites und letztes Buch, von ihm selbst herausgegeben. Dieses schmale Bändchen – eine Wörtersammlung für Dorfkinder! war es ihm wert, sich für seine Drucklegung sogar mit mehr Entschiedenheit einzusetzen als für seine epochemachende Schrift zur Epistemologie! Die Veröffentlichung des Tractatus hätte sich hingezogen, erst die zweisprachige Londoner Ausgabe von 1922 könne man als adäquat…«

»Routledge & Kegan Paul Ltd«, springt Plumpton ein. »Nachdem er das Vorwort von Russell für die deutsche Ausgabe als ›Gebräu‹ abgelehnt hat«, er grinst.

»Das Wörterbuch dagegen wurde gleich als wichtiger Beitrag zur Volkserziehung erkannt und zum Druck empfohlen!«, Screwley sieht sich um. »Und das trotz aller Widrigkeiten, die ihm in dieser Profession widerfahren sind, gerade in dieser Gegend!«

»Darf ich mal…«, Hayek nimmt das Buch achtsam in die Hand, das Wörterbuch geht herum, unter Screwleys Blicken. Er nimmt es wieder an sich, bevor es die Russen in die Hände bekommen. Es wäre ihnen unter größten Schwierigkeiten gelungen, ein Exemplar der Originalausgabe bei Hölder-Pichler-Tempsky aufzutreiben, mit hoher Wahrscheinlichkeit ein Unikat. Sie hätten sogar das Glück gehabt, das Heft einer Schülerin aus Puchberg, die ursprüngliche Vorlage für das gedruckte Wörterbuch, leihweise zu erwerben! Plumpton holt ein schmales Heft aus der Mappe und legt es auf den Tisch. Die Anwesenden drängen näher.

»Schön, das Moiré-Muster«, haucht die Anhängerin.

»Wittgenstein ließ die Kinder die Hefte selbst herstellen«, sagt Plumpton. »Die Schüler bearbeiteten das Packpapier, so entstand ein Muster in der Textur, dann färbten sie es. Die tieferen Stellen wurden dunkel, die höheren blieben hell. Nach Auskunft der Leopoldine Eichberger…«

»Ach, die Poldi?«, der alte Lehrer kommt heran. »Die war immer etwas vorlaut. Aber eine saubere Schrift hatte sie. Wie neu, nicht? Kaum benutzt. Der Einschlag wurde mit Kartoffeln abgerieben, meine Dame, dann gefärbt, das machten wir auch. Daß es dem Wittgenstein genügte, wundert mich allerdings. Ich mochte ›Das Sprachbilderbuch für Hans Müller‹ lieber. Auch zusammen mit Schülern erstellt, aber mit Bildern und Beispielen, nicht einfach so hindiktiert.«

»Das Wörterbuch von Wittgenstein ist bereits untersucht worden«, sagt ein Mann aus der Gruppe, der sich bisher überwiegend mit Bočaj unterhalten hat, ein Kärntner. »So rar ist es wiederum auch nicht. Er ist niemals auf mehr als dreitausend Wörter gekommen, und es ist anzuzweifeln, ob es wirklich nützlich war. Zu seiner Zeit gab's schon bessere, vollständigere, an denen Schüler mitgewirkt haben.«

»Seien Sie doch froh, daß er überhaupt so etwas geschrieben hat! Sie haben gehört, neben seinem Tractatus ist es sein einziges von ihm selbst herausgegebenes Buch!«, meint die Anhängerin.

»Na und? Es ist mangelhaft wie der Tractatus.« Bočaj wirft seinen grauen Zopf zurück. »Auf die Bedürfnisse der Schüler nimmt er kaum Rücksicht, und an dem Heft der Eichberger ist nicht zu sehen, daß es später noch benutzt wurde. Es bleibt auch kein Platz für eigene Wörter und Eintragungen der Schüler.«

»Demnach ein lehrerzentrierter Unterricht statt schülerorientiert?« fragt der Bochumer.

»Darauf können Sie Gift nehmen!«

Stimmen:

»Kommen Sie uns nicht mit solchen Maßstäben bei Wittgenstein!«

»Wir wollen uns auf Wittgensteins Wörterbuch konzentrieren!«

»Wir nicht. Was der Lehrer diktierte, war für die Schüler Sprache genug? Sie sehen doch, sie haben damit nicht gearbeitet.«

»Er machte doch praxisbezogenen Unterricht!«

»Meinen Sie?«, der Kärntner zuckt mit den Schultern. »In seinem Lieblingsfach ließ er die Schüler ausrechnen, wieviele Tage, Stunden, Minuten und Sekunden seit dem Tod eines Menschen vergangen sind, der so und so viele Jahrhunderte vor Christus gelebt hat, und als es eine Schülerin fertig hatte – diesmal doch ein Mädchen, gab er ihr gleich noch eine zweite Aufgabe dieser Art.«

»Aber nicht nur!«

»Ja. Wie viele Körner in einem 800 kg schweren Sack sind.«

»Das ist doch schon was.«

»Bis auf das Gewicht. Solche Säcke dürften auch in Niederösterreich ungewöhnlich sein.«

»Und seine Ausflüge, seine selbstbeschafften Lehrmittel, seine Vorbereitung?«

»Was für eine Vorbereitung? Auf Briefe schrieb er seine Vorbereitung! Auf dem von Schallerbauer – ein Schüler aus Trattenbach, sind Burgen und Ritter und die Nibelungen notiert, auf dem von Gruber ein paar Rechenaufgaben, das Auge der Katze, die Stimmbänder, das Fadentelefon, und das Wort ›Mikroskop‹.«

»Er hat das erste Mikroskop für die Schule angeschafft!«

»Spielereien wie ›klampin‹ und ›pinalb‹ stehen da, ›Über das Mannbarkeitsalter der deutschen Waldbäume‹ und ›Sind Eichhörnchen zweihäusig‹? – Es ist nicht klar, ob er die Frage eines Schülers wiederholt oder ob er einen Scherz machen wollte.«

»Das hat er nicht.«

»Es gibt keinerlei Hinweis, daß Wittgenstein Sinn für Humor hatte«, bestätigt Luitpold. »Schon bei seinem ersten Treffen mit Russell, als er unter der Bank nachsah, ob dort ein Elefant ist…«

»Das gehört nicht hierher.«

»Doch. Wenn wir schon von ihm sprechen, von seiner Zeit in Cambridge.«

»Aber das tun wir doch gar nicht!«

»Es wurde hier Russell erwähnt«, sagt ein Mathematiker aus dem Nebenraum, mit englischem Akzent. »Ich möchte Turing nicht vergessen.«

»Was?«

»Alan Turing. Die ›Enigma‹ – Sie wissen schon. In gewissem Sinne ein Schüler von Wittgenstein.«

Die Pädagogen sehen sich an.

»Gut«, sagt der Mathematiker, »ich verstehe, daß hier«, er sieht sich um, »im deutschsprachigen Raum, der Name nicht unbedingt auf Verständnis stößt. Ohne ihn wäre der U-Boot-Krieg womöglich anders ausgegangen«, er grinst. »Aber schon die erste Arbeit von ihm, ›On Computable Numbers‹…«

»Ich glaube nicht, daß wir so viel Zeit haben«, äußert Hayek.

»Wir sind hier unter Pädagogen, nicht wahr«, erkundigt sich der Naturwissenschaftler. »Dann will ich Sie nur darauf aufmerksam machen, was Turing über seinen ersten Mathematik-Lehrer geäußert hat: ›Er vermittelte einen *ziemlich falschen Eindruck* von dem, was mit *x* gemeint ist.‹«

»Hier stehen nicht Inhalte zur Debatte, sondern Methoden!«, sagt Hayek.

»Den Eindruck habe ich auch.«

»Bleiben wir bei Wittgensteins Tätigkeit als Lehrer in Österreich!«

»Auch da war er mehr ein Mystiker, beinahe Fanatiker«, sagt Luitpold. »In seinen letzten Ferien, bevor er Lehrer wurde, arbeitete er als Gärtnergehilfe im Augustinerstift in Klosterneuburg.«

»In Klosterneuburg?«, Frölich sieht auf. »Wo Kafka starb? Er arbeitete auch in einer Gärtnerei. Bei Prag!« Seine Aufregung wird kaum zur Kenntnis genommen.

»Wittgenstein wollte eigentlich mit den Kindern das Evangelium lesen«, sagt Luitpold.

»Und Volumenberechnung und Gleichungen mit zwei Unbekannten lösen«, Bočaj.

»Einmal schlug er einem Schüler den Kopf auf die Bank, weil er sagte, Jesus wäre in Jerusalem geboren.«

»Und ist er nicht?«, Manfred aus Erfurt.

»Ich weiß nicht«, Hayek schüttelt den Kopf. »Er mag ein engagierter, vielleicht sogar ein guter Lehrer gewesen sein. Ein Pädagoge war er nicht!«

Die Serviererinnen bringen Kaffee; die Bestellungen von Alkohol nehmen in dieser Phase der Tagung bereits unübliche Maße an. Die Russen bestellen nur noch Flaschen, die in sich zerstrittenen Wittgensteinianer und die Organisatoren ebenfalls.

»Wer hat die Veröffentlichung des Wörterbuchs besorgt?«, fragt Aebli, zum allgemeinen Verdruß.

»Die Schulbehörde. Sie hatten vorher ein Gutachten angefordert.«

»Von wem?«

»Vom Bezirksschulinspektor Eduard Buxbaum in Waidhofen an der Thaya«, höhnt Screwley.

»Er bemängelte Auslassungen«, sagt der Kärntner ruhig. »Es fehlen Aar, Bibliothek, Block, Brücke – mit dem Kädingschen Häufigkeitsindex 469/629! – Buche (289/415), Paragraph, Pfau, poltern, Promenade und andere. Auch Wittgensteins Sprache in seinem ›Geleitwort‹ läßt nach Buxbaum zu wünschen übrig: er schlägt statt ›mehrmonatliche Arbeit‹ ›die Arbeit mehrerer Monate‹ vor, und die Achsel ist seiner Meinung nach nicht dasselbe wie die Schulter, eher die Schulterhöhle.«

»Sind das nicht Pingeleien?«

»Natürlich, aber darauf kommt es in der Sprache an.«

»Er meinte ja selbst, daß der wichtigere Teil des ›Tractatus‹ der ist, den er nicht geschrieben hat«, sagt der Ethologe.

»Ja, er konnte über ungemein wichtige Sachen sehr beeindruckend schweigen«, meint Bočaj bissig.

»Auch in seinem ›Tractatus‹ finden sich Uneindeutigkeiten, z.B. die Sätze 3.01 und 4.001: ›Die Gesamtheit der wahren Gedanken sind ein Bild der Welt.‹ Und dann: ›Die Gesamtheit der Sätze *ist* die Sprache.‹«

»*Ist* ist richtig.«

»Das sind Haarspaltereien!«

»Aber von diesen Haarspaltereien lebt der ›Tractatus‹ und die Logik schlechthin!«

»Er hat doch den Tractatus später selbst verworfen!«

»Was er uns auf jeden Fall eingebrockt hat, ist die Numerierung«, sagt Hayek. »In den Diplomarbeiten, die ich bekomme, wimmelt es seit einiger Zeit von Nullen und Einsen – Kapitel, Unterkapitel, sogar Sätze werden gezählt, wobei in den seltensten Fällen ersichtlich ist, warum. Bereits in den Seminararbeiten versuchen Studenten die Genauigkeit, die sie in der Sache nicht haben, auf diese Weise vorzutäuschen.«

»Bei mir gibt es dazu bei jeder Lehrerabschlußarbeit noch ein Soziogramm der Schülergruppe«, sagt der Bochumer.

»Unsere Studenten, als hätten sie sich unlängst mit dem Schreiben von Parolen völlig erschöpft, betreiben jetzt ›oral history‹, laufen mit Tonbändern durch die Gegend und lassen es dann von Schreibkräften abtippen. Das dürfen die Eltern bezahlen.«

»Davon habe ich nichts gehört«, Hayek sieht Bočaj streng an.

»Bei uns fängt es jetzt auch an«, sagt der Bochumer. »Man kann sich bald fragen, wozu noch Wörterbücher«, er blickt zu den Cambridgern.

»Daß er den Aar ausließ«, Hayek schüttelt den Kopf. »Na gut, aber Brücke? Und Buche? Womit hat er eigentlich angefangen?«

»Hier«, Plumpton schlägt das wittgensteinsche Wörterbuch auf. »Das Aas, Aase oder Äser, ab, ab und zu, die Abbildung, das Abc, der Abend...«

»Und bei Leopoldine Puchberger?«

»Aas, Abend, abends, Abendmahl...«

»Aal, Aale, Aleph, Alpha, Aas«, sagt plötzlich Prantl, der über seinem vierten doppelten Tee eingeschlafen schien. Er starrt in ein zerknittertes schmuddeliges Heft und grinst.

Karla sieht ihn an.

»Möchten Sie uns auch etwas über Wittgenstein sagen?«, lächelt Screwley.

»Arschloch.«

»Was?«

»Ich lese aus einem Vokabelheft, von Wittgenstein diktiert.«

»Das ist nicht wahr!« Screwley heult auf und stürzt zu Prantl. Der steckt sein Vokabelheft wieder in die Hintertasche.

Screwleys Reaktion erweckt allgemeine Überraschung. »Aber Kollege...«, versucht Hayek zu schlichten.

»Er soll sofort sagen, daß er lügt!«

»Vielleicht hat er wirklich ein Vokabelheft...« – Stimmen.

»Sie wissen doch, aus Trattenbach«, grinst Prantl.

»Jetzt hat er sich verraten! Wittgenstein hätte dort niemals ein Vokabelheft diktiert!«

»Warum nicht?«

»The people are so wicked in Trattenbach!«, zischt Screwley, »das hat er selbst gesagt!«

»Vielleicht war der Händler als Schüler in Puchberg«, Prantl trinkt. »Ist auch egal. Es geht sowieso nur bis zu G – der Gummi. Der Greif!« Er fängt an zu lachen.

»Wir müssen feststellen, ob da wirklich Aleph steht!«

»Alles gelogen! Der *Kädingsche Häufigkeitsindex* wäre bei Aleph nicht hoch genug«, giftet Screwley.

»Dafür ist der Kädingsche Häufigkeitsindex bei Arsch geradezu überstrapaziert«, meint Bočaj.

»Nur Arschloch«, sagt Prantl, er springt auf. »Dann holt es euch!«, er wedelt mit dem Heft über dem Kopf.

Screwley und Plumpton stürzen in seine Richtung, alle drei zwängen sich durch die Pädagogen, die verblüfft umherstehen. Prantl schliddert zwischen den Konferenztischchen, einige Stühle kippen um, leere Gläser, halbvolle, und angerissene Weinflaschen; das gibt den anderen den entscheidenden Schub, mitzumachen.

»Der Affe gar possierlich ist, zumal wenn er vom Apfel frißt!«

– Prantl kullert sich, schafft es aber noch, knapp vor den Cambridgern die Kurve zu nehmen.

»Wie grausam ist der wilde Bär, wenn er vom Honigbaum kommt her! Der Buxbaum!«

Er lacht so, daß er Gefahr läuft, den beiden in die Hände zu fallen. Er legt an Geschwindigkeit zu, in wilden Sprüngen, allmählich kommen auch leichtere Möbelstücke zu Schaden. »Camele tragen große Last, das Cränzlein ziert den Hochzeitgast!«

Die Verfolger werden zahlreicher, Prantl überlegt, ob er sie aufhalten kann, indem er einzelne Seiten aus dem Heft herausreißt und hinter sich wirft, vielleicht wird ein Wald daraus, aber Respekt vorm Geschriebenen seit je hält ihn zurück.

Aebli stellt ihm ein Bein, das sieht er rechtzeitig, Bentley verstellt ihm den Weg, aus irgendeinem Grund möchten die Russen die ersten sein, die das Vokabelheft in die Hände bekommen, die Hatz wird ernst. Es kommt zu Handgreiflichkeiten unter den Teilnehmern; das verschafft Prantl etwas Luft.

Er stolpert und läuft direkt auf Frölich zu; der läßt ihn durch, nach einem einzigen Blick. Bočaj versucht, die Meute aufzuhalten, aber Aebli drängt nach, die anderen im Anhang. Prantl rennt in die Ecke, die Hintertür zum Blauen Saal ist verschlossen. Er könnte durch das Glas springen, er ist aber kein Stuntman, kein Kaskadeur, wo ist Karla?

Hände der eifernden Pädagogen greifen nach seiner Gesäßtasche, mit einem Stuhl kann er sie noch abwehren; er wird umzingelt.

– Das Heft Blatt für Blatt auffressen?

Die Verfolger scheinen sich zu beruhigen. Sie wollen lediglich einen Blick in das Heft werfen, fordert Screwley.

»Ihnen werde ich überhaupt nichts zeigen«, Prantl stopft sich das Heft hinters Hemd.

»Können wir es Ihnen abkaufen?«, Hayek sieht, wie sich der verschlissene Einband an Prantls Brust verbiegt. »Tausend Schilling?« – Einerseits sicherlich zu viel, andererseits kann er sich nicht lumpen lassen. Der Kurs schnellt in die Höhe; die Österreicher möchten das Dokument im Lande behalten, die Engländer aber sind verbissen.

Prantl schlurft wohlgelaunt um den Tisch, kommt an seinen Platz und ergreift die Tasse. – Leoparden saufen die Opferkrüge leer. Er sieht ziemlich wahnsinnig aus. Karla zwängt sich zu ihm durch und faßt ihn am Arm. Von mehreren Seiten werden ihnen Flaschen entgegengestreckt, zur Beruhigung und als Bestechung. Prantl reißt eine Flasche an sich und zieht Karla zum Ausgang.

Nacht. Prantl fiebert, liegt in seiner zerrissenen Hose, die sich über seine geschwollene tickende Ferse nicht ausziehen läßt, die Vokabeln in der Hintertasche; er merkt nicht die leichten Schritte der Diebe, die nichts finden.

Auch Karla ist eingeschlafen, vom langen Wachen und Verbandwechseln müde, vom nächtlichen Gang ins Dorf, wo sie statt eines Arztes noch eine Flasche Schnaps holen sollte, halb drei. Ein Bauer hat zuletzt geöffnet, nach langem Pochen, als die Hunde der Gegend schon alle wach waren, lauter Kampfhunde, dem blutrünstigen Geröchle nach, zum Glück angebunden. Der einzige lose Schäferhund bekläffte sie, schnappte aber nicht zu.

Zum nächtlichen Preis wurde ihr eine Flasche durch die Tür gereicht, Selbstgebrannter, dazu ›Löwenzahn...‹ gemault, mehr verstand sie nicht.

Im Hotel hat sich die Flüssigkeit als giftig-bitteres Gebräu erwiesen, nicht ungefährlich; Prantl hat die halbe Flasche in einem Zug geleert, sich kurz geschüttelt und war sofort in einen tiefen Schlaf gefallen.

Letzter Tag – Abfahrt.

Die feierliche Zusammenfassung der Ergebnisse der Tagung unterbleibt aus Zeitgründen. Teilnehmer, die ihre Beiträge nicht verlesen konnten, verteilen mitgebrachte Sonderdrucke. Austausch von Adressen – meist Institute, zu privaten Beziehungen ist es nicht gekommen.

Als Kultur-Programmpunkt soll noch eine Wallfahrtskirche in der Nähe besucht werden, die meisten verzichten. Die Russen reisen erst am nächsten Tag ab; Ponomarenko, hin- und hergerissen, macht schließlich einen Rundgang durch den Ort, Pilze sammeln, scherzt er sauer, ›na progulku i za gribom‹ – die Aufpasser sind unmißverständlich in der Nähe. Am Waldrand entlang der Straße gibt es reihenweise Tintlinge; als wahrer Slawe hat er Augen nur für Steinpilze. Der Ukrainer läßt sich nicht hindern, fährt ostentativ zur Kirche mit, Norma Iggers hält ihm den Platz neben sich frei. Těremeškova, neben Manfred aus Erfurt, erzählt auf russisch Geschichten aus Baku; bei den komplizierten Hochzeitsriten der Abchasen reichen die Sprachkenntnisse des Ostdeutschen nicht aus; die Verständigung wird manuell ergänzt. Sie sind aufgeregt, in der Vorfreude auf den Ausflug. Polyglottes Gelächter beim Anlassen des Motors, Winken.

Prantl bekommt eine überraschend hohe Rechnung, er muß die letzte Nacht nicht nur für Karla, sondern auch für sich bezahlen; sie hatten ihn bereits abgemeldet. Dazu drei zerbrochene Gläser, zwei Tassen und einen kaputten Stuhl, in den Aebli gelaufen ist.

Aber die Ferse ist nach dem Teufelsextrakt abgeschwollen.

Sie gehen, draußen ist immer noch Sommer.

An einer Ecke steht Frölich, wartet mit anderen, daß der Bus zum Bahnhof sie abholt. Er sieht nach, ob er alles hat: Paß, Ausreisegenehmigung, Zollerklärung, Zählkarte; den Umschlag mit dem Honorar in Devisen, das Portemonnaie mit seinem eingetragenen tschechischen Geld; er zählt ängstlich die labbrigen grünen Hunderter nach. Das zitrongelbe Hemd leuchtet aus dem karierten Sakko hervor, seine Pharingitis ist zurückgekehrt; Räuspern bei jeder Verabschiedung. Er sieht sich um, aber Bentley ist schon fort.

Prantl kommt zu ihm. »Hier. Wenn schon alles aus der Tschechoslowakei verschwindet – Kafka, Dokumente, sollte wieder etwas zurückkommen. Wittgenstein war zwar kein Tscheche, aber man kann feilschen – das Vokabelheft für das Manuskript vom ›Schloß‹ aus der Bodleian«, er grinst. »Die Engländer müßten eigentlich einem Professor ihres Trinity College den Vorrang geben.«

»Was soll ich mit den Krakeln?«, Frölich will mit diesem Emigranten nichts zu tun haben.

»Das weiß ich auch nicht. Aber tauschen Sie es nicht unter Wert.« Prantl läßt Frölich mit Wittgensteins Vokabeln allein und tritt zu Karla.

6

»Und mit solchen Idioten hast du zu tun!«, sagt sie zwanzig Kilometer weiter, in Nasswald, einer der wenigen evangelischen Gemeinden der Gegend, wo der ›Raxkönig‹ Georg Hubmer die Kirchenfenster rund stehen ließ, obwohl der Kaiser eckige befohlen hatte.

»Wie in einem Aquarium! Diese Wissenschaftler kommen mir alle wie Fische vor, die schon halb bäuchlings oben schwimmen. Neben der Posse ist mein Pappgreif lebendig!«

Prantl schweigt.

Sie haben den ersten Bus genommen, sind zweimal umgestiegen, an diesem Tag fährt nichts mehr weiter. Die Gartenwirtschaft gegenüber der Kirche ist in Betrieb.

»Georg Hubmer besaß mit seinem Bruder Johann nur eine Leder-hose«, Karla blättert in einer Broschüre über die Raxalp. »Trotzdem ist er mit ihm gemeinsam auf Wanderschaft gegangen. Wie haben sie das gemacht?« Sie grinst, liest weiter. »Georg Hubmer hat wohl den ältesten Tunnel in Europa erbaut, den Gscheidlstollen zum Transport von Holz zwischen Niederösterreich und der Steiermark. 450 Meter lang, 3.80 hoch.«

»Wann?«

»›Den ersten Versuch hat er 1811 unternommen, mußte aber aus Geldmangel aufgeben. Der zweite 1813 wurde durch Hochwasser vereitelt, zwischen 1814 und 1817 traten Mißernten und Teuerung ein, erst 1822 konnte er wieder anfangen. Am 18. August erfolgte endgültig der Anstich am Gscheidl von Niederösterreich her, wenig später von der steirischen Seite. Trotz vieler Zweifler und schlagender Wetter, bei anhaltender Überschwemmungs- und

Verschüttungsgefahr, als Hubmer nach vier Jahren selbst Bedenken hatte, ob seine Berechnungen richtig waren, kam im fünften Jahr die Meldung, daß die Arbeiter einander hören konnten. Der 72jährige Hubmer eilte aufs Gscheidl, ließ sprengen und stieg dann als erster durch den Durchbruch. Am Stollenausgang wurde eine Tafel angebracht: ›Durch Beharrlichkeit und Einsicht und mit Gottes Hilfe am 8. März 1827 beendet.‹«

»Das ist schön, aber eigentlich könntest du wissen, daß als erster Tunnelbau Europas der Schwarzenbergsche Schwemmkanal im Böhmerwald von 1790 gilt.«

»Woher weißt du das?«

»Wahrscheinlich hat man es uns in der Schule erzählt.«

»Uns hat man es nicht erzählt, es handelte sich ja um einen Feudalen.« Karla lacht. »Dafür weiß ich von Pavlík Morozov und Zoja Kosmoděmjanskaja und von der Jungen Garde, sie waren unser Vorbild. Als Kind wollte ich nach Artěk, das war mein größter Traum.«

»Wohin?«

»Das Pionierlager auf der Krim. Sie trugen alle gleiche Kleider, weiße Shorts und weiße Hemden, dazu weiße Mützen, rote Halstücher, heller als die tschechischen, aus Seide. Das fand ich schön. Und das Meer.«

»So etwas wie die Makarenko-Kolonie?«

»Ja, aber als Belohnung. Zu Makarenko kamen Verbrecher – du hast den Russen gehört. Für Artěk wurden die besten Jungen Pioniere ausgewählt.«

»Aus den Verbrechern wurden Tschekisten, den KGB habe ich kennengelernt. Wie war es? ›Kühler Kopf, glühendes Herz, saubere Hände?‹ Was muß erst aus den Musterknaben geworden sein.«

»Apparatschiks, kleine Berijas«, Karla zuckt mit der Schulter. »Aber mit sieben, acht haben wir sie beneidet. ›Ja drugoj takoj strany něznaju, gdě tak vol'no dyšit čelověk!‹«, das gutturale Pathos der Allunions-Solisten gelingt ihr nicht ganz. »Kennst du es?«

»Nein.«

»›Ich kenne kein zweites Land, wo der Mensch so frei atmet.‹«

»Das glaube ich, bei ihren Reisemöglichkeiten. Solche Lieder habt ihr als Kinder gelernt?«

»Ja, und ihr?«

»Du wirst mich für altmodisch halten, wir haben tschechische Volkslieder gelernt.«

Karla lacht. »Wir manchmal auch, aber das war kein Vergleich. Mit dem Russischen fühlte man sich richtig groß. Wir konnten zwar nie wirklich russisch, aber diese Lieder waren so zuversichtlich. ›Široka strana moja rodnaja‹, ›My za mir!‹ – für den Weltfrieden waren wir auch, der war mir noch wichtiger als die Fahrt nach Artěk. Am besten waren die Revolutionslieder – noch stärker als die Frontlieder, obwohl das von der Partisanin mit dem Haar wie Weizen, die dann im Feld liegt, von der faschistischen Bestie getötet, ihr Haar in Weizenähren, ihr Blut in der geliebten Erde – kennst du nicht? Aber die Revolutionslieder, das Lied der Matrosen... Was warst du, Pilot? Parachutist. Über die Fallschirmspringer kenne ich keins, obwohl es sicher eins gab – es gab Lieder über alle Waffenverbände. Dafür eins über die Frontpiloten, warte...«

»Laß es.«

»Aber die Revolutionslieder, der Trauermarsch für die gefallenen Revolutionäre – das war das größte. Tá, tadadada, tá, tadadada, tap, taptadap! Tap tá, tapta tadadada tapta tá tadadap. Ich kenne auch die Worte.«

»Das genügt. Man kann es sich auch so vorstellen«, sagt Prantl.

Karla kann nicht aufhören. »Die Artěk-Pioniere mit ihren weißen Mützen am Schwarzen Meer – und im Winter Fellmützen. Das Land war ein Paradies für Kinder. Man begoß die Parkwege mit Wasser und schon konnte man Schlittschuh laufen. Das kannte ich aus Filmen. Die Märchen mochte ich besonders, gespielt oder gezeichnet, egal.

›Sadko‹, ›Die steinerne Blume‹, ›Graufederchen‹, von dem Entlein…«

»Gab es auch tschechische Märchen?«

»Klar. ›Die hochmütige Prinzessin‹ oder ›Kaisers Bäcker und Bäckers Kaiser‹ über Golem, mit Werich.«

»Und wo war Voskovec?«

»In Amerika.«

»Ihre Filme vor dem Krieg waren meine liebsten.«

»Meine auch, ganz groß. ›Geld oder Leben!‹, ›Puder und Benzin‹, ›Die Welt gehört uns‹, ›Hej rup!‹ Sobald sie irgendwo gespielt wurden, ging ich hin. Du kennst die kleinen Kinos, wo die Wochenschau um zwei Wochen verspätet läuft. Öfter sah ich nur ›Das Land, woher ich komme‹, vielleicht zwölfmal. ›Le pays du je viens‹«, Karla versucht die Stimme von Gilbert Bécaud nachzuahmen. »Als Vorfilm lief ein australischer Dokumentarfilm ›Die Kameraden von Joe Wilson‹, von einem toten Schafscherer, den niemand kennt, bei dem die anderen Schafscherer zum Begräbnis kommen und singen. Nach dem zweiten Mal unerträglich langweilig, aber man mußte sich den Hauptfilm verdienen. Ich weiß nicht, ob du dir vorstellen kannst, einen Film samt Vorfilm zwölfmal zu sehen, nur die Wochenschau wechselte.«

Prantl grinst. »Das kann ich mir sehr genau vorstellen. Ich sah zwei Jahre lang ein- und denselben Film samt Vorfilm und Wochenschau dreimal täglich, eine ganze Woche, dann wechselte das Programm, oder auch nicht.«

»Wieso?«

»Ich war Filmvorführer.«

Karla sieht ihn ungläubig an. »In Mähren?«

»Nein. Komm, wir trinken etwas. Wie ging es weiter mit Hubmer, du warst bei dem Stollen.«

»Du wirst es mir aber erzählen.«

»Ja, später.«

Sie nimmt die Broschüre, murmelt: »›Mit Gottes Hilfe also… am 8. März 1827 beendet.‹ Wann war der Tunnel in

Šumava, 1790? Das ist ein Unterschied!« Sie liest weiter: »›Ganze Länge des Durchschlags 227 Klafter. Beim Bau wurden insgesamt über 4000 Pfund Pulver verbraucht. Der Gscheidlstollen bedeutete...‹ – Wieviel ist ein Klafter?«

»Wieviel du mit ausgespannten Armen umfaßt.«

»Unterschiedlich. Es hängt davon ab, ob ich einen Muskelkater habe oder in einem Streckverband stecke.«

»Vielleicht solltest du den Beruf wechseln. Wann gehen Stunt*leute* eigentlich in den Ruhestand?«

»Ich ganz bestimmt schon bald«, sie lacht. »Dabei wollte ich noch drei, vier Filme machen. Ich hoffe nur, daß sie schon in der Pußta drehen und uns hier nicht suchen.«

»Wir werden uns in Hubmers Gscheidlstollen verstekken«, sagt Prantl.

»Kannst du klettern, mit deinem Fuß?«

»Es wird gehen. Wir verziehen uns in den Stollen, und wenn sie uns nachkommen, werfen wir mit Dynamit.«

»Er ist heute verfallen und zugeschüttet«, liest sie. »Nur ein zweiter Durchschlag, von den Nachfolgern gebaut, ist teilweise noch begehbar.«

»Ich verlasse mich nur auf Hubmer«, sagt Prantl. »In den Stollen der Nachfolger krieche ich nicht. Hat er noch etwas anderes gebaut?«

»Einen Schwemmkanal, über zehn Kilometer lang. Man kann vom Berg runterrutschen, wie auf einem Toboggan, siehst du? Schade, daß wir es nicht am Schober hatten – ich bin noch völlig zerschlagen, lauter blaue Flecken. Obwohl wir vorbildlich abgerollt sind.«

»Du bist vorbildlich abgerollt, ich war nur tote Last.«

»So tot wiederum auch nicht«, sie grinst.

»Und das nächste Bauwerk unseres Raxkönigs, das wir für die Flucht verwenden könnten?«, fragt Prantl.

»Er ließ noch den Friedhof bauen und wurde dort als erster begraben.«

Sie lachen so, daß die Wirtin endlich kommt, verstört, daß hier jemand noch ohne etwas zu trinken, nur mit einem Buch in der Hand, so laut sein kann. Bei dem Namen Hubmer setzt sie eine ernsthafte Miene auf: über den Wohltäter des Tals wird hier nicht gelacht! Sie läßt sie warten und räumt erst am Nebentisch ab.

»Bereits 1802 ließ er alle Kinder seiner Gemeinde vaccinieren«, liest Karla, »›und er impfte selbst – von Arm zu Arm. Die katholischen Bauern in Schwarzau hingegen ließen ihre Kinder um keinen Preis vaccinieren: Der heilige Felix wird schon hemmen mit der Blatternsache, sagten sie.‹ Und hier: ›Johann, der Bruder, trank keinen Alkohol, hatte aber die Gewohnheit, stets einen Holzknecht ins Wirtshaus mitzunehmen, der an seiner Stelle trinken mußte, denn der Wirt sollte ihn nicht spotten und durch ihn nicht zu kurz kommen.‹«

»Gute Einrichtung«, sagt Prantl. »Trinkst du heute für mich oder ich für dich?«

»Bestell dir für mich den hausgemachten Mohnkuchen, den sie da drüben essen. Und ich bestelle mir für dich grünen Veltliner«, sagt Karla.

Die Wirtin versteht kein Wort. Prantl zeigt ihr auf der Karte, was sie wollen; den Wein bestellt er doppelt.

Karla blickt auf die bewaldeten Hänge gegenüber, wird nachdenklich. »Niederösterreich. Könntest du dir vorstellen, hier Dorflehrer zu sein?«

»Auf Grönland ist es einsamer.«

Sie sieht vor sich hin. »Wittgenstein hat es ausgehalten. Er war auf jeden Fall besser als das, was sie aus ihm gemacht haben. Auch diese Pädagogen … In Göttingen, als ich dort '69 war, war er gerade Mode. Man verglich den ›Tractatus‹ mit allem möglichen, am eifrigsten die Philologen.«

»Du warst in Göttingen?«

»Ein halbes Jahr, zum postgradualen Studium. Ich habe dort nichts gelernt, nur getrödelt, ging ins Kino, sah mir Schaufenster an. Damenwäsche, Handtaschen, Schmuck – in einer einzigen Auslage mehr Ringe, Uhren, Halsketten und Armbänder als in ganz Prag zusammen. Diamantenschleifchen, Herzchen, Hunde mit Saphiraugen, kaum ein Stück, das man tragen konnte. Die Wäsche gefiel mir, Schuhe, Papierwaren, Bücher. Und Blumengeschäfte. Schön war nur ein Schmuck, ein Diamantring, ein Stein in schwarzer und weißer Emaille eingefaßt, mit leicht bläulichem Schimmer. Den gab es aber nur als Abbildung auf der Reklame eines italienischen Designers. Elf Tausend Mark. Man konnte auch einen kleineren Stein bestellen, oder einen mit gelblichem Schimmer, aber das hätte mir nicht gefallen. Ich bekam 150 Mark im Monat, dazu Essen und Wohnen umsonst. Das Essen war nicht gut, schlimmer war aber, daß die Kinos so teuer waren, dabei schlechte Kopien, schlechter Ton, synchronisiert. Für den Eintrittspreis hätte ich in Prag einen Monat lang jeden Tag ins Kino gehen können.«

»Wieviele Kinos gibt es jetzt in Prag?«

»Bei uns um die Ecke vier – Bruska, Orlík, Kyjev, Svornost.«

»Bruska?«, Prantl überlegt.

»Bruska ist alt, ein richtiges Familienkino. Wo hast du Filme vorgeführt? In Bruska konntest du dir schon für eine Krone in den ersten zwei Reihen die Augen verderben. Meine Mutter schimpfte immer. Orlík mochte ich am liebsten. Svornost, die Eintracht, ist später gebaut worden. Und Kyjev, im Haus der tschechoslowakischen Armee.«

»Das kenne ich nicht.«

»Auf dem Platz der Oktoberrevolution.«

»So hieß damals kein Platz.«

»Der große runde Platz in Prag 6, Richtung Podbaba.«

»Ich wohnte in Prag 7, Letná.«

»Dann mußt du es kennen. Und bei euch im Viertel sind drei Kinos. ›Letná‹, ›Oko‹ und ›Ponrepo‹. ›Ponrepo‹ ist erst seit ein paar Jahren geöffnet und spielt lauter alte Filme.«

»Damals waren einige Kinos im Zentrum – da war ich

oft. ›Hvězda‹, ›Juliš‹, ›Avion‹ auf dem Wenzelsplatz, ›Lido-Bio‹, ›Metro‹, ›U Vejvodů‹, ›Světozor‹...«

»›Lido-Bio‹ haben wir nicht«, sagt Karla schnell, der Name ist zu albern. »›Juliš‹ und ›U Vejvodů‹ auch nicht, Kinos sind nicht privat. ›Hvězda‹, ›Metro‹, ›Světozor‹ gibt es.«

»Welche noch?« Prantl wird durch den altmodischen Namen ›Světozor‹/›Weltblick‹ ganz aufgewühlt.

»Ich weiß nicht, welche du kennst«, sagt Karla. »Ich ging damals noch nicht ins Kino. Meinen ersten Film, an den ich mich erinnere, habe ich in Karlsbad mit fünf gesehen. ›Biber, die Talsperrenerbauer‹, ein Dokumentarfilm. Als der brennende Baum auf den Hauptdarsteller fällt, habe ich so geheult, daß man mich hinaustragen mußte. Seitdem bin ich kinosüchtig. Welche Kinos meinst du?«

»Ich meine Kinos in Prag, auf dem Wenzelsplatz. Auf der linken Seite unten war ›Koruna‹.«

»Ja.«

»Dann kam – was kam dann? Auf der rechten?«

»Auf der rechten ist das Kino ›Paříž‹, glaube ich. Und dann ›Alpha‹. Kennst du sicher, das schönste.«

»Wo?«

»In der großen Passage, man kommt von dort rechts durch den Garten an der Kirche vorbei...«

»Der Franziskaner-Garten und Maria im Schnee?«

»Ja, ich glaube. Du kennst es? Und das andere Ende der Passage führt zu deinem ›Světozor‹.«

»Kino ›Alpha‹? Das hieß damals anders.« Er strengt sich an. »Es war noch ›Metro‹ da, und ›Lucerna‹, und oben am Museum – wie hieß es noch?«

»Dort ist ›Blaník‹, aber das kennst du nicht. Es ist neu. Und ›Metro‹ ist auf der Nationalstraße.«

»Auf der linken Seite oben am Museum war noch ein Kino«, Prantl wird stur.

»Meinst du ›Jalta‹?«

»Ganz bestimmt nicht!«

»Dann ist es Kino ›Passage‹. An der Ecke in der Milchbar

trinke ich immer Sauermilch. Aber du kennst ›Alpha‹ nicht?«

»Ich weiß nicht.« Prantl ist deprimiert.

»Ich werde für dich alle Kinos auf dem Wenzelsplatz aufschreiben, ich muß mich erst erinnern«, sagt Karla. »Da sind noch mehr, aber ›Alpha‹ war das schönste. Und ›Sevastopol‹, das waren die Premierenkinos. Kennst du ›Sevastopol‹? Am Graben, eigentlich schon weiter, neben dem Gemeindehaus, ein schönes, modernes Kino, es hieß wohl anders.«

»Ich weiß nichts mehr. In der Nähe war das ›American‹, falls du das meinst.«

»Das weiß ich nicht. Es könnte sein.«

Sie sehen sich an: ihr klingt ›American‹ genauso unmöglich wie ihm ›Sevastopol‹. Der Veltliner ist so sauer, daß er gerade paßt.

Sie schweigen.

»Wie lange warst du in Göttingen«, fragt er.

»Ich bin früher zurückgefahren. Ich habe das halbe Jahr und das Stipendium nicht genutzt. Im August konnte ich es nicht mehr aushalten.«

»Das war '69?«

»Ja. Meine Schwester hat mir vorher die ganze Zeit nicht geschrieben, weil sie mich strafen wollte. Sie kam für ein paar Wochen und wollte plötzlich bleiben – man wüßte ja nicht, was am einundzwanzigsten sein würde. Ich wußte es auch nicht, ich dachte, daß wir kämpfen müssen oder so, daß wir an diesem Tag die Russen vertreiben.« Sie nimmt einen Schluck.

»Es tat sich nicht viel, Panzer waren aufgefahren, gegen die Demonstranten. Westliche Journalisten hatten sich eingefunden, hofften auf Sensationen, der Polit-Tourismus. Einer beschwerte sich empört, die Polizei hätte ihm seinen Film abgenommen. Sie haben ihm weder den Apparat zerschlagen noch das Gesicht. Er wußte nicht, daß er Glück gehabt hatte.«

»Warum hatte dir deine Schwester nicht geschrieben?«

»Wir haben immer ein Spiel gespielt, mit einem befreundeten Bildhauer. Filme raten, Titel. Einmal zeigte er auf mich, dann auf den Boden, deutete an, daß dort Wasser hervorsprudelte. ›Die Jungfrauquelle‹, Bergman. Sie hatte es gleich erraten. Ich sagte ihr auf dem Bahnhof, bevor ich nach Deutschland fuhr, daß sie falsch geraten hatte, daß sich der Titel auf mich nicht mehr bezieht. Ich hatte einen ›ehrlichen Abschied‹ veranstaltet bevor ich fuhr. Ich schätzte den Jungen nicht, aber ich wollte die Tschechoslowakei nicht als Jungfrau verlassen, das heißt, ich wollte, wenn schon, nicht in Deutschland..., verstehst du? Er war leider ein Dummkopf.«

»Warum gerade er?«

»Es gab einen, das war ernst. Ein Skiläufer, mit langen Wimpern. Dem hatte ich gesagt, wir sollten aufhören. Er ging und riß sich die Fingerknöchel an unserer Hauswand auf. Der andere kam in Frage, weil er schon einmal tot gewesen war. Er hatte in den Ferien als Hilfsvermesser gearbeitet. Er stand im Wasser und oben berührte er mit der Stange, mit der metallenen Skala die Stromleitung. Er war wirklich kurze Zeit bereits tot. Das war spannend, aber sonst war er eine Niete.

Jedenfalls keine Jungfrau, als ich aus Prag wegfuhr, zumindest dachte ich es. Und das hat mir meine Schwester nicht verziehen.«

»Du bist eine Patriotin«, er lacht.

Sie schweigt, dann sieht sie hoch. »Der Wittgenstein ist interessant, aber Hieronymus fand ich wichtiger, was darüber der Tscheche erzählte – er war plötzlich nicht mehr so mickrig. Weißt du, einen Monat nach Palach hat sich an gleicher Stelle noch ein weiterer verbrannt. Jan Zajíc. Den Namen brachten sie noch, es wurde aber schnell vertuscht. Er war neunzehn, Schüler. Oben auf dem Wenzelsplatz, wo das alte Kino ›Passage‹ ist. Er hatte das Benzin getrunken, bevor er sich mit dem Rest übergoß und anzündete. Von ihm ist nicht viel übrig geblieben. Keine Totenmaske, kein Andenken. Sie hatten schon Routine. Von Hieronymus weiß man auch nichts. Es gab Hussiten und Hussitenkriege, man kennt Palach. Aber Jeroným und Zajíc – wer weiß das schon?«

»Wann bist du gegangen?«

»Nach der Demonstration '69. Wir haben nichts zurückgeholt, es gab nichts zu holen. Man konnte leben, die Menschen waren zueinander freundlich. Das kennt man hier nicht. Im Westen benehmen sich auch Tiere wie Eigentum. Hunde und Katzen kannst du nicht streicheln. Nach der Okkupation gab es ein Jahr Narrenfreiheit. Ich bin im September gegangen, am achtundzwanzigsten, im Oktober wurde die Grenze geschlossen. Ich konnte nicht mehr zurück. Ich habe gehört, wie die Rückkehrer ausgefragt wurden, sich demütigen mußten, aushorchen lassen, alles bereuen, Geständnisse ablegen. Daß der Sozialismus viel menschlicher wäre als der Kapitalismus. Als hätte man es nicht von selbst gern zugegeben. Eine Mitschülerin ist nach der Okkupation in die Partei eingetreten. Sie dachte, je mehr Kommunisten im Land, desto schneller werden die Russen abziehen. Sie wollten dann ihren Rücktritt nicht anerkennen, weil sie auch keinen Ausweis zurückgeben konnte – sie hatten ihr noch keinen ausgestellt, sie wurde aber als Kommunistin registriert. Sie ist vor mir abgehauen, ich traf sie in Deutschland. Sie wird wohl noch immer als Kommunistin geführt.«

»Was hast du dann gemacht?«

»Verschiedenes. Unter anderem drei Wochen lang auf der Insel Hokkaido Bambus geerntet.«

»In Japan?«

»Jemand hatte diese Idee schon in Prag gehabt. Alles war in Bewegung, sie hatten Einfälle. Ich wollte einfach kein Tourist sein. Nach der Okkupation wurden die Tschechen überall mit offenen Armen empfangen, das habe ich verpaßt. Einige Kommilitonen gingen nach Kanada, einer über Island. Ich wollte aber nicht fort. Göttingen war sinnlos, langweilig. Ich sollte mich dort für die Promotion vorbereiten, aber als ich zurückkam, war die Stelle an der Fakultät weg. Das Papier habe ich bekommen.«

»Eine promovierte Stuntfrau. Wie bist du zu diesem … Beruf gekommen?«

»Ich wollte nicht mehr in die Schule, weder weiter studieren noch unterrichten, nichts Seßhaftes. Während des Studiums habe ich ein wenig Sport gemacht, wie alle – Schwimmen, Gymnastik, dazu Fechten, im Sommer ein paar Mal im Kanu die Moldau heruntergefahren, von Vyšší Brod nach Prag – die schönste Art Ferien, die ich kenne. In Japan habe ich Kendo gesehen, das machen an den Universitäten fast alle, es hat mich beeindruckt, vor allem wegen der Kostüme. Als ich zurückkam, besuchte ich einen Kurs. Der Mann, der ihn leitete, kannte jemanden vom Film … Es war eigentlich nicht so schwierig.«

Prantl sieht sie an. »Und wie kamst du nach Japan?«

»Gleichzeitig mit dem Diplom bekam ich eine Benachrichtigung, daß mein japanisches Visum ausgestellt ist. Das hatte ich vergessen. Nach den Demonstrationen, die nichts brachten – die Russen blieben im Land, und die Tschechen fingen an, sich zu arrangieren, ganz unmerklich – habe ich es abgeholt. Und es einen Monat lang angesehen. Ich ging durch Prag, nicht einmal ins Kino oder schwimmen, nur durch die Straßen; Petřín, Strahov, Hradčany, immer die gleichen Wege, somnambul, ich sah von der Rampe hinunter auf die Stadt, stundenlang, dachte an nichts. Dann haben sie angefangen, mich zu mahnen, daß ich nicht arbeite, meine Schwester. Es stimmte nicht einmal, ich unterrichtete in Abendkursen, im Schlachthof, lauter Frauen, müde nach der Arbeit, sie saßen da, die meisten über fünfzig, und freuten sich auf die Deutschstunde! Eine war meiner Mutter ähnlich. Sie starb am 21. Juli ’68, am 21. August kamen die Russen. Ich wußte, mir kann nichts mehr passieren. Nur die Tschechen, als sie anfingen, es hinzunehmen. Gleich nach dem Einmarsch wurde unser Viertel abgesperrt, du kennst Prag 6. Unten in Bubeneč, die russische und die chinesische Botschaft, daneben die Residenz der Amerikaner, bei uns um die Ecke das Verteidigungsministerium, ein paar Schritte weiter der Generalstab, neben dem Kino ›Kyjev‹, dahinter Podbaba, wo die russischen Emigranten wohnen. Mit ihren Enkeln ging ich zur Schule, zwei waren meine Freundinnen. Ich ging nach Hause, und es stand ein Panzer da, und ein asiatischer Soldat wollte mir in schlechtem Russisch den Durchgang verbieten. Ich sagte, daß ich auf jeden Fall durchgehen werde, und die Tschechen, die herumstanden, sagten zu mir, ich soll vernünftig sein. Verstehst du, *ich* sollte vernünftig sein. Und ich schrie den Nicht-Russen an, ich bin hier zu Hause, ihr aber nicht! Und dieser kleine unsichere Asiate ließ mich durch, und die Tschechen schüttelten über mich den Kopf, verstehst du? Nach einem Jahr habe ich erlebt, wie meine ehemalige Freundin mit dem russischen Statthalter ins Auto stieg. Sie spielten immer die Andersartigen, die Halbrussinen eben. Ihre Großeltern und Eltern konnten die Bolschewiki zwar nicht ausstehen, aber sie wollten unbedingt geheimnisvoll tun. Also lieber Handlanger, Dolmetscher für die Okkupanten, als sich mit dem Volk auf der Straße gemein machen – lauter Kleinbürger. Ich ging. Mein deutsches Visum galt noch, Fahrkarten konnte man in Kronen kaufen.«

»Bis nach Japan?«

»Nicht ganz. Dafür haben wir in Westdeutschland Äpfel gepflückt und in einer Apfelweinfabrik in Frankfurt gearbeitet. Mit mir noch drei Jungen, einer aus meinem Jahrgang, Kombination Philosophie/Psychologie. Der andere hatte Geschichte und Tschechisch, der dritte war Physiker. Der hatte in den ersten Tagen, als wir erfuhren, daß die tschechische Grenze geschlossen wurde, Äpfel vom Baum fallen lassen, immer wieder, und redete vom freien Fall, grün und zerstochen im Gesicht, wie die Äpfel, eine Manie, und wir wollten ihn schon von der Leiter holen und verprügeln. Wir waren alle deprimiert, bisher waren es Ferien, und plötzlich waren wir Flüchtlinge und konnten nicht zurück. Und er ließ ständig diese miesen saueren Äpfel, diese deutschen Speyerlinge, auf die sie so scharf sind für ihren Äppelwoi, auf dem Boden platzen und schwatzte von Galilei, von der Gravitation. Sonst ein netter Junge, Bergsteiger. Er hatte dort seine Freundin und zwei Katzen gelassen, von ihrem knisternden Fell hatte er viel erzählt. Er hätte die Spannung gemessen, sagte er, der Kater gab angeblich mehr her, aber wie ich die tschechischen Kätzinnen kenne...«

Prantl streichelt Karlas Arm. »Erzähl weiter.«

»Jedenfalls, der war völlig durchgedreht. Aber der Bohemist war auch nicht schlecht. Er hatte sich geschnitten und bekam von dem Apfelwein eine Blutvergiftung. Der Finger war schwarz, die Hand und der ganze Arm geschwollen, bis zur Achsel. Wir waren nicht versichert und wußten nicht, was wir tun sollten. Ich sagte, entweder er geht zum Arzt oder wir schleppen ihn hin. Wir hatten alles Geld zusammengelegt, aber er wehrte sich wild, er hatte Angst, daß sie ihn ausweisen würden. Er wollte zurück, wir alle wollten nach Hause, aber nicht so, daß uns irgendwelche Schweine beim Verhör durch ihre Mühlen drehen konnten. Die Diktatur des Proletariats. Ich kannte sie. Es waren immer die blödsten, faulsten, sadistischsten in der Schule, die den Abschluß nicht schafften. Das sollte man mit Arbeiterklasse nicht verwechseln.« Sie trinkt wieder.

»Ich mochte meine Packerinnen im Schlachthof. Sie waren gierig auf Hausarbeiten und Diktate und wollten immer, daß ich sie benote. Ich gab Zensuren zwichen eins plus und zwei minus, und sie fragten, ob es keine Dreier und Vierer gibt – sie waren seit vierzig Jahren nicht in der Schule gewesen. Ich fand sie alle sehr gut, vor allem eine lobte ich ständig, sie war meiner Mutter ähnlich. Es wimmelte bei ihr von Fehlern, und ich erklärte jedesmal, daß sie nicht so schwerwiegend waren und daß man es in gewisser Hinsicht auch so schreiben könnte, sie bekam regelmäßig eine eins minus. Aber sie zeigten sich die Hefte und verglichen die Zensuren, also habe ich angefangen, ihre Diktate blau zu korrigieren. Sie war meiner Mutter ähnlich, verstehst du, wirklich wie meine Mutter, die überhaupt Scheu hatte, eine Feder nur in die Hand zu nehmen. Sie war unehelich und immer unsicher, und ich habe ihr nachträglich bessere Noten gegeben – als sie schon tot war. Und diese Packerin sagte endlich, aber Kindchen, Frau Lehrerin, das geht doch nicht, Sie sehen, wieviele Fehler ich mache, ich kann zu Hause gar nicht lernen, ich habe vier Kinder und die haben ständig Hunger. Und lachte. Und mir war zum Heulen, weil auch meine Mutter vier Kinder hatte, die ständig Hunger hatten, aber sie wollte endlich eine richtige Zensur, also gab ich ihr eine drei minus, völlig zerschlagen, und sie war richtig erleichtert.«

»War sie dir ähnlich, deine Mutter?«

»Ja, auch so dunkel. Aber schön.«

Prantl sieht sie an. »Und was passierte mit dem vergifteten Jungen?«

»Wir waren völlig durchgedreht. Wir hatten dort illegal gearbeitet, ohne Arbeitsbewilligung, er delirierte schon, und wir waren wie gelähmt. Dann hat der Philosoph für ihn eine Packung Tetrazyklin gestohlen und ihm dadurch wahrscheinlich das Leben gerettet, sogar den Finger, nur die Kuppe war weg. Er hätte unbedingt zum Arzt gehen müssen, aber wir alle, im Sozialismus aufgewachsen, hatten überhaupt kein Vertrauen zu den kapitalistischen Ärzten, wir waren von dem Apfelwein alle so verblödet, allein von der Luft, daß wir gar nicht mehr klar denken konnten.«

»Wie ging's weiter?«

»Wir sind dann zu dritt gefahren. Er war noch zu schwach und traute sich nicht. Dafür hat er sich ein Stipendium besorgt und konnte Slawistik studieren. Er erzählte, daß der Sachbearbeiter die ganze Zeit seinen Finger angestarrt hatte – die Hand war noch geschwollen, violett, für die, die es vorher nicht gesehen hatten, ein schrecklicher Anblick – Hand bei Flucht im Stacheldraht hängengeblieben oder so – er schwor, daß er ohne den Finger das Stipendium nicht bekommen hätte.«

»Und wie war's auf Hokkaido?«

»Keine weitere Blutvergiftung. Wir haben uns tschechische Fahnen gebastelt und sie auf die Rucksäcke gesteckt, und es hielt praktisch jedes Auto an, obwohl die Japaner sonst vorsichtig sind. Wir haben das ganze Land bereist. Einer, der uns mitnahm, war besonders freundlich, seine Frau hatte in Prag Musik studiert, Harfe. Ploink ploink, ploink ploink – den Anfang der ›Moldau‹ sang er uns mehrmals vor und lachte dazu. Gesang war es eigentlich nicht. Er hatte eine Fabrik für Musikinstrumente, es muß etwas größeres gewesen sein. In Hiroshima wurden wir in dem teuersten Hotel untergebracht, wo Friedenskonferenzen stattfinden. Er kannte sogar den Bürgermeister, und der wollte uns sehen; junge Tschechen, aus Europa, von Russen okkupiert. Wir bekamen jeder ein Buch über Hiroshima mit persönlicher Widmung. Verneigen, Lächeln, Bedanken, Fernsehkameras. In das Museum mußten wir auch. Wieder Kameras. Ich rannte verheult raus, vor dem menschlichen Schatten an der Hauswand ganze Schulklassen, alle aufgeregt, wieviele Ausländer vorbei kommen, die Kinder schubsten sich, kicherten, als sie mich sahen, ich mit roter Nase und roten Augen, ein Journalist hielt mir das Mikrophon vor: ›What is your impression?‹ Ich hätte es ihm am liebsten aus der Hand geschlagen. Ich rannte weiter.

Am Abend mit irgendwelchen Industriellen auf einem Schiff, zwei Stunden Rundfahrt, das Ufer illuminiert, aus dem Nebel tauchte ein großes Tor im Wasser auf, ein Schrein, und wir bekamen jeder einen Kuchen im Karton, damit war die Fahrt zu Ende.

In der Nacht konnte ich nicht schlafen, ich ertrug das

Hotel nicht mehr, das ständige Lächeln, den Kuchen. Ich sah mir das Buch an, lauter Neubauten, Hotels, Vergnügungsviertel, Geschäfte, Lampions, alles in Farbe, überall Lächeln, Kirschblüten, blauer Himmel. Kein Hinweis auf die Bombe, kein schwarz-weiß Foto von der Verwüstung, statt dessen amerikanische Reklame auf den Dächern der Hotels, dabei ist die Landschaft schön, Berge herum, Wälder. Das Buch war auf Fotopapier gedruckt, dick, wog mindestens sechs Kilo. Ich war von den Bildern in dem Museum noch so erschüttert, ich hockte da, dann packte ich das Buch und den schönen Karton mit dem Kuchen, steckte das in eine große Tragtüte, Blumenpapier mit Kordeln, in der es uns überreicht wurde, und ging raus. Es war spät, die Monsunregen hatten angefangen, ich hatte keinen Schirm. Ich ging zum Wassergraben, der vor dem Schloß war, in der Nähe des Hotels. Das Schloß, ein Holzbau, nach dem Brand von '45 wieder aufgebaut, eher eine Holzfällerhütte, etwas aufwendig, in den Vitrinen ein paar morsche Samurairüstungen. Am Nachmittag hatte ich von dort Falken über der Stadt kreisen sehen und schreien gehört, das war das einzige, was mir in Hiroshima gefiel.

Ich kam zum Graben, sah mich um, Polizisten patrouillieren in japanischen Städten die ganze Nacht, Tokio ist vielleicht die sicherste Großstadt der Welt, einer stand auf der anderen Seite des Schlosses, ich ging in den Schatten, schwang die Tüte so weit wie möglich und warf sie ins Wasser.

Es war eine Erleichterung. Ich ging frei, ohne Last, beinah singend davon, merkte den Regen nicht. Dann sah ich mich um, nur so, ich hatte mir dabei nichts gedacht. Und erstarrte. Die Tüte schwamm. Das Fotopapier war aufgequollen, die Luftblasen zwischen den Seiten hielten das Ganze über Wasser, sogar die Tragtüte erwies sich als zäh, imprägniert oder beschichtet. Der Polizist war näher gekommen, stand mit dem Rücken zu mir im Licht. Sonst kein Mensch, es konnte zwei Uhr nachts sein. Ich fing an,

Steine herauszuklauben, aber die ordentlichen Steinchen auf den Parkwegen waren alle einbetoniert, ich habe mühsam etwas Schotter gelockert und versuchte, die Tüte zu bewerfen. Trotz des Gewichts drehte sich das Ding in der Strömung, kreiste, kam näher und entfernte sich, kam wieder, wie die Kreiselpumpe das Wasser im Graben zirkulieren ließ, ich mußte immer eine Ewigkeit warten, bis sie wieder so nahe war, daß ich sie vom Ufer aus treffen konnte. Ich stellte mir vor, daß sie dort so noch am Morgen kreist, beim Tageslicht, wenn es die Wächter herausfischen und an der roten Seide und an der Aufmachung erkennen, daß es sich um ein nicht käufliches Exemplar für offizielle Stadtbesucher handelt, persönliches Geschenk des Bürgermeisters, wie es landesweit im Fernsehen gezeigt worden war. Ich hatte zwar die Widmung mit meinem Namen herausgerissen, aber es war leicht festzustellen, daß es jemand von der ›tschechischen Delegation‹ war. Ich kratzte an den einbetonierten Kieselsteinen und warf, was mir unter die Finger kam – herausgerissenes Gras mit Erde, Zweige, Abfälle, irgendwelche stacheligen Früchte, die Dornen blieben mir in den Handballen stecken – es schwamm alles um die Tüte und bildete mit ihr eine immer größere Insel Dreck auf der glatten Oberfläche des Schloßgrabens. Etwa nach einer dreiviertel Stunde, als ich schon völlig durchnäßt und abgestumpft war, und die Tüte überhaupt nicht nasser oder weniger sichtbar war, begriff ich, daß ich ins Wasser muß und sie holen. Ich hatte keine Ahnung, wie tief der Graben ist und was auf dem Boden lag. Am anderen Ufer war ein Denkmal für die Opfer der Bombe, ich glaube, die Toten waren dort überall in der Erde. Ich stellte mir aufgelöste Leichen im Wasser vor, ich ekelte mich vor den Haaren, als hätten sie es überstehen können, angeschmort, verfilzt, lang, wie sie sich um meine Knöchel winden – glitschiges Wassergras, mit zuschnappenden Raubfischen, die den Schloßgraben bewachen, japanische Süßwasserhaie, verwachsene Alligatoren, blinde Otter mit schwärenden

Flanken, fauligen Zähnen, verdreckten, eitrigen Krallen – alles von der Bombe, als eigene Gattung durch die Jahrzehnte in diesem Graben mutiert, verstrahlte Fauna, da sollte ich rein! Ich hatte den Gruselfilm »Kwaidan« gesehen, dazu kamen die Bilder der verkohlten Menschen am Tag im Museum, oben der Polizist und ›Betreten verboten‹ in Japanisch und Englisch. Aber ich mußte die ungeheure Beleidigung verhindern. Ich zog die Jacke aus, die Schuhe, die Hose und das Trikot behielt ich an, und ließ mich an der Ufermauer runter. Das Wasser ging bis zur Brust, der Boden war schlammig. In der Mitte war es tiefer. Ich watete, dann schwamm ich und versuchte, im Schatten zu bleiben und keinen Lärm zu machen, ich wußte nicht, was ich dem Polizisten hätte erzählen können. Ich faßte die Tüte, zog sie an mich, so etwas Zähes hatte ich noch nie erlebt, aus Papier! Nur der Karton mit dem Kuchen war durchweicht, den Kuchen ließ ich im Wasser für die Enten, vielleicht waren dort auch Fische. Ich warf die Tüte auf die Brüstung, konnte mich aber nicht hochziehen. Nach mehreren Versuchen schaffte ich es endlich, nicht, weil die Mauer irgendwo zugänglicher wäre, nur ich wurde ungeheuer wütend. Ich krallte mich fest und kam hoch, mit gefletschten Zähnen, der Polizist wäre mir gerade recht gewesen! Ich machte Lärm. Er erschien um die Ecke, glotzte aber völlig unbeteiligt in eine andere Richtung. Ich zog die Jacke an und ging mit der Tüte ins Hotel, wollte irgendwelche Türen zuschlagen, aber sie öffneten sich automatisch, in der Rezeption hinterließ ich Schlammspuren, der Portier sah mir verwundert nach, sagte aber nichts. Daß ich naß war, konnte auch der Regen sein.

Im Zimmer zog ich die Sachen aus und wusch die Hose, das Trikot und die Schuhe, ließ sie trocknen und kroch in die Badewanne, nackt mit der Tüte. Ich hockte da und riß an dem zähen Buch, bis die Wanne voll war, das Papier reichte fast an die Decke des Badezimmers, die rote Seide löste sich vom Einband, ließ sich aber nicht zerreissen, auch mit den Zähnen nicht. Inzwischen dämmerte es. Ich zog trockene Sachen an, nahm die Tüte wieder und ging mit den Haufen Papier noch einmal auf die Straße und verteilte das persönliche Geschenk des Bürgermeisters in die Mülltonnen von Hiroshima, die Seide extra, ohne Papierfetzen des Buchs, ich habe sie unter faulendem Obst hinter einem Supermarkt vergraben. Die ersten Menschen radelten zur Arbeit, als ich fertig war, der Regen hatte nachgelassen. Ich kam ins Hotel, der Nachtportier schlief, Japaner schlafen ständig, wenn sie nicht fotografieren, ich hatte Schlüssel. Ich schlief dann auch. Und als sie mich zu unserem prächtigen Abschiedsmittagsessen riefen, hatte ich keinen Hunger. Ich konnte dort nichts wettmachen, also wollte ich mich zumindest an ihrem Wohlstand nicht beteiligen. Das war Hiroshima.«

»Und die beiden Tschechen?«

»Denen ging es gut. Sie wurden überall als erste bedient, ›san‹ genannt, ich mußte auch in der größten Hitze bis zuletzt warten, bis man mir einschenkte, die Frauen. Sehr anmutig, immer lächelnd, aufmerksam, Männern gegenüber. Meine Mitschüler genossen es. Bis dahin waren sie normal, aber dort wurden sie so bedeutsam, daß sie fast unerträglich waren. Der einzige Mann, der mir dort gefiel, war ein alter Schriftsteller, völlig vertrottelt, wie er von sich behauptete. Er war so alt, daß die anderen nicht wagten, ihn anzusprechen. Es war in einem Lokal, der Yamaha-Hersteller, es war eine andere Firma, kannte eine Menge Leute. Es wurde Sake nachgeschenkt, ich fing an, ihm auch nachzuschenken, weil mit ihm keiner sprach. Und so schenkten wir uns immer weiter nach, pichelten und erzählten uns von Dostoevskij. Er schrieb sein Leben lang an der Fortsetzung der ›Dämonen‹, er war in der Jugend in der Kommunistischen Partei und dann im Gefängnis und seitdem schrieb er das Buch. Acht Teile waren fertig, und er wußte nicht, wie viele es noch werden. Wir haben uns Sätze zitiert, Lieblingsgestalten verglichen, wir schwelgten in

Dostoevskij, in basic english, gebrochenem Deutsch, mit Russisch-Brocken, manchmal fiel er ins Französische – kennst du das, wenn man sich auf Anhieb mit jemandem versteht – wir konnten uns nicht trennen, die Kneipe machte zu, unser Gastgeber wurde müde, Japaner gähnen breit, keiner traute sich, ihn zu mahnen. Wie wir uns getrennt haben, weiß ich nicht.«

»Hast du ihn noch einmal gesehen?«

»Er hat mir seine Bücher geschickt, japanisch, in schwarzem Leinen, mit weißer Kordel umschnürt, sehr schön.«

»Schade, daß du sie nicht lesen kannst.«

Karla überlegt. »Eigentlich nicht. Er war ein Samurai. Die tragen alles allein.«

7

Sie verlassen das Höllental, die Raxalpe und fahren wieder südwärts, durch die bucklige Welt. Sie wollen nach Italien. Prantl möchte die Städte sehen, die Shakespeare durch bloßes Benennen aufleben läßt und die er sich an seinen Abenden auf Grönland in Azur, Ocker, Siena und Purpur vor dem Eishorizont leuchtend vorstellt. Verona, Mantua, Venedig, Rom – von den Idyllen zu Dramen, von Verwechslungskomödien, wo grazile Knaben junge Mädchen spielen, die sich als Knaben verkleiden und am Ende als Frauen entlarvt, in Männer verliebt, die Liebe anderer von Knaben gespielten Frauen verschmähen und sich von Männern heiraten lassen – zu den blutigen Staatsaktionen der römischen Geschichte ohne versöhnliches Ende. Wo liegt Illyrien?

Prantl ist angespannt, wach, in den Nächten fiebrig, heiter, mit ausgetrockneten Lippen, sie reißen immer wieder auf.

Karla klettert, es gibt keinen Berg, den sie nicht besteigen möchte, kein Wasser, in dem sie nicht badet, zumindest watet.

Sie sammelt Kieselsteine, grüne klebrige Fichtenzapfen, Blätter, Vogelfedern, steigt über morsche Stege und gesperrte Brücken, läuft allen Katzen nach; sie lassen sich lieber von Prantl streicheln, weil er sie unbehelligt läßt.

›He lived his life to the fullest‹, liest er auf einer Messingplatte an einem Brückengeländer zum Andenken an einen verunglückten Kanufahrer. Die Ache unter ihm schäumt, er überlegt, wo man zwischen den Stützen durchkommen könnte.

Karla kommt mit abgeschürften Knien, blaß im Gesicht,

zeigt auf den gegenüberliegenden Berghang. »Es gibt dort Pfifferlinge«, sie öffnet die Hand. Zum Vorschein kommt ein lehmverklebter Klumpen Pilze. »Vielleicht gehen wir essen«, schlägt Prantl vor. Er kocht besser als sie.

»Ich kann noch mehr holen. Ich habe auch einen Kragenstern gesehen – wie ein kleiner Krake, und einen Hexenkreis von Fliegenpilzen«, sie will wieder klettern.

»In deinem früheren Leben mußt du eine Gemse gewesen sein.«

Wieder eine abgesperrte Brücke; Betreten auf eigene Gefahr. Sie betritt sie sofort, sie liebt die eigene Gefahr. Er kennt es.

»Kommst du?« fragt sie.

»Ich mag die unnütze Gefahr nicht.«

»Und die nütze, welche ist es? Als du in den Bäumen hingst und die Deutschen versuchten, dich zu treffen?«

»Laß das.«

»War es nicht so?«

»Sie haben es nicht versucht, sie haben getroffen. Es war nicht schwer.«

»Gibt es nicht Konventionen, die es verbieten, auf Fallschirmspringer in der Luft zu schießen?«

»Es gibt viele Konventionen», er ist gereizt. «Wo waren die Pfifferlinge?«

Sie klettern gemeinsam. Prantl hat keine Lust, und Karla kommt nur ihm zuliebe mit, die paar madigen Bläulinge, die kaum des Pflückens wert sind, loben sie überschwenglich. Der Abend ist still.

Vorm Schlafengehen fällt Prantls dänischer Paß aus seiner Jackentasche, Karla hebt ihn auf. »Jan Otakar Prantl, geboren am 21.9.1922 in Svitavy, Tjekkoslovakiet.« In Mähren? Sie rechnet nach. »Du bist achtundvierzig, warum sagst du, daß du fünfzig bist?«

»Es ist doch gleich.«

»Mir ist es nicht gleich. So bist du genau doppelt so alt wie ich. Aber nicht älter.«

»Ist das nicht genug?«

»Wenn du den Greis spielen willst!« Sie zieht sich an den Rand des Betts, rollt aber wieder zurück in die Mitte. Müssen alle Matratzen in den Pensionen durchgelegen sein?

»Was ist los?«, er fängt sie auf.

»Nichts! Nur, daß du dich so alt machst und dich von nichts bewegen läßt, man kann sich auf den Kopf stellen!«

»Ich weiß, daß du einen Kopfstand kannst, und russiche Lieder, und andere Kinos kennst...«

»Was soll das?«

»Auch einen zweifachen Salto rückwärts.«

»Einen dreifachen!«

»Siehst du, einen dreifachen.«

»Laß mich in Ruhe! Nur, weil ich dein blödes ›Lido-Bio‹ nicht kenne!«, sie reißt sich los, zieht sich an und schlägt die Tür hinter sich zu. Sie läuft durch den Ort, wütend, daß er ihr nicht folgt. Alles dunkel, nur der Bach ist zu hören, auf der Landstraße kein Verkehr. Nach langer Zeit ein Laster, leuchtet sie an, hupt, verlangsamt, ein Tankwagen. Der Fahrer beugt sich heraus, lacht, winkt sie heran. Sie tritt gegen einen Stein am Wegrand, er fliegt an den Kanister, sie hofft, daß er zumindest eine Delle hinterlassen hat.

Im Zimmer sitzt Prantl am offenen Fenster und raucht. Die Versöhnung will nicht gelingen, obwohl sie sich Mühe geben. Sie sitzt zitternd da, Prantl will Tee kochen, die Gaskartusche ist leer. Er gießt ihr einen Kognak ein, sie trinkt; es schmeckt ihr nicht. Sie rauchen.

»Wie war es damals bei deinem Absprung?«

Prantl schweigt.

»Du warst doch zu jung.«

»Ich war fast achtzehn, als ich ging, siebzehn. Die meisten waren älter, aber die Unterschiede verschwanden schnell. In Frankreich, wo wir zuerst waren, sahen bald alle gleich aus. In abgerissenen Monturen noch vom letzten Krieg, die gleichen kaputten Schuhe, ausgefranste Wickel, Gewehre noch von Sedan. In meiner Jacke war über der linken Brusttasche ein Loch von einer Kugel. Es war im Süden, Agde, zwischen Marseille und den Pyrenäen, um uns herum Sümpfe. Vor dem Tor zwei Senegalesen als Wache und Stacheldrahtzaun um das ganze Camp; vor dem Krieg war es ein Konzentrationslager für die Reste der republikanischen Brigaden. Für die Bevölkerung waren wir Bagage, die Franzosen hatten genausoviel Angst vor den Russen wie vor den Deutschen, dieselben Franzosen, die '38 nach München Daladier als den Friedensretter bejubelten. Dabei hatten die meisten im Camp ihr Leben riskiert, waren aus dem Protektorat geflohen, oder von ihrem Arbeitseinsatz in Deutschland, wurden von der Gestapo gejagt. Sie wollten kämpfen. Auch die Post wurde kontrolliert. Die paar armen Schweine, die deutsch sprachen, meist geflohene Deutsche aus den Grenzgebieten, die nicht zur Henleinpartei gehörten, kamen gleich in den Kerker, es genügte, deutsch ›danke‹ zu sagen. Dabei gab es nichts, wofür man danken konnte. Der Fraß, die Latrinen, die Schikanen, in der Mitte des Camps eine riesige Pfütze, die nie austrocknete, mit Millionen Mückenlarven. Wenn wir zu den Übungen gingen, zogen uns streunende Hunde nach, winselten um Essensreste, andere Kompagnien hatten ihre eigenen, es gab Kämpfe. Wir hetzten die Köter gegeneinander und freuten uns, wenn unserer siegte. Es wurden Wetten abgeschlossen, unser Hund hat ein halbes Ohr verloren, gewann aber.«

»Wie kamst du nach Frankreich?«

»Ich ging über die Slowakei. Ende '39 konnten sie es in ihrem ›unabhängigen‹ Staat schon fast so gut wie die Deutschen: Judenregistrierung, Wachen, Schießbefehl. Eher konnte man in Ungarn wieder freikommen, wenn sie einen geschnappt hatten. Der Ukrainer, mit dem ich durch die Berge gegangen war, wurde in der Pußta gefangen und kam in ein toloncház, ihr fahrendes Gefängnis, ein Verschlag auf Rädern, sie wollten ihn zurück hinter die slowakische Grenze bringen. Er hat sich seinen Goldzahn herausgerissen und den Wächter bestochen; der war ein normaler Gendarm, kein Faschist, und ließ ihn laufen. Als wir uns in Frankreich wiedersahen, konnte ich ihn zuerst nicht erkennen. Er hatte einen eingefallenen Mund, wie ein Greis, sein Kiefer hatte sich entzündet, und zwei weitere Zähne waren ausgefallen. Der Feldscher im toloncház hatte keine sterilen Instrumente.«

»Gingivalrandschräger«, murmelt Karla.

»Was?«

»Nichts. Wie ging es weiter?«

»Ich hatte Glück, ich hätte niemanden mit einem Goldzahn bestechen können. Für die, die über die Slowakei und Ungarn durchgekommen waren, wurde in Jugoslawien vom tschechoslowakischen Konsulat eine Überfahrt nach Syrien organisiert, von dort kamen wir nach Frankreich.«

»Hatte man wegen deines Alters keine Bedenken?«

»Es war Krieg. Ich habe mich auf irgendwelchen Papieren sogar zwei Jahre älter gemacht, aber danach fragte keiner. Wenn du einmal in einer Uniform steckst, spielt das keine Rolle. Ich bin von Marseille als Zivilist mit einem Offizier im Zug gefahren. Er bot mir Zigaretten an, lieh mir seine Zeitung – ein normales Gespräch. Vierundzwanzig Stunden später schrie mich eine viel niedrigere Charge zusammen, ich sollte das Maul halten und mich einordnen. Ich fragte etwas, gestikulierte, ich bewegte mich wie ein Zivilist. Der Gefreite bekam fast einen Anfall und schickte mich Latrinen schrubben. Übliche Szenen, den Chargen fällt selten etwas Neues ein. Widerlich waren nur die Maden, an den Gestank hatte man sich gewöhnt, er wehte uns überall schon von weitem entgegen, der Wind mochte sich drehen wie er wollte. Sonst ist uns nicht viel passiert. Der einzige Tote in den Wochen starb an Hitzschlag in der

Schlange vor der Bude der Prostituierten. Früher gab es eine in der Stadt, seit wir da waren, zwei.«

»Standst du auch da?«, sie sieht ihn an.

»Dort nicht.«

Prantl steht auf, holt Zigaretten.

»Gab es viele Unfälle?«, fragt Karla.

»In England mehr, das Training war härter. Der Drill war aber nicht so sinnlos wie die Schikanen in Frankreich. Wenn du dich beim Abspringen nicht genug abgestoßen hast, bliebst du mit dem Fallschirm hängen, das konnte bei der Landung Folgen haben; wenn du zu weit sprangst, konntest du dir an der Bodenluke das Gesicht aufschlagen. Die Verletzungen waren böse. Es gab alles mögliche, nur an Hitzschlag ist in England keiner gestorben«, Prantl lacht. »Man konnte eher erfrieren.

Die ersten Einsätze wurden mit den alten Whitley-Maschinen geflogen. Sie waren unterhalb jeder Abwehrmaßnahme, so langsam, daß die Flak-Geschosse vor ihnen in der Luft explodierten; die Abschußtabellen waren für höhere Geschwindigkeiten berechnet. Bis zum Absprung wurde man vor Frost steif. Damit sollten die Widerstandskämpfer ins Protektorat gebracht werden«, er raucht. »Der erste Parachutist wurde im April '41 hingeflogen. Man wollte wissen, ob man ihn wieder zurückholen konnte. Durch Navigationsfehler wurde er in Tirol an der italienischen Grenze abgesetzt. Er vergrub alles belastende Material und ging in Richtung Norden, Böhmen, wurde wegen illegalen Grenzübertritts festgenommen und bekam drei Monate – einer der wenigen, die überlebten.«

»Wann bist du gesprungen?«

»Im Mai '44. Als Paris fiel, wurde das Lager im Süden aufgelöst. Was heißt fiel«, Prantl zuckt mit der Schulter, »Paris war eine offene Stadt, es wurde nicht gekämpft. Ein Teil der tschechischen Truppen ging nach Nordafrika – sie kämpften in Süditalien, auf dem Balkan, an der Atlantikküste. Andere, darunter die Flieger, kamen nach England.«

»Du kamst nach England – wie war die Ausbildung bei den Parachutisten?«, fragt Karla mit fachlichem Interesse.

»Das war später in Schottland, bis dahin war es eine normale Ausbildung. Der Spezialkurs in Traighouse dauerte vier Wochen, es war an der Westküste, ein kleines Dorf bei Mallaig. Der Tag fing um sieben mit einer Morgengymnastik an; wir blieben entweder im Camp, übten an Geräten und kletterten über gespannte und verstrebte Seile, die wir gleich ›das Affenparadies‹ getauft hatten, oder es gab einen Geländelauf über unterschiedliche Distanzen und Hindernisse. Nach dem Frühstück begann das eigentliche Training. Es war im Januar, wenn es nicht gerade regnete oder wenn wir nicht schon halberfroren waren, jagte man uns am Ende des Tages noch ins Meer. Ein tschechischer Soldat ertrank, aber nicht im Meer, sondern im Gebirge, als er sich den Fuß zwischen Steinen einklemmte und abstürzte, mit dem Kopf unter einen Wasserfall und bekam den Fuß nicht frei.

In der Mitte des Kurses gab es einen Wettlauf. Wir wurden an einen Ort gebracht, wo sonst die Franzosen waren; an dem Tag wurden sie ins Terrain geschickt, damit wir uns nicht trafen. Man sprang aus einem Fenster, wie hoch, wußten wir nicht, nahm unten ein Gewehr und lief. Dazu kam Klettern, Springen, Schießen, zwischen Bäumen Hangeln, dabei wurde die Zeit genommen. Wir sollten uns über einem Steinbruch abseilen, durch ein Gelände mit Stacheldraht und Betonröhren laufen, dazwischen explodierten Platzpatronen. Am Ende war eine Schlucht, wir sollten sie auf einem Brett überqueren; es lag Rauhreif, alles rutschig, die Detonationen machten es zusätzlich schwer. Bei unserem Lauf ist nichts passiert. Nur zum Schluß, am Meer, als ich die Signalleuchte abschießen sollte, hatte ich so erfrorene Hände, daß ich das Streichholz nicht anzünden konnte.

Der zweite Teil war Parachutage. Wir kamen zur Ausbildung nach Ringway bei Manchester. Zuerst sprangen wir im Garten vom Rumpf des Flugzeugs, später eingehakt von der Hangardecke, während sich oben Propeller mit verschiedener Geschwindigkeit drehten. Wir sprangen mit Last und ohne, bei zunehmenden Schwierigkeitsgraden, bis es in die Luft ging. Die Engländer hatten ihre Witze, die Ausbilder lachten immer über den gleichen: daß da unter den Fallschirmbündeln manchmal nur zusammengerollte Decken wären, das würden wir schon merken. Ich absolvierte neun Übungssprünge, beim zehnten landete ich schon zu Hause.«

»Ist es nicht ein bißchen wenig?«

»Es gab so viele Unfälle, wahrscheinlich haben sich die Engländer ausgerechnet, daß mehr blinde Sprünge nur Materialverschwendung waren.«

»Konntet ihr beim Training nicht mit dem Instruktor springen statt mit Ballast von der Hangardecke? Und die zerschlagenen Gesichter – man springt doch seitwärst aus dem Flugzeug. Natürlich muß es auch schnell gehen, damit du nicht hinten ins Leitwerk gerätst, aber sonst...«

»Es waren andere Fallschirme und andere Maschinen.«

»Ich weiß«, sagt sie deprimiert. »Habt ihr nur Geländesprünge geübt?«

»Der zweite Absprung ging ins Meer. Das wurde nicht weiter trainiert.«

»Wieso?«

»Weil es für uns nicht in Frage kam. Wir sollten über dem Protektorat abspringen, nicht über der See. Es kam oft vor, daß man anderswo abgeworfen wurde, die englischen Piloten kannten das Terrain nicht. Es wurde meist in den Wintermonaten geflogen, damit die Maschinen noch in der Dunkelheit zurückkehren konnten, die Parachutisten landeten oft weit von den vorbestimmten Orten, mehrmals jenseits der Grenze. Man konnte Berge und Wälder verwechseln, aber nie mit dem Meer. Böhmen war so klein geworden, daß es schwer zu finden war.« Er raucht.

»Man flog fast die ganze Zeit über feindlichem Gebiet,

die Wetterverhältnisse wechselten schnell. Wegen der Berge war das Terrain zum Landen ungünstig, unübersichtlich. Nicht wie in Polen, wo man sich an der Küste orientieren konnte und der Boden flach war, oder wie in Frankreich, wo der Widerstand so weit organisiert war, daß man in den meisten Fällen die Landung vorbereiten konnte und die Stelle mit Lichtern markiert wurde. Die Springer, die im Protektorat absprangen, mußten sehen, wie sie den Krieg überlebten. Die Fallschirmspringer über Belgien, Frankreich, Holland operierten in Nähe der Küste, konnten abgeholt werden, und nachdem sie sich erholt hatten, wieder eingesetzt werden, oder sie wurden zu Instruktoren. Für uns kam eine Rückkehr nicht in Frage, es war nicht einmal klar, wohin wir gingen. Es gab Gerüchte, daß auf jeden schon die Gestapo wartet, daß keine Auffangpunkte eingerichtet waren und man über jeden Bescheid wußte, noch bevor er sprang, weil in der Zentrale Gestapoleute saßen; das verbreiteten die Kommunisten. Es stimmte sogar.

Die Adressen waren meist taub, die Menschen ängstlich, weggezogen, verschleppt, getötet, zu Kollaborateuren geworden. Ich bin zweimal abgewiesen worden, bis mich einer im Heu übernachten ließ, und auch da wußte ich bis zuletzt nicht, ob er nicht die Gestapo holt. Wir wußten praktisch nichts, nur, daß es aus dem Protektorat nicht zurückgeht. Jeder war auf sich selbst angewiesen. Viele Menschen verweigerten die Aufnahme, verweigerten uns Essen, obwohl wir Geld hatten; viele waren unter Druck zu Denunzianten geworden. Es gab Fälle, daß Parachutisten aufgegeben hatten, ihre Aufgaben nicht weiter verfolgten, weil sie für solche Landsleute nicht mehr ihr Leben einsetzen wollten.«

»Das waren Tschechen.« Karla sieht vor sich hin.

»Es gab andere, die alles riskierten, auch für ihre Familien, und dabei gehörten sie nicht einmal zum Widerstand.«

»Hast du solche getroffen?«

»Gleich in der ersten Nacht. Wir waren zu viert. Es war Anfang Mai, frostklare Nacht, immerhin mußten wir nicht umkehren. Vor uns gab es schon Gruppen, die wegen der Wetterverhältnisse nicht abspringen konnten. So im Dezember '41; sie kehrten zweimal zurück, beim dritten Mal sprangen sie, obwohl sich der Schneesturm nicht gelegt hatte. Als hätte der Pilot den Befehl, endlich ohne sie zurückzukehren. Die Parachutisten waren ersetzbar, die Maschinen und die englischen Piloten nicht.« Prantl schweigt. »Es waren die Gruppen Anthropoid und Silver A und Silver B. Anthropoid: Rottenmeister Josef Gabčík, Slowake; sein Freund, Jan Kubiš, Mähre.«

Karla sieht auf: »Kubiš und Gabčík? Die das Attentat auf Heydrich durchgeführt haben?«

»Ursprünglich sollte Karel Svoboda mit Gabčík springen, er hatte sich aber beim Training das Gesicht zerschlagen und wäre mit der Verletzung allzu auffällig gewesen. Ob das stimmt, weiß ich nicht. Es gibt auch verschiedene Theorien über das Attentat, auf wessen Befehl es eigentlich geschah. Die meisten sagen, es war die tschechoslowakische Regierung in London, Beneš wollte die Alliierten bewegen, sich für die ČSR nach dem Krieg einzusetzen –«

»Nachdem sie sie in München verraten haben!«

»Es gibt Überlegungen, daß es der einheimische Widerstand war, dagegen spricht aber der hohe Preis an Leben, den die Rache der Deutschen gefordert hat, und mit dem man rechnen mußte; andere Spekulationen sind, daß es die Engländer waren, die das Dritte Reich destabilisieren wollten, oder Franzosen – aus Angst; Heydrich sollte nach Frankreich versetzt werden. Noch wilder – daß es Stalin gewünscht hatte, und eine Steigerung: es wäre ein Plan von Canaris gewesen, der insgeheim mit den Briten kooperierte und außerdem einen Rivalen loswerden wollte.«

»Und für die alle sollten Tschechen geopfert werden!«

»Dabei konnte man mit nichts rechnen. Das meiste bei dem Absprung war Zufall, und wenn es gut ging, Glück.«

»Kubiš und Gabčík haben aber ihre Aufgabe erfüllt.«

»Nicht nur sie, auch andere, ›Silver A‹ mit Bartoš, Potůček und Valčík, die mit ›Anthropoid‹ gesprungen sind. Von Januar bis Juni '42 war der Sender LIBUŠE von Bartoš die einzige Verbindung zwischen dem ›Protektorat‹ und London. Alle anderen Verbindungen waren gelähmt. Ein halbes Jahr zu senden war zu der Zeit eine unwahrscheinliche Leistung. Heydrich war schon im Lande, und der Terror wurde systematisch. – In den ersten zwei Wochen zweihundert Hinrichtungen, von der zunehmenden Zahl der Deportationen ganz zu schweigen. Auf der anderen Seite bekamen die Angestellten in der Rüstungsindustrie höhere Lebensmittelrationen und mehr Lohn. In Wochenschauen zeigte man Deputationen dankbarer tschechischer Arbeiter auf der Burg. Heydrich hatte die Bevölkerung bald so weit, daß er sich ganz ungezwungen durch die ganze Stadt bewegen konnte. Er fuhr ohne Schutz im offenen Auto, oft verzichtete er auf die Begleitung – einen Polizeiwagen vor und einen hinter sich; er war sich der Tschechen sicher. Es waren ja auch nicht die Einheimischen, sondern Emigranten, die ihn zur Strecke brachten. Die Passanten versuchten sogar, nach dem Anschlag die Parachutisten anzuhalten, ein Lieferwagen brachte Heydrich ins Krankenhaus, und jemand gab auch brav die Aktentasche mit Geheimdokumenten aus seinem zerfetzten Auto beim Pförtner ab.«

»Aber die Parachutisten bekamen Hilfe?«

»Ja, sie hatten Glück. Obwohl sie wegen des Schneesturms nicht bei Plzeň, sondern bei Prag gelandet waren. Gabčík hatte sich den Fuß verletzt, sie wollten in einer Höhle abwarten, bis er wieder gehen konnte. Die Landung wurde von zwei Menschen unabhängig voneinander beobachtet, es kamen beide, ein Förster und ein Müller, und halfen ihnen. Baumann, der Müller, war beim Widerstand und brachte sie über Kontaktleute nach Prag. Dort kamen sie mit den anderen zusammen.«

»Beim Attentat waren sie doch zu dritt.«

»Ja, Valčík sollte ihnen mit einem Spiegel Zeichen geben, wenn der Wagen in Sicht kam.«

»Die Kurve in Libeň kenne ich«, sagt Karla.

»Heydrich fuhr die Strecke von seinem Haus zur Burg immer sehr schnell, in der Kurve mußte er aber bremsen. Das wußten sie natürlich, sie kannten den ganzen Weg und die Zeiten. Ursprünglich wollten sie in einer Allee über die Fahrbahn ein Drahtseil spannen, aber die Rückzugsmöglichkeiten in der offenen Landschaft waren schlecht. Deshalb entschlossen sie sich für die Kurve in Libeň. Kubiš hatte in der Aktentasche zwei Bomben für die Begleitwagen, Gabčík ein Maschinengewehr für Heydrich. Ihre Räder lehnten sie an den Drahtzaun und standen da, als warteten sie auf die Straßenbahn.

Gabčík hatte seine Sten-gun zusammengelegt und hielt sie schußbereit, darüber seinen Regenmantel gehängt, zweihundert Meter weiter wartete Valčík mit seinem Taschenspiegel. Alles war vorbereitet. – Aber das kennst du alles.«

»Nein, die Details kenne ich nicht. Erzähl weiter!«

Prantl zuckt mit der Schulter. »Es ging alles schief. Heydrich hat sich um fast eine Stunde verspätet, immerhin fuhr er allein, ohne Polizeieskorte. An dem Tag sollte er nach Berlin fliegen und hatte es eilig. Auf seinem Landsitz in Panenské Břežany arbeiteten Juden aus Terezín; die Kinder durften gelegentlich mit den böhmischen Kronjuwelen spielen.«

»Das habe ich nicht gewußt!«

»Das Auto ist da. Valčík steckt seinen Spiegel ein und tastet nach seiner Pistole. Er soll den Rückzug sichern, falls nötig, aber bei einem einzigen Wagen sollte das für die beiden eine Kleinigkeit sein. Der Fahrer bremst ab, Gabčík wirft den Mantel fort, bringt sein Gewehr in Anschlag und drückt ab.«

»Und?«

»Nichts. Kein Schuß. Die MP klemmt. Der Fahrer müßte Gas geben, aber Heydrich schreit ›Anhalten‹ und tastet nach seiner Pistole. Daraufhin wirft Kubiš eher zaghaft eine Bombe aus seiner Tasche auf den Mercedes. Er trifft nur die Seitenwand über dem hinteren Kotflügel, aber der Wagen wird aufgerissen, und Splitter schlagen durch die Rückenlehne des Vordersitzes, zwei dringen in Heydrichs Rücken, einer durchschlägt die Milz. Kubiš selbst wird durch die Detonation im Gesicht und am linken Auge verletzt. Heydrich springt trotz seiner Wunden aus dem Wagen und setzt Kubiš nach, der zu seinem Fahrrad rennt. Heydrich drückt ab, aber auch bei ihm geht kein Schuß los, er hat vergessen durchzuladen. Der Dritte, der nicht schießen kann, ist Heydrichs Fahrer, Kommandant seiner Leibwache. Er verfolgt Gabčík und wird von ihm getroffen.

Das war am 27. Mai. Die Parachutisten entkamen, wurden unter wechselnden Adressen versteckt, die Menschen haben alle dicht gehalten.«

»Auch nach Lidice und Ležáky.«

»Ja. Trotz des Standrechts, der täglichen Verhöre, Folter, Erschießungen, der beiden ausradierten Dörfer – die Ländereien um Lidice bekam die Witwe von Heydrich. Bis Čurda am 16. Juni die Nerven verlor. Ich glaube nicht, daß ihn die zwanzig Millionen lockten, es war eher das Versprechen und die Hoffnung, daß es aufhört, der Terror und die Massaker. Das Ultimatum sollte in zwei Tagen ablaufen. Was danach käme, wußte keiner. Die Faschisten wüteten, die Tschechen waren plötzlich gar nicht so folgsam, und das Massaker von Lidice hat die ganze Weltöffentlichkeit aufgerüttelt. Heydrich wäre eigentlich gar nicht an dem Attentat gestorben, die Bombe traf nicht, die Splitter waren mehr ein Zufall. Man mußte ihm zwar die Milz entfernen, aber das ließ sich überleben. Er bekam aber von der zerfetzten Sitzpolsterung Seegrasstaub in die Wunden und dadurch eine Sepsis, gegen die noch kein Mittel entwickelt worden war. Das kostete später dutzende polnischer Frauen in Ravensbrück das Leben, als an ihnen Sulfonamide ausprobiert wurden; der Arzt wurde nach dem Krieg von den Amerikanern hingerichtet. Heydrichs Begräbnis wurde doppelt veranstaltet, in Prag und in Berlin. Ins Grab bekam er zwei Dörfer und dreizehnhundert Ermordete mit. Und das Massaker ging weiter.«

»Čurda kam doch auch aus England?«, sagt Karla.

»Er war in der Gruppe ›Out Distance‹ mit Opálka und Kolařík. Sie sind Ende März '42 abgesprungen und hatten vom Anfang an nur Pech. Ihre Landung wurde von der Flak beobachtet und der Gestapo gemeldet, an der Stelle wurde Kolaříks verlorene Brieftasche gefunden, nach der man seine Spur verfolgen konnte. Als er es beinah geschafft hatte, in die Slowakei zu fliehen und unterzutauchen, hat er sich den Knöchel verrenkt. Da ihm die Gestapo auf den Fersen war, hat er sich vergiftet. Opálka und Čurda arbeiteten bis zum Attentat mit den anderen Parachutisten. Čurda war unter anderem an der Beleuchtung der Škoda-Werke in Plzeň beteiligt, für das Bombardement der Briten. Am Ende hat er verraten und wurde nach dem Krieg hingerichtet, wie Karl Hermann Frank, aber ihre Verbrechen sind nicht die gleichen. Opálka zog nach dem Attentat in die Krypta der Cyrill-und-Methodius-Kirche, wie die anderen Parachutisten. Am 18. Juni war er der erste Tote. Nach einem langen Kampf in dem oberen Raum der Kirche, wo er sich mit Kubiš und Švarz gegen eine Übermacht der Gestapo wehrte, wurde er so schwer verletzt, daß er sich vergiftete, um nicht den Deutschen in die Hände zu fallen.«

»Und die anderen?«

»Keinen bekamen die Deutschen lebend. Nach Opálka, Švarz und Kubiš kämpften die vier in der Krypta, darunter Gabčík und Valčík, stundenlang. Die Deutschen versuchten es mit Tränengas, wollten die Krypta fluten, aber vergeblich. Den letzten Schuß behielt jeder der Parachutisten für sich. Wenn du durch die Resslova ulice gehst, das Gitter an der kleinen Öffnung in der Mauer siehst...«

»Ich verneige mich.«

Sie sieht auf.

»Wann bist du gesprungen?«

»Im Mai '44. Es war schon alles vorbei. Auch der Widerstand. Wir hatten keine Ahnung, wie zersplittert er im Lande war.« Prantl zuckt mit der Schulter. »Nach Kubiš und Gabčík kann ich dir von mir nichts erzählen. Wir kamen aus Brindisi, die beiden Piloten waren Australier. Wir flogen über den Wolken, sie navigierten nach den Sternen, über unserem Gebiet gingen wir herunter. Es gab wenige Flugzeuge, die so weit fliegen konnten, wenig Piloten. Ich hatte einen Sender bei mir, mein Fallschirm war etwas größer als die anderen, der A-Typ. Wir hatten eine zweite Gruppe an Bord, sie wurde in Südmähren abgesetzt, wir sollten etwa hundert Kilometer weiter nördlich abspringen.«

»Ich weiß nicht, wie die Gruppe gelandet war, ob man uns gehört hatte, jedenfalls warteten sie schon.«

Prantl raucht.

»Ich bekam einen Streifschuß, verhedderte mich im Baum und blieb hängen. Meine drei Kameraden landeten und lieferten sich mit einem Trupp ein Gefecht, zwei konnten fliehen. Ich verstehe bis heute nicht, wieso man mich dort hängen ließ. Ob sie mich im Gefecht vergessen hatten, oder schon für tot hielten. Die Schnüre verdrehten sich, der rechte Arm wurde abgeklemmt. Ich hing dort lange, es war kalt. Ich erwachte in einer Scheune. Ein Bauer hat mich abgeschnitten, zusammen mit seinem Sohn. Er sagte, sie hätten den ganzen Wald abgesucht, sie waren sicher, daß noch ein vierter gelandet war, konnten mich aber nicht finden. Ich blieb dort nicht, sie brachten mich ins übernächste Dorf, wo ich bei einem Schmied versorgt wurde. Daß der Arm so abgeschnürt war, verhinderte wahrscheinlich ein Verbluten, aber es hat die Sehnen erwischt.

Ich wurde zu unserem Funker gebracht, mit dem ich gesprungen war. Sie waren zu zweit entkommen und nachdem sie die Fallschirme und die Kombinationen vergraben hatten, das war in dem gefrorenen Boden auch im Mai schwierig, ohne Geräte, waren sie die ganze Nacht gegangen. Gegen Morgen, trotz aller Vorsicht, trafen sie auf einen Zivilisten. Die Anweisungen waren klar, man sollte keine Zeugen hinterlassen, es war aber nach vielen Jahren der erste Tscheche. Sie erzählten ihm, daß sie Flüchtlinge vom Einsatz in Deutschland wären, er versprach ihnen etwas Warmes zum Essen und daß er sie abends in Sicherheit bringen würde, sie sollten auf ihn warten. Nachträglich fiel ihnen auf, daß er für einen Wilderer ziemlich elegante Schuhe hatte. Sie suchten sich eine Stelle, wo sie den Weg überblicken konnten, bei Tageslicht war ein weiterer Marsch ohnehin nicht möglich, und während einer schlief, hielt der andere Wache. Nach einiger Zeit erschien ein Zivilist mit einem Paket unter der Jacke, nach ihm ein zweiter, eine ganze Gruppe. Das Paket war ein Maschinengewehr, die anderen hatten Pistolen. Die Parachutisten konnten den Gestapomann mit dem MG erledigen, von den anderen die Hälfte.

Ich habe von allen dreien nur noch Václav gesehen, den Funker. Ich kam an den vergrabenen Sender noch einmal heran, wir konnten eine Verbindung herstellen. Sie funktionierte drei Wochen, das war viel, dann mußten wir aufhören. Die Funker waren am wichtigsten. Mit ihrer Geschwindigkeit kamen normale Telegrafisten nicht mit. Von den tschechoslowakischen Radisten ist keiner der Gestapo in die Hände gefallen.«

»Der erste Tscheche nach Jahren war ein Gestapospitzel«, sagt Karla. »Was hast du dann gemacht?«

»Ende '44 schloß ich mich einer Partisanengruppe an; sie hatten für Konspiration nicht so viel übrig, besetzten immer das erste Haus im Dorf, ließen Menschen rein, nur keinen raus. Wenn wir weiter zogen, sollten sie sich zwei

Stunden nach unserem Weggang auf der Polizei melden und sagen, wir hätten sie gezwungen. So ging es bis zum Ende des Kriegs. Wir waren zu äußerster Diskretion angehalten, niemanden zu gefährden, jede Operation auf eigene Faust; die Partisanen kamen in die Dörfer und nahmen das erste Haus. Es war in den letzten Kriegsmonaten, die Situation hatte sich gewandelt, ihre Gruppen waren größer.

Der letzte Parachutist sprang im März '45, der Absprung mußte sechsmal verschoben werden; er war der einzige, der erwartet wurde, aber sein Sender zerschlug beim Aufprallen.

Die im Einsatz gewesen sind, durften nach dem Krieg das Zeichen auf der Brust tragen, die Absolventen ohne Einsatz trugen den kleinen Fallschirm auf dem Ärmel. Die mit dem Zeichen auf der Brust wurden nach dem Putsch '48 als erste eliminiert. Neben den Parachutisten die Westpiloten, der einheimische Widerstand, die Spanienkämpfer.«

Karla sitzt reglos da. »Wieviele von der Gestapo haben die Parachutisten mitgenommen?«

»Vierzehn. 21 wurden verletzt. Der Kampf dauerte über sechs Stunden. Insgesamt waren in der Kirche dreihundertfünfzig SS-Leute im Einsatz.«

»Gegen sieben«, sie sieht auf. »Du mußt mir noch alles genau erzählen.«

»Du möchtest Helden haben.« Prantl ist müde. »Ein andermal.«

8

Sie haben kein festes Ziel, die Richtung Italien halten sie in dem verwinkelten Kurs der Alpentäler ein; Orientierungspunkte sind Namen. Karla fährt mit dem Finger über die große Karte – Prantl hätte am liebsten Meßtischblätter – Innerfragant, sagt sie.

Hohe Tauern. Auf der letzten Strecke werden sie von einem Traktor mitgenommen. Die Straße steigt, nach zwanzig Minuten Fahrt ist sie an einem Wasserreservoir zu Ende, weiter geht's über einen gesperrten Weg steil ins Hochgebirge. Es dämmert. Für einen Aufstieg ist es zu spät. Karla begnügt sich damit, einmal durch den Ort zu laufen, streichelt zwei Katzen und findet ein Gasthaus, wo sie übernachten können.

Sie haben Hunger. Am Stammtisch essen Waldarbeiter Suppe, darunter ihr Traktorfahrer. Nudelsuppe, Prantl bestellt zwei Portionen.

Können wir eine Forelle haben?, fragt Karla.

Die Wirtin schaut zum Fenster, murmelt etwas von Licht, geht hinaus.

Eine halbe Stunde später essen sie, etwas Frischeres gibt es auch auf Grönland nicht, meint Prantl.

Am nächsten Morgen scheint die Sonne, das Dorf wie ausgestorben. Hinter dem Haus entdecken sie einen Teich, Karla sieht schuldbewußt die restlichen Forellen darin schwimmen.

Sie frühstücken mit starkem Kaffee und tiroler Speck zum schwarzen Brot, Hausbutter und frischen Eiern. Sie überlegen, ob sie nicht länger bleiben sollen.

Die Wirtin erzählt, daß es hier keine Viehwirtschaft mehr gibt. Die Almhütte oben ist abgebrannt, vom Blitz getroffen, eine neue darf nicht gebaut werden – Naturschutzgebiet. Früher verfütterte man Heu samt Edelweiß an die Rinder, jetzt dürfen die Wiesen nicht mehr bewirtschaftet werden, nicht abgegrast, es verfilzt alles. Die Jüngeren bleiben nicht, gehen ins Tal. Ihr Ältester arbeitet bei den Wasserwerken, der Jüngere ist Automechaniker, sie verdienen das dreifache wie auf dem Bauernhof. Sie kommen alle halbe Jahre, wenn die Enkel Ferien haben, mit neuen Skiern, immer teurer und komplizierter. Ihre Jungen gewannen noch auf einfachen Brettern, aber später wurde auch das kostspielig, die Beiträge zum Verein, die Skier, alles mußte ganz modern sein. Sie zeigt auf die Pokale im Schrank.

Sie fragt, wohin sie wollen.

Einen Dreitausender besteigen, sagt Karla.

Böses Weible oder den Großglockner?, es ist beides nicht weit.

Karla zieht eine Grimasse.

Böses Weible, sagt Prantl.

Für Sie wäre die Schlucht das Richtige, die Wirtin sieht ihn an. Das ist auch schön und nicht so hoch, ganz nahe. Sie können mit dem Bierauto fahren.

Der Fahrer bringt sie zurück ins Mölltal, bei Flattach zeigt er ihnen den Weg.

Die Ragga-Schlucht ist touristisch erschlossen, Prantl bewegt sich auf den Holzstegen ohne Schwierigkeiten, Karla wartet an den Biegungen. An zwei Stellen ist der Wasserfall mächtig und wild; ein paar Touristen, besser ausgestattet und beschuht als sie, bewundern die Schönheit mit. Auf dem Rückweg sehen sie den Kragenstern in allen Stadien – geschlossen wie eine Knolle oder ein Bovist, halb geöffnet, und weit aufgerissen; andere Pilze, die nicht geschützt und eßbar sind, nehmen sie mit.

»Wie war es mit deiner ersten Frau?«, fragt Karla.

Prantl erzählt von Nora aus Inverness, die er bei den Durchfahrten in Mallaig manchmal sah, mit rotem Haar;

ihre aufgerichtete Haltung, wenn sie über den Platz ging, von der Apotheke zum Haus der Zieheltern, der Vater seit Jahren krank, die Mutter Gutspächterin – der einzige geizige Schotte, den er erlebt hat. Nora von der Ostküste, eine Städterin im Dorf; sie trug sich so stolz, daß die Wohltäterin sie nach dem Tod des Mannes, als sie keine Krankenpflegerin mehr brauchte, zurück zu ihrem Onkel schickte. Der hatte ein Kino.

»Und dort warst du Vorführer.«

»Erst viel später. Zuerst kam Nora. Ich hatte mit ihr nie richtig gesprochen, zweimal hatten wir uns angesehen, sie mich wie einen Trottel, der sich in die Uniform stecken ließ, wir konnten uns nicht einmal verabschieden. Dann sah ich sie in Manchester bei unserer Abfahrt aus Ringway nach dem Parachutage-Training. Ich konnte es kaum glauben, aber sie kam näher, drängte sich durch die Menschen zu unserem Wagen durch, wir fuhren wieder an. Sie suchte in ihren Taschen, holte einen Stift, suchte weiter, und als sie kein Papier fand, riß sie ein Stück Futter aus ihrem Rock und schrieb auf dem Knie. Ich verlor sie durch die vorbeifahrenden Autos und durch die Passanten aus dem Blick. Als wir wieder losfuhren, erschien sie an der Flanke, lief ein Stück neben unserem Laster mit und drückte mir den Stoff in die Hand, graue Kunstseide, die Schrift fast unleserlich. Ich stand da, wäre beinahe über die Klappe gefallen, und sah ihr nach, sie lief, rief etwas, mit tintenvioletten Lippen, das Futter hing vom Rock herab, sie lachte und winkte, während ich wußte, daß ich dort war, nur um im Protektorat abzuspringen.«

»Aber du kamst zu ihr.«

»Vier Jahre später, aber damit konnte keiner rechnen. Nach dem Umsturz '48 mußte ich die Tschechoslowakei verlassen. Sie hatten ihren Februar vorbereitet, auch ihre Listen. Ich ging im März.«

»So früh?«

»Nach dem Krieg war ich ein Jahr in der Armee gewesen.

Bereits Mitte '46 hat man mir angedeutet, daß ich unerwünscht bin. Allmählich wurde der ganze westliche Widerstand hinausgedrängt. Die Kommunisten hatten noch keine Öffentlichkeit, besetzten aber schon die wichtigsten Posten – das Innere, die Sicherheit, die Abwehr.«

»Warst du beim Nachrichtendienst?«, fragt Karla.

Prantl schweigt einen Moment. »Im Archiv. '48 war schon alles klar. Ich erinnere mich an eine Demonstration vor der Burg, überwiegend Studenten. Mein Arm war in der Kälte gelähmt. Ich war sechsundzwanzig und habe sie beneidet, es kam mir vor, als hätte ich das Leben schon hinter mir. Es hat nichts geholfen, die Milizen kamen die Gasse hoch, frisch ausgerüstet. Die Säuberungen gingen schnell: Widerstand, Spanienkämpfer, Juden, Demokraten, ›bourgeoise Elemente‹ – das fing schon bei den Schustern an. Gleich am 26. ging es los. Als ich ging, waren bereits die ersten von meinen Bekannten verhaftet.«

»Der siegreiche Februar«, Karla starrt vor sich hin. »Wir haben es anders gelernt. Von einer Gegendemonstration wußte ich gar nicht. Ich kenne nur die große vom Altstädter Ring.«

»Ja«, Prantl nickt. »Gottwald auf dem Balkon vor den Massen – vom Lande hereingekarrt, auf dem Kopf die Pelzmütze von Clementis gegen das Schneegestöber. Clementis neben ihm ohne Kopfbedeckung, riskierte aus Freundschaft und Parteidisziplin eine Erkältung. Das hat ihm bei den Prozessen nicht geholfen, er wurde liquidiert, wie Slánský. In London gehörte er zu den Kommunisten, die versuchten, den Widerstand zu sabotieren.«

»Für uns waren Clementis und Slánský Volksfeinde«, sagt Karla, »sie hatten es ja vor Gericht selbst zugegeben. Im Februar '48 war ich zwei, aber mit sechs, sieben war ich schon wachsam. In der ersten Klasse sah ich eine Ausstellung ›*Das sind sie*‹. Wir wohnten in Karlsbad, ich ging zur Schule durch die Kolonnade, am Sprudel entlang und dann durch einen Park zur Hauptpost. Auf der alten Kolonnade war ein Relief mit Karl IV., wie er bei einer Jagd die Quellen entdeckt; der gehetzte Hirsch stürzt sich in das kochende Wasser – ich konnte sehen, wie er vor Schmerzen schrie. Aber die Ausstellung war viel aufregender. In einem Zelt, davor ein selbstgebauter Aeroplan, mit dem die Spione fliehen wollten, Dokumentation über die Tätigkeit von Verrätern, Schädlingen, Diversanten, mit Bildern, beschlagnahmten Waffen, gefälschten Dokumenten, unheimlichen Geräten – ein Fleischwolf war da, damit sollen sie aus Hunden und Ratten Wurst gemacht haben; wir haben uns in der Klasse erzählt, daß sie sie aus Menschen machten. Ich konnte vor Schrecken nicht schlafen, auf dem Hin- und Rückweg ging ich aber jedesmal durch, vor allem auf dem Heimweg konnte ich in dem Zelt Stunden verbringen: verbranntes Korn, vergiftetes Wasser, hingemordete Mitglieder der Nationalen Sicherheit – ich buchstabierte die Erklärungen mit Grausen, ließ keinen Tag aus.«

»Wie alt warst du?«

»Sechs, sieben. Meine größte Angst war, in ein KZ zu kommen. Sechs Jahre nach dem Krieg wachte ich schweißgebadet aus Angstträumen auf – wir verschlangen Bücher über nazistische Greuel, Bilder von Gefolterten, von Instrumenten; mein Vater hatte Material von seiner Schulung und vom Verband der antifaschistischen Kämpfer herumliegen. ›Theresienstadt, die kleine Festung‹. Ilse Koch war uns vertraut – die erste Deutsche, die ich mit ganzem Namen kannte; der Lampenschirm und die Geldbörse aus Menschenhaut, der Lüster aus Knochen. In Karlsbad wohnten wir in der ehemaligen Praxis eines deutschen Arztes, auf dem Dachboden war ein Skelett; wir stellten uns vor, daß er es selbst präpariert hatte. Im Nebenhaus wohnte eine Frau, die nicht richtig tschechisch konnte, und zwei Häuser weiter eine andere, ihre Freundin, die uns sehr alt vorkam, weil sie immer geschminkt und gepudert war, mit einem schwarzen Pudel. Wir riefen ihr *Guten Tag*! nach und fanden es sehr komisch, wenn sie uns allen Ernstes deutsch antwortete. ›Auf Wiedersehen‹ war zu schwer. Aber ›eine kleine Katze‹ konnte ich mit drei sagen, ich mochte Katzen.

Die Nachbarin rief ihren Sohn in einer Mischung aus Deutsch und Tschechisch von der Straße weg, schon deswegen spielten wir mit ihm, um es zu hören.

Er sollte einmal in den Ferien nach Deutschland zu Verwandten fahren, wir beschworen ihn, hier zu bleiben, wir hatten Angst um ihn. Als er zurückkam, hatte er ein Elektroauto und Kaugummi von seinem Vater, der bei den Amerikanern war. Er hatte sich von der Frau scheiden lassen. Was er erzählte, glaubten wir nicht. Für uns galt nur die Sowjetunion. ›Das Land, wo morgen bereits gestern bedeutet‹, wie Fučík geschrieben hatte. Später wurde daraus das Land, wo gestern bereits überübermorgen bedeutet, aber nicht damals.«

»Wie?«

»Nichts. Einmal warfen wir in die Teplá, die Warme, das war der Fluß vor unserem Haus, einen Eimer am Strick. Es war eigentlich ein Flüßchen, aber wenn die Schleuse der Talsperre geöffnet wurde, ganz mächtig. Unten im Wasser stand einer und sollte den Eimer mit Wasser füllen. Es war Otto, der Sohn dieser Frau. Der Eimer war durchgerostet, es ging darum, ihn so schnell hochzuziehen, daß noch Wasser drin war. Dann warf man ihn zurück, für den nächsten. Der auf der Brücke, der sich das Spiel ausgedacht hatte, Pavel Němec, älter als wir – warf nach einigen Malen, wahrscheinlich hatte er genug, den Eimer Ota direkt auf den Kopf. Der Eimer war schwer, aus verzinktem Eisen, die Splitter gingen durch die Haut. Ota saß im Fluß, das Wasser ging ihm bis zu den Schultern, mit dem Eimer auf dem Kopf, das Wasser färbte sich langsam rot. Seine Mutter, die schwer gehen konnte, sah aus dem Fenster ihres vierten Stocks und schrie. Sie hatte ihr Deutsch schon halb vergessen, es war keine richtige Sprache, nur Schrecken und Angst, tschechisch und deutsch. Ein Mann auf der

Straße kletterte in den Fluß, schrie, daß wir Bälger alle den Hintern versohlt verdienten, holte Ota, bevor er ertrinken konnte und rief einen Sanitätswagen.«

»Ein Deutscher?«

»Ein Tscheche, es gab kaum noch deutsche Männer in der Umgebung, zumindest keine, die nach dem Krieg so laut hätten schreien können. Wir durften dann mit Pavel Němec nicht mehr spielen.

Es war naß in Karlsbad, meine Mutter vertrug das Klima nicht, aber für uns Kinder war es spannend. Es gab keinerlei Aufsicht, keine Kontrolle, wir waren ziemlich wild, aber politisch ›aufgeklärt‹. In der Peripherie liefen Wochenschauen, immer eine Nummer zurück. Man konnte die Ereignisse der vorletzten Woche verfolgen, keine Eile: die Ernte wurde eingefahren, die Räder der Mähdrescher drehten sich auf die Kamera zu, der Stahl wurde gehärtet, der Eisenwerker mit dem Visier, die Funken beim Abstich, Küsse und Umarmungen zwischen Politikern, glücklich lachende Kinder mit Blumensträußen für die geliebten Genossen, einmütiger Applaus auf dem Parteitag – der Vorspann war immer gleich, aber ich langweilte mich bei Wochenschauen nie. Alternierend gab es ›Die Sekunden der Woche‹. Kennst du das?«

»Nein!«

»Als Kind mochte ich mehr die Wochenschau, sie war langsamer. Und russische Märchen im Kino. ›Sadko‹, ›Die Steinerne Blume‹ ...«

»So etwas wie Walt Disney?«

»Viel schöner!«

»Hast du mal einen Disney-Film gesehen?«

»Ja, mit der Ente. Das ist kein Vergleich mit der ›Grauen Feder‹, ein Film über ein Entlein, das von der Mutter verlassen wird und sich den Winter über durchschlagen muß, mit Hilfe der Hasen, und der Fuchs lauert schon ...«

»Das ist doch von Disney gestohlen.«

»Das stimmt nicht! Das war mein Lieblingsfilm als Kind.«

»Unter diesen Umständen wundert es mich, daß du keine Kommunistin geworden bist.«

»Mich auch«, Karla grinst. »Aber vor dem Kino, vor den Bildern gab es Worte. Ich saß unter dem Tisch und wartete, daß meine Geschwister aus der Schule kamen. – Ich war das dritte Kind, nach der Schwester und dem Bruder nichts neues, eine Wiederholung. Der kleine Bruder nach mir war dann der Jüngste, er wurde verwöhnt. Ich fiel in ein Loch zwischen den Geschwistern. Es hatte später Vorteile. Als die Mutter starb, hielt mich dort nichts. Nur die Stadt, aber die habe ich mitgenommen.«

Karla start vor sich hin. »Eine lange Zeit war ich mit meiner Schwester eng verbunden, es waren die schönsten Jahre.«

»Bis zu deinem ›ehrlichen Abschied‹ mit dem Skifahrer.«

»Mit dem eben nicht, leider«, sie zuckt mit der Schulter. »Mit dem anderen, der schon fast tot gewesen ist, wegen der Stromleitung.«

»Ja, ich bringe es durcheinander«, sagt Prantl.

Sie sitzt da. »Ich hatte Spielzeug, nicht viel, als Überbrükkung am Vormittag, ohne Geschwister, hätte es gereicht. Ich hörte aber Radio. Kindersendungen waren nicht spannend, die Stimmen der Erwachsenen waren verzerrt vor lauter Anbiederei an die Kleinen, viel zu verständlich. Nachrichten gingen mir zu schnell, es war aber schon besser. Am besten war die Wettervorhersage und Wasserstände der Flüsse in Böhmen heute um sieben Uhr morgens. Ich verstand ›Sonne‹, ›Regen‹, ›Schnee‹, aber keine Zwischenstufe, keine Ableitung. ›Die Furche des Tiefs über der Biskaya-Bucht‹ war ein Zauberspruch, ich hatte keine Ahnung, worum es sich handeln konnte. Genauso bei ›Millibar‹, ›Aufklarung‹, ›bewölkt‹. Es war zu der Zeit, als ich durch die Löcher in der Pappe auf der Rückseite des Apparats lugte, wer da spricht; die Stimmen waren entscheidend. Wenn es draußen nicht so aussah, wie im Wetterbericht, glaubte ich natürlich dem Bericht, den Worten.«

»Nomina ante res. – ›Die Namen gehen den Dingen voran‹, das wußten schon die Nominalisten.«

»Ich war eher eine Stalinistin. Wir wohnten in Karlsbad auf der Alten Wiese 58, nahe der Seilbahn. Um die Ecke war das Hotel ›Pupp‹, nach dem Krieg wurde es in ›Grandhotel Moskva‹ umbenannt und hat abwechselnd der Armee und den Russen gehört. Bei einer Feier anläßlich Stalins Geburtstags fing es Feuer, und ein Flügel brannte ab. Soldaten, die zu den Reparaturarbeiten abkommandiert waren, zogen singend durch unsere Straße, wir marschierten mit und bekamen manchmal eine Krone fürs Eis, einer schenkte uns heilige Bilder; die Religion in der Schule war bereits abgeschafft worden, und es kam uns wie etwas Verbotenes und Interessantes vor. Als Priester hatte er den Waffendienst verweigert und kam so zu den Genietruppen. Die Russen als Kurgäste waren reicher als die Soldaten, mit breiten dunkelblauen Hosen und beitkrempigen samtschillernden Hüten. Den Satz ›Vy govoritě po russki?‹ haben wir uns schon im Vorschulalter zugelegt, es hat sich gelohnt. Man wurde hochgehoben, in eine Wolke aus *duchi*, ihr Parfum, und bekam Schokolade, Kleingeld, Küsse und Umarmungen von weichen Offiziersgattinnen, wohlwollend und satt, volle Brüste, voll Entzücken; in der Höhe wurde mir fast schwindlig, ich bekam vor lauter Düften kaum Luft.

Wir begeisterten uns für Symbole – es war alles wie auf einer Estrade. Ich saß einmal auf der Bühne in einem Kinderstück und spielte die Knospe einer Leberblume. Die große durfte einmal aufstehen und sich im Kreise drehen. Mich hat man genommen, weil ich die jüngste im Rhythmikkurs war und auch etwas davon haben sollte. Am Ende des Stückes, als sich alle verneigten, konnte ich nicht aufstehen, und als ich es schaffte, fiel ich wieder hin, ich hatte kein Gefühl mehr in den Beinen. So kam ich auch zu einem Auftritt.«

»Wie alt warst du?«

»Ich glaube, ich ging noch nicht zur Schule. Als Stalin starb, da war ich sieben. Wir hielten für ihn im Altan unseres Gartens eine Schweigeminute ein. Weil keiner eine Uhr hatte, zählten wir leise bis sechzig.«

»Lauter Siebenjährige?«

»Die meisten, einige etwas älter, wie mein Bruder, der die Bande anführte, nach dem Vorbild von ›Timur und sein Trupp‹, das hast du wahrscheinlich nicht gelesen. Mein Bruder konnte mit Gleichaltrigen nichts anfangen, also kommandierte er Jüngere. Wir hatten im Altan eine Wandzeitung und daran Stalins Bild mit Trauerflor angezweckt. Als Gottwald gleich nach ihm starb – er schaffte es gerade noch, aus Moskau von Stalins Begräbnis zurückzukommen, hat es uns kaum berührt. Stalin war wichtiger.«

»Die Einbalsamierung von Gottwald klappte auch nicht«, sagt Prantl, »es gab Gerüchte über Sabotage?«

»Die gab's überall«, Karla lacht. »In Karlsbad war nach dem Krieg dauernd Stromausfall, vorher heulte eine Sirene, wir hatten Kerzen parat – das waren auch die Diversanten. In der Schule war nichts los, aber einmal kam die Lehrerin mit einer Tube Klebstoff, wir sollten unsere Lesebücher aufschlagen. Auf dem Frontispiz Gottwald und Stalin, die gleichen Bilder in allen Lehrbüchern. Auf der Seite, die wir öffnen sollten, war ein Gedicht auf Gottwald: ›Dafür, daß Vater lacht, wegen Mutters Lied, habe ich Sie, Herr Präsident, in mein Herzchen geschlossen‹; darunter ein bunter Blumenstrauß. Die Lehrerin drückte jedem einen Streifen Klebpasta auf die Seite, dann sollten wir die Bücher wieder zuklappen. Es wurde uns nichts erklärt, wir haben auch nicht gefragt. Nur meine Mutter dachte, ich hätte die Seiten bekleckert und versuchte sie auseinanderzuziehen. Dann sah sie links das Foto mit Gottwald und Slánský auf der Tribüne, wie sie beim 1. Mai den Massen zuwinken. Es war kurz vor dem Prozeß.«

»So macht man Geschichte«, Prantl zündet sich eine Zigarette an.

»Und wie kamst du zu Nora?«, fragt Karla.

»Noch lange nicht. Ich ging zuerst nach London, dort kannte ich ein paar Leute.«

»Hast du Archivmaterial an ihren Nachrichtendienst weitergegeben?«

»Sie hatten schon alles!«, er lacht.

»Konntest du dort ohne weiteres bleiben, als Nicht-Engländer? Sie stellen sich doch völlig hysterisch an. Schon mit jeder Pet-Ratte. Ein Bekannter von mir...«

»Ich hatte einen Orden von ihnen«, Prantl zuckt mit der Schulter. »So jemanden konnten sie nicht gleich ausweisen – nach ihrer appeasement-Leistung in München. Sonst war er zu nichts gut, er war nicht einmal aus Gold. Es war ein ziemlich hungriger Aufenthalt.«

»Und dann bist du zu Nora gegangen.«

»So schnell nicht. Es war nicht ganz leicht. Auf ihrem Rockfutter stand mit Tintenstift Nora Purv, Blue St, Sto. Zerlaufen, einige Buchstaben konnten auch andere sein.«

»Was hast du rausgekriegt?«

»So schwer war es dann auch nicht. Schließlich hatte ich einen Kurs in Kryptographie und Dekodierung«, Prantl grinst. »Ich war kein Fachmann, aber allmählich wurde es klarer. Ich hatte sie zuletzt in Manchester getroffen, Sto konnte Stockport sein, das war aber nichts. Stoke-on-Trent lag weiter weg, wegen des Namens wollte ich es probieren. Blue St... war unklar. Ich suchte eine Straße oder einen Platz, dazu alle Purv...s, aber darunter war keine Nora, auch in der Familie nicht, und wenn, nicht rothaarig.«

»Sie konnte eine Haartönung haben.«

»Nicht nach dem Krieg, nicht mit dem Haar.«

»Du hältst recht viel von ihrem Haar.«

»Ja.«

»Dabei war sie nicht einmal Irin.«

»Was?«

»Sie war Schottin, und hatte rotes Haar.«

»Das kannst du auch als Tschechin haben.« Prantl sieht sie an: »Du nicht.«

Sie zieht eine Grimasse. »Und wie hast du sie gefunden?«

»Ich bin auf das Kino gestoßen, ›Blue Star‹. Dort ein leicht schwankender Mann, graues Haar, mit rötlichem Schimmer. Vor der Kasse verschwand er in der Projektionskabine, wer später kam, legte das Geld auf den Tisch am Eingang. Es lief ›Henry V.‹, eine alte Kopie, Olivier jung, geschminkt, ich habe den Film koloriert in Erinnerung, die Sprache – auch bei dem verzerrten Ton noch groß. Er ließ die Spule zu Ende laufen, nicht nur die leiernde Musik – die Besucher blieben auf ihren Plätzen und in der Tür stehen, geblendet vom Abspann und hörten zu – der Film lief leer, mit Rissen und Kratzern, sie flatterten über die Leinwand wie verkrüppelte Fliegen oder Spinnen, ich saß und starrte, sah die Perforierung, wie das abgerissene Ende verschwand, hörte es aus der Kabine aus dem Projektor rasseln – dann ging das Licht an.«

Sie stand in der Tür mit dem Essen für den Onkel. Ich war noch geblendet vom Schlußlicht und erkannte sie nicht, sah scharf nur den Henkelmann, vielleicht hatte ich Hunger. Da kam sie schon auf mich zu – eigentlich hat sie immer alles entschieden.

»War sie älter als du?«

»Um zwei Jahre. Warum?«

»Jetzt wäre sie fünfzig«, sagt Karla.

»Sie ist sechsunddreißig geworden. Wir waren knapp sieben Jahre zusammen, die letzten zwei ohne Ben. Den Onkel mochte ich. Er hatte den größten Teil seines Lebens allein verbracht, trank und zeigte Filme. Manchmal verwechselte er die Rollen, zuletzt bei ›Orlaks Hände‹ – von den Deutschen zeigte er gern Horrorfilme. Bei crazy commedies war das Haus voll, und bei Romanzen – nach dem Krieg Mangelware. Vor jeder Vorstellung wurde die Hymne gespielt, und die Leute standen auf, die Alten sangen. In den letzten zwei Jahren haben wir es auf die Abendvorstellungen beschränkt. Als Nora einmal ›Scottland will rise again‹ abspielte, hat jemand gedroht, man würde uns die Lizenz entziehen lassen.«

»Wieso war der Onkel in Stoke-on-Trent und nicht in Schottland?«

»Er war aus Inverness weggezogen, und ihre Eltern lebten nicht mehr. Einmal sind wir noch zu der Ziehmutter nach Mallaig gefahren, es ging um irgendwelche Dokumente, Familienpapiere. Es war unangenehm, aber die Landschaft war schön – wenig Leute.« Prantl schweigt für einen Augenblick.

»Das Kino brachte kaum etwas ein. Wir hatten auf dem Dachboden eine kleine Wohnung, man sah von dort über die halbe Stadt. Es war nicht Prag, aber manchmal konnte man sich in dem Rauch Žižkov oder Smíchov vorstellen, mit niedrigeren Dächern und Rotziegeln. Abends projizierte ich, vormittags arbeitete ich als Kellner, Ladenaushilfe, einmal Inventur in der Stadtbibliothek, sie zahlten nichts, ich konnte aber die ausrangierten Bücher mitnehmen. Zweimal im Monat fuhr ich nach Manchester – ›externes Studium der Anglistik‹. So hochtrabend konnte man es nennen. Ich las viel, aber eigentlich blieb ich bei Shakespeare. Bei Shakespeare und Kino.«

»Wie ging es weiter?«

Prantl raucht. »Der Onkel war gestorben. Wir waren allein, in unserem Blue Star... Die Tür klemmte schon immer. Die Sicherheitsvorschriften wurden eingehalten, es war alles da, die Notausgänge, die Brandmauer, es war nur alt und morsch.« Er starrt vor sich hin. »Ich mußte mitten im Film die zweite Rolle austauschen. Zum Verleih, wo sie es verwechselt hatten, brauchte ich mit dem Fahrrad zwanzig Minuten, eine halbe Stunde höchstens, es war nicht weit.

Auf dem Rückweg heulten schon die Sirenen. Ich verstehe nicht, wie das Feuer so schnell ausbrechen konnte. Nora war in der Kabine, und die Tür war ins Schloß gefallen, wie schon oft. Die gestapelten Filmrollen müssen sich entzündet haben. Sie war in der letzten Zeit nervös gewesen, rauchte viel, trank, aber nicht übermäßig – das war normal in Inverness…

Sie konnten die Kabine nicht öffnen. Ich riß dem Feuerwehrmann das Beil aus der Hand und schlug gegen das Schloß, trat die Tür auf, eine schwere metallene Feuertür.« Prantl starrt vor sich hin. »Sie war schrecklich verbrannt. Als ich sie hinaustrug, kam ein Balken herunter.«

Prantl starrt vor sich hin. »Im Krankenhaus war ich lange bewußtlos; sie starb langsam, unter furchtbaren Schmerzen. Nach dem Tod hat man sie geöffnet, fand eine Geschwulst in der Brust.

Für die Versicherung war es Brandstiftung; es konnte nicht nachgewiesen werden. Keiner von den Kinobesuchern kam zu Schaden.

Ich lag da, die Wunde am Kopf heilte langsam, dadurch habe ich das meiste nicht mitbekommen. Der Rest des Gebäudes wurde abgerissen. Die Wohnung war ausgebrannt, die Bücher zum großen Teil zerstört. Das Grundstück fiel an irgendwelche Entschädigungen. Es war mir recht so.

Ich weiß nur, als sie starb, daß alles grauer wurde, sich veränderte. Es wurde starr, unbeweglich, wie mit einer Kruste überzogen. Eingetrockneter Schlamm. HeLa-Zellen überall.«

»Was?«

»Ich wollte dort nichts mehr. Eine Krankenschwester hieß Karin, sie war aus Dänemark, auf Praktikantenaustausch; sie las mir vor. Ich blieb sechs Wochen. Am Ende war alles weg. Sie fragte, ob ich sie heiraten würde. Sie erwartete ein Kind.«

»Von dir?«

»Nein. Aber es gab da Schwierigkeiten. Sie wollte nicht zurück ohne einen Mann zu dem Kind. Es eilte. Es ergab noch so etwas wie einen Sinn für mich. Ich konnte zumindest für das Kind eine Art Ziehvater sein. Sie wollte schnell heiraten. Ich merkte, es war egal. Warum dann nicht so etwas.

Wir gingen nach Dänemark. Ich hatte in England nichts mehr verloren. Shakespeare nahm ich mit.«

»Nach Helsingör?«, lächelt Karla.

»Wir gingen nach Roskilde. Sie arbeitete im Krankenhaus, ich bekam eine halbe Stelle als Englisch-Lehrer.«

»Hattest du die britische Staatsangehörigkeit?«

»Ich konnte sie nach der Heirat behalten, zumindest inoffiziell. Sie sind so stolz darauf, ich hatte keinen Grund dazu. München ist mir in den Knochen geblieben. Einige gaben zu, daß es Verrat war, sie würden sich aber wieder so verhalten, wenn nötig; vielleicht unauffälliger.

Die Zugehörigkeit gab ich gern ab. Die dänische ist mit der Heirat fast automatisch . Es ging gut. Den Jungen mochte ich. Ich denke, er kam mit mir auch aus. Es ging eine Zeitlang gut. Als er sieben war, kam der Mann, er war frei. Es war der dänische Ausbildungsarzt, der bei dem Praktikum dabei war. Seine Ehe ging kaputt, er konnte Karin heiraten.«

»War es für dich schlimm?«

»Nein. Vielleicht, daß ich das Kind nicht mehr sehen konnte. Ich konnte schon, aber ich merkte, es paßte irgendwie nicht. Sie hatte den anderen immer gemocht. Er war sympathisch. Sie wollte noch Medizin studieren, er hat es unterstützt. Sie verstanden sich. Das Kind war in besten Händen, und es waren seine Eltern. Ich hatte dort eigentlich nichts mehr verloren. Ich bewarb mich nach Grönland.«

»Hast du zu ihnen einen Kontakt?«

»Ich weiß von ihnen. Wenn etwas wäre.«

Im Nachbardorf ist Kirmes, ein Karussell, ein paar Buden.

Karla will auf die Holzpferde – wenn ich schon nicht in der Pußta reite.

»Bedauerst du es?«, er sieht sie an.

»Wie kommst du darauf?«

»Hier«, Prantl reicht ihr eine Wunderkerze. Sie starrt in die Funken. Es ist eigentlich nicht die Zeit für Wunderkerzen, sagt Prantl. Sie kaufen eine Packung.

Sie zündet eine nach der anderen an, steht unbewegt da, ein paar Kinder kommen hinzu und starren mit.

»Hast du ›Bitterer Honig‹ gesehen? Ich habe gerade überlegt, daß du Rita Tushingham ähnlich siehts.«

»Ich bin nicht schwanger«, sagt sie schnell. »Zumindest hoffe ich es«, sie zieht eine Grimasse.

Die Musik ist laut.

Prantl schießt an der Bude eine Flasche Himbeergeist. Karla holt sich eine Portion türkischen Honig, sie bieten sich gegenseitig an, finden jeweils das andere scheußlich.

»Bitterer Honig.« Sie versucht ihren Mund und die Hände abzuwischen. »Meine Lieblingsfilme, ›A Taste of Honey‹ und ›The Loneliness of the Long Distance Runner‹. Zum erstenmal war ich ernsthaft verliebt.«

»Ich dachte, in deinen Skifahrer.«

»Der kam erst danach. Aber Tom Courtenay..., vor allem, wie er lief, so gänzlich unelegant, ohne Stil, und der Regen, als aus der Rinne die Banknoten herausschwimmen, oder wie sie den Fernseher ohne Ton laufen lassen, dann kommt der Freund der Mutter – und der Lauf am Ende.«

»Ja, er war jung«, Prantl sieht sie an, faßt ihre Hand, als möchte er sie an einen Jüngeren übergeben. Karla merkt die Absicht, auch wenn unmittelbar keine Gefahr von einer jüngeren Hand droht.

Die Ortsjugend haut den Lukas, eine Jodlergruppe schickt sich an, den Lautsprecher zu übertönen. Bier, Wurst, Dialekt – sie gehen.

Der Wald ruhig und kühl, blaue Schatten, sie werden länger.

Ein einzelner Vogel, laut, für die Tageszeit zu früh.

»Welche Verfilmung von Shakespeare hast du am liebsten?«, fragt sie plötzlich.

Prantl bleibt stehen. »Shakespeare im Kino? Ich lese ihn lieber. Aber besser als Theater. Olivier ist eine Nationalinstitution, ehrerbietig und wörtlich. Am liebsten? Vielleicht ›Macbeth‹ von Kurosawa. Es ist ein anderer Blick. Aber von Kurosawa mag ich auch Gorkis ›Nachtasyl‹ – egal was er in die Hand nimmt. Er ist in der Sprache knapper, er hat die Bilder. Ich glaube, ›Macbeth‹ paßt am besten nach Grönland, Shakespeare überhaupt. Vielleicht auch nach Afrika, das kenne ich aber nicht.« Er nimmt wieder einen Schluck.

»Nach Grönland eher als nach Afrika. Auf Schnee sieht man das Blut besser«, meint Karla.

»Es ist Eis, aber Blut sieht man gut, nicht nur von den Seehunden. Unter Alkohol werden Frauen von Männern getötet, schlagen selbst nach Prügel zurück.«

»Passiert es oft?«

»In der letzten Zeit immer häufiger; dazwischen die Kinder.«

»Und du willst sie mit Shakespeare zerstreuen.«

»Nicht zerstreuen, eher anspannen.«

»Ich habe die japanische Verfilmung von Macbeth gesehen«, sagt sie. »Wenn du das meinst: am Anfang sieht man die zwei im Nebel minutenlang hin- und herreiten, Toshiro Mifune und den anderen, man hört nur die Pferde, kein Wort; es war endlos. Bevor die Hexen kommen, die waren übrigens schwach, ist ein Drittel der Leute gegangen.«

»Aus dem Kino? Ich hätte abgesperrt«, lacht Prantl.

»Hast du es so in Stoke gemacht?«

»Das Publikum war trainiert. Meist Rentner und Jugendliche, die blieben ohnehin, hatten anderes zu tun«, er schmunzelt.

»Auch die Rentner?« fragt Karla.

»Die kamen so langsam von den Sitzen hoch, waren froh, daß es warm war.«

»Vielleicht ist die beste Verfilmung von Shakespeare ›To

Be or Not to Be‹ von Lubitsch«, sagt sie. »Und hast du ›Ninotschka‹ gesehen?«

»Lief das in Prag?«

»Nein. Aber von Kurosawa lief vieles. Wie hieß der ›Macbeth‹-Film?«

»›Das Schloß im Spinnwebwald‹.«

»Gibt's Spinnweben auf Grönland?«

»Es gibt vor allem keine Wälder.«

»In Prag hieß er ›Der blutige Thron‹.«

»Im Original heißt er ›Kumonosu-djo‹, da müßtest du deinen Schriftsteller-Samurai fragen. Der Himbeergeist ist gar nicht so übel. Du?«

Sie schüttelt den Kopf. »›Kumonosu-djo‹? Das merkst du dir?«

»Wenn du den gleichen Film in Originalfassung eine Woche lang zweimal täglich siehst, an Wochenenden dreimal, kannst du bald japanisch. Zumindest einige Sätze, ohne sie zu verstehen.«

»Es klingt mehr nach ›Blutiger Thron‹«, überlegt Karla. »Der andere Titel ist schön, aber zu lang. Ich habe in Japan nach Kurosawa gefragt. Er wird kaum gespielt, sie mögen ihn nicht. Er ist ihnen zu westlich, kein richtiger Japaner.«

»Kennst du es irgendwo anders mit Landsleuten? Stell dir vor, du wirst ein Star, dann kommst du zurück. Die Tschechen werden dich mißtrauisch beäugen und dann werden sie sagen: die ist uns zu mager.«

»Bin ich dir auch zu mager?«

»Mir bist du gerade recht. Aber ich bin kein richtiger Tscheche.«

»Was bist du dann?«

»Ich weiß nicht. Ein mährischer Inuk.«

»Bin ich für die Inuks richtig?«

»Der Plural ist Inuit, und sag nicht Eskimo, wenn du in Grönland bist – die meisten sind ohnehin eine Mischung. Für einen Inuk bist du gerade richtig, wenn du einen getöteten Seehund abziehen kannst, mit dem Frauenmesser ulo – Männer befassen sich mit lebendem Fleisch, Frauen mit totem – das Fett abschaben, die Haut so dünn und geschmeidig machen, daß du daraus Schuhe, Hosen, Jacken nähen kannst, viele Söhne gebärst, das Licht hütest, von der Ölfunzel fast blind wirst – Brillen gibt es schon, und Zahnprothesen – wenn du ihre Lieder singen kannst und Geschichten den Kindern erzählst, während die Männer auf der Jagd sind, die Därme zum Nähen geschmeidig kaust, die Haut mit Urin gerbst...«

»Ich kann die Kajakrolle.«

»Das mußt du als Frau nicht können. Die richtigen Männer lassen dich in ihr Kajak gar nicht rein. Du gehörst ins Umiak, das Frauenboot, damit kannst du keine Rolle machen. Es ist offen, aber auch Männer benutzten es, wenn sie auf Walfang gingen, in ihren besten Kleidern. Das ist lange her, Frauenboote gibt es nicht mehr.«

»Ich möchte dich in Grönland nicht besuchen«, sie starrt vor sich hin. »Du willst mich dort gar nicht!«

»Nein, es ist anders«, sagt er.

»Wie?«

Er schweigt.

»Na wie?«

»Wie könnte ich dich in so etwas reinziehen?«, murmelt er.

»Was? Du sprichst undeutlich! Und trink nicht so viel! In was reinziehen? Du ziehst dich doch raus!«

Er schweigt.

»Du hast mich nie wirklich gewollt! Ich störe dich. Du denkst immer noch an Nora.«

Er schweigt. »Manchmal. Wenn ich rotes Haar sehe – eine große, aufgerichtete Frau, mit langem Haar.«

»Also genau der Gegensatz zu mir«, sagt sie bitter.

»Nein, du wirfst die Schultern ähnlich, und groß bist du auch.«

»Auch? Ich bin groß, ohne auch! Ich mag keine Vergleiche. Ich könnte dir sagen, beim letzten Film...«

»Mit dem Greif?«

»Nein, davor. Da war ein Schauspieler... Und als '68 Kirk Douglas in unsere Fakultät kam...«

»Was hat er dort gemacht?«

»Damals kamen alle, Sartre und Beauvoir – Schriftsteller, Schauspieler. Sartre hat uns gefallen.«

»Und du hast Kirk Douglas gefallen.«

Sie schweigt.

»Komm, wir gehen essen.«

Ausblick vom nächsten Kogel. Die weißen Gipfel erinnern an Grönland: beim Wegsehen blau, das wässrige Grün der Eisberge wird an den Gletschern grau violett. Prantl versucht sich die richtigen Farben vorzustellen.

Die Touristen sind unter Höhenkoller laut. Zwei mit breiteren Gesichtern, schmalen Augen, fotografieren. Ich frage sie nach ›Kumonosu-djo‹, sagt Karla. »Laß es.« Sie kommt verstört zurück, es sind Koreaner. Einer kommt nach, drückt Prantl seine Visitenkarte in die Hand, buchstabiert seinen Namen auf der englisch geschriebenen Seite: Kimson-gi; die Zeichen auf der koreanischen sind schöner. Er redet auf Prantl ein und zeigt auf Karla. »Was sagt er?«

»Er will dich fotografieren.«

»Er will mich fotografieren und fragt dich? War das englisch?«

Prantl lacht. Der Koreaner will sie jetzt beide fotografieren. Als sie wieder ablehnen, gibt er Prantl seine Kamera und posiert davor mit dem anderen. Prantl überlegt, daß er sich als Fotograf für asiatische Touristen in den Alpen verdingen könnte: Preis – eine Flasche Veuve Cliquot pro geknipste Person.

Karla läuft vor und dreht sich nicht um. Die drei Männer lachen und verstehen sich offensichtlich gut. Es kommt ihr vor, als würde er sich mit ihnen wohler fühlen als mit ihr. Sie verübelt ihm, daß sie nicht geklettert sind, sondern die Seilbahn nahmen, wie die anderen.

Im Tal drückt er ihr ein paar strohige Blumen in die Hand. »Sie stehen unter Naturschutz«, sagt sie.

In Spittal besteigen sie nach langer Zeit wieder einen Zug.

Sie wollen nach Italien, aber als sie in Villach die überfüllten Wagen nach Udine und Venedig sehen, Jugendliche mit sperrigen Rucksäcken, laut, sicher in ihrem Europa, heimkehrende Italiener, bepackt, die sich auf den Gängen drängen, mit Kinderspielzeug und Bierkartons, bleiben sie in dem leer gewordenen Abteil sitzen und fahren weiter ostwärts.

Kärnten ist voll von Zecken; sie streiten um die Wirksamkeit der einzelnen Methoden: Karla schwört auf Vaseline und Gegen-den-Uhrzeigersinn-Drehen, Prantl reißt sie mit zwei Fingern heraus. Als sie es versucht, bleibt der Zekkenkopf in der Kniebeuge stecken und entzündet sich. Sie wird von einer Hornisse gestochen, als sie neugierig ein Nest berührt, das wie eine Papierrose an der Decke einer zerfallenen Holzfällerbude hängt. Drei Tage lang zugeschwollenes Auge, nachts Fieber. Sie ist wunder als er, reizbarer, seine ursprüngliche Müdigkeit hat sie angesteckt, während er sich in die Landschaft immer mehr einlebt, auch die Hitze verträgt er schon besser.

Die Nächte werden kühler.

Sie liegt mit Fieber im vierten St. Margarethen, das sie auf ihrer Reise durch Österreich passieren, will, daß er ihr Filme erzählt. Inmitten von ›Les Diaboliques‹ unterbricht sie ihn.

»Du hättest das Kino in Stoke behalten sollen!«

»Ich wollte dir den Film zu Ende erzählen. Die Lehrerin und die Frau des Schuldirektors...«

»Du denkst immer nur an deine Frau!«

Prantl schweigt. Sie zittert vor Anspannung, er deckt sie zu.

»Nur weil sie sich ein Stück Rockfutter herausgerissen

hat und rothaarig ist. Ich weiß, daß du mich loswerden willst!«

Er nimmt sie erschrocken in die Arme, wiegt sie, sie schwitzt, keucht, bekommt keine Luft; er läßt sie los, öffnet das Fenster. Sie liegt mit glasigen Augen da, dann richtet sie sich auf. »Du kennst andere Kinos, du kennst ein anderes Prag! Wir können uns nicht einmal über die Stadt verständigen! Was haben wir überhaupt gemeinsam?«

Er sieht sie an. Er weiß, daß bei ihr der Schmerz und die Trauer um das Land, das sie verlassen hat, größer ist, frischer als bei ihm. Sie ist erst seit kurzem fort, kann sich nicht umgewöhnen. Er hat seine Erinnerungen seit zwanzig Jahren aufs Eis gelegt, in das tiefe Kontinentaleis von Grönland. Er kann nicht widersprechen, er kann sie auch nicht trösten.

»Nimm einen Schluck«, er hält ihr die Flasche hin.

»Ich will Wasser!«

Er bringt ihr ein Glas, sie trinkt gierig, beruhigt sich etwas.

»Und jetzt noch einen Schluck Medizin. Weißt du, wie du es mir am Semmering gebracht hast? Löwenzahnextrakt, es hat geholfen.«

»Ist es dasselbe?«, fragt sie verblüfft.

»Nein, aber wirksam.«

»Gaahh, wieder ein Obstler!«, sie schüttelt sich, läßt sich aber zudecken.

Als sie endlich einschläft, ist er so müde, daß er nicht mehr aufstehen kann. Er sitzt neben dem Bett und sieht sie an. Sie dreht sich, atmet unruhig, knirscht mit den Zähnen. In unregelmäßigen Anläufen wispert sie schnell, steigert sich zu unverständlichen Tiraden, verstummt jäh, mit angespanntem Gesicht.

Er streckt die Hand aus und berührt ihre Schläfe, streicht das verschwitzte Haar aus der Stirn, sieht verwundert hin: es wächst. Das Wispern kommt noch einmal, weniger hastig, beruhigt sich.

Es fällt ihm ein, daß das Schuljahr auf Grönland wieder anfangen müßte. Sie schläft tief. Er weiß nicht einmal das genaue Datum.

9

Steiermark. An einem Kreuzweg im Wald ein großer leichenbleicher Christus unter einem Holzbaldachin, die Dornenkrone tief in die Stirn gepreßt, das Gesicht blutüberströmt, die Augen, nicht ganz geschlossen, starren unter verklebten Wimpern; das Kreuz neigt sich zu Boden, Christus liegt, sie sehen im halboffenen Mund Zunge und Zähne, am Hinterkopf angeklebtes Haar, das sich durch Feuchtigkeit ablöst, darunter eine Öffnung im Schädel.

Als ein Waldarbeiter vorbeikommt, mit ›Grüß Gott!‹, drehen sie sich erschrocken um, als wären sie bei einem Totschlag ertappt worden.

Ein anderer, Johann Grietsch aus Mooskirchen, ist hier im Winter 1938 vierundzwanzigjährig beim Holzfällen erschlagen worden.

»Also auch im Jahr des Anschlusses sind einige der Einheimischen leichtsinnig ertrunken, abgestürzt, verschollen oder erschlagen in den Bergen geblieben, statt sich für den vaterländischen Einsatz aufzusparen.«

Karla ist in die Betrachtung der Gestalt vertieft. »Sogar mit Haaren«, sie starrt mit leichtem Schauer auf das abstehende Toupet, unter dem aus dem offenen Gipsschädel Ameisen herausklettern. »Woran glauben die Inuit?«, sie wendet sich ab.

Prantl überlegt. »Früher glaubten sie an den Mond und an die Sonne und daran, daß sie im Himmel mit Seehundschädeln Fußball spielen werden.«

Sie sieht ihn ungläubig an.

»Fußball ist eine große Leidenschaft auf Grönland.«

»Sonst haben sie nichts?«

»Manchmal werden sie von Tupilaks heimgesucht, von Geistern. Mit denen muß man sich gut stellen.«

»Wirst du von ihnen auch heimgesucht?«

»Manchmal.«

»Was machst du dann?«

»Wie die anderen. Ich trinke.«

»Und hier?«

»Hier haben sie mich schon zu lange verschont. Das kann nicht gut gehen«, er grinst.

Im nächsten Ort sehen sie ein Schild mit zwei bunt gemalten Köpfen – ›Due Emigranti‹. Ehe sie entscheiden können, ob es ein Frisörladen ist, sehen sie schon die dampfenden Töpfe auf der Tafel um die Ecke und eine Korbflasche.

»Als hätten sie auf uns gewartet«, sagt Karla. Sie haben Hunger.

In der Kneipe hat man auf niemanden gewartet. Im Hinterraum werden Möbel und Einrichtung gerückt, ein sperriger Spielautomat mühsam an ihnen vorbeigeschoben. Als sie gehen wollen, weist ein junger Mann sie in eine Nische, eine Kunststofflaube mit einem an die Wand gemalten Fischerdorf, ein Netz hängt kunstlos von der Decke, mit darin verfangenen Langusten und Muscheln; an der gegenüberliegenden Wand ein rauchender Krater, die verschnörkelte Schrift *Il vesuvio* halb abgeblättert. Die Musik im Hintergrund wird aufgedreht, es klingt griechisch. Der Mann drängt sie lächelnd und entschieden an den Tisch, in der Nebennische spielen zwei Männer qualmend Tafli. Bevor sie gehen können, erscheint ein weiterer Mann, breiter und älter als der erste, mit einer Karaffe Wein. Er schenkt der Reihe nach ein, auch den Spielern, alle prosten Karla und Prantl zu, sie sind eingeladen, der Wirt zeigt auf sein Herz, auf sie, lacht mit Silberzähnen. Sie sind zu müde, zu passiv, um sich dieser Gastlichkeit zu entziehen; noch der italienischen Küche, wie sie auf der durchgestrichenen Karte angekündigt wird. Die Calamari sind hart, halb verbrannt, der Teig oben fast roh. Danach werden Schafkäse und gefüllte Weinblätter serviert, dazu ein sirupartiger Schnaps, den der Wirt gern selbst trinkt, zum Schluß türkischer Mokka; der Wein ist aus Algerien. Die Verständigung ist schwierig. Als es Karla statt mit Deutsch auf italienisch versucht, stockt das Gespräch gänzlich. Sie sind Albaner, erklärt der Jüngere mühsam, sie haben das Restaurant vor kurzem gepachtet, ihre Vorgänger waren aus Mazedonien, sie blieben aber nur drei Monate, davor hatte das Lokal einen italienischen Besitzer gehabt. Sie überlegten, ob sie den Namen ändern sollten, aber Maler sind teuer, und das Schild mit den zwei Köpfen gefällt ihnen, vielleicht werden sie nur eine andere Kopfbedeckung darauf malen, eine skipetarische.

»Sie können es so lassen, für die nächsten«, sagt Prantl, als sie gehen.

»Wir wollen bleiben«, antwortet der Albaner ernst.

»Zumindest ein Emigrant, der irgendwo bleiben möchte«, meint Karla draußen.

»Zwei«, sagt Prantl.

Im nächsten Ort, wo sie Rast machen, sind es zwei Jugoslawen, zwei Slowenen, die sie nicht gehen lassen wollen. Im Unterschied zu den Albanern sprechen sie besser deutsch und schimpfen mehr, bleiben möchten sie nicht, und wenn, nicht lange. Als sie hören, Karla und Prantl seien aus der Tschechoslowakei, bringen sie eine zweite Flasche, man trinkt auf die *kleine Entente*, als die tschechische Krone noch konvertibel war und nicht nur in Rumänien und Jugoslawien hoch im Kurs stand. Der junge Mann aus Ljubljana hatte bis '68 in Prag Filmregie studiert, ›bis die Russen kamen‹, sein Tschechisch ist fast akzentfrei. Der Sliwowitz ist stark; der Panslawismus fängt an zu greifen, eine Schimpftirade auf die Deutschen setzt ein. Dann, als Korrektur kommen die Russen an die Reihe, die Bulgaren, die Türken, die Ungarn. Die Tschechen bleiben zu Karlas und Prantls Überraschung verschont. Die Slowaken wüßten nicht, was sie mit ihrem Nationalismus wollten, meint der Slowene. Vor 1918 gab es praktisch keine slowakische Schulen, das Volk war jahrhundertelang magyarisiert worden, unter den Lehrern konnten insgesamt vielleicht noch tausend slowakisch. Seine Großmutter, die aus der Slowakei stammt und fast nur ungarisch sprach, hatte die ersten tschechischen Lehrer nach 1918 erlebt. Sie kamen – junge Männer, sogar Frauen waren darunter – schleppten Bücher und Hefte heran, und die *bačas* und die *gazdas* verkrochen sich und beobachteten mißtrauisch die Eindringlinge, die sogar ihre Sprache kannten! Sie fingen an, die Köpfe vorsichtig herauszustrecken, aber als die Lehrer im Winter den Schnee vor der Schule selbst wegschippten, damit die Kinder kommen konnten, war es aus. Das war kein ›Herrenvolk‹, zu dem man aufschauen konnte – zu dem brauchte man die Kinder nicht in die Schule zu schicken!

Karla und Prantl sehen sich an, verlegen und ein wenig stolz.

»Es ist schon ein Wunder, daß die tschechischen Männer überhaupt eine Schneeschippe in die Hand nahmen«, sagt Karla.

Damit macht sie sich weder bei Prantl noch bei den Slowenen beliebt.

Die Slowaken könnten froh sein, daß sie mit den Tschechen in einem Staat leben, fährt der Ljubljaner fort. Wenn sie von einer tschechischen Unterdrückung sprechen, sollten sie erst die Serben erleben! Oder wollten sie gleich zu den Ungarn?

Karla zuckt mit der Schulter: »Ich kenne lauter slowakische Volkslieder, sie klingen schöner als die tschechischen.«

»Dann sag euren Slowaken, daß ihr sie als Folklore gut findet!«

Sie sieht den Mann an: wassergrüne Augen, Adlernase,

groß, schlank, in seiner Freizeit Bergsteiger; sie erinnert sich, daß sie einen Dreitausender erklettern wollte.

Der andere spricht von den Pfaffen Hlinka und Tiso, von dem unabhängigen slowakischen Staat, klerofaschistisch, der emsig Juden an die Deutschen auslieferte, darunter Menschen, die seine Familie kannte.

Prantl möchte vom slowakischen Widerstand erzählen, von Jozef Gabčík und anderen slowakischen Parachutisten, aber der Sliwowitz lähmt ihm die Zunge. Die trinkfesteren Jugoslawen beherrschen mit ihrer guten Meinung über die Tschechen beschämend die Szene.

Sie wollen die traditionelle Sympathie zwischen den beiden Völkern nicht auf die Probe stellen und ziehen weiter, bevor man wieder nüchtern wird.

Graz. Der Fluß fließt rasch, erinnert an Berge, bis der süßliche Geruch von Industrie-Abfall nachkommt. Sie stehen an der Brücke und sehen ins Wasser, eine milchig trübe Spur vom Rande her, zerstreut sich im Strom, kommt wieder. Am Bürgersteig unterhalb des Schloßbergs ist ein Militaria-Laden, vor der Tür eine Kiste mit Gerümpel, innen Regale mit Kriegssouvenirs; verbeulte Feldflaschen, Bestecke, Becher mit eingravierten Regimentsnummern, Uniformteile, rostige Waffen, unter Glas Medaillen – blaue Filzstreifen der Legion Condor, Reichsadler, Hakenkreuze in verschiedener Ausführung, in Blech, Messing, als Handstickerei. Unter den Büchern ein verstaubter Prachtband in roter Seide, auf dem Moiré-Muster ein schwarzes Hakenkreuz, eine Hitler-Biographie, mit Widmung: ›Für Gerti und Wolf zur Hochzeit von Tante Hedwig‹. Deutsche Schrift, mühsam zu entziffern.

›Mein Kampf‹ gibt es als Geschenkexemplar in schwarzer Lederimitation mit goldenen SS-Runen auf dem Deckel: ›Für Kurt zum achtzehnten Geburtstag, Vater.‹

»Hatten sie kein richtiges Leder mehr?«, Karla zeigt auf die angeschimmelte Preßpappe. »Ich kann mir nicht vorstellen, daß man jemandem zur Hochzeit ›Das kommunistische Manifest‹ schenken würde, oder ›Was tun?‹ zum Geburtstag. Und hier, noch einmal!«

Die andere Ausgabe von ›Mein Kampf‹ ist ein zerfleddertes Heft ohne Deckel, mit einem Stempel der Lazarettbibliothek St. Stefan.

Sie gehen hinaus; die Menschen auf der Straße mit ihrem ländlichen Dialekt wirken friedlich. Der Händler kommt mit einer Stange nach, zieht das Gitter vor der Auslage hoch, das in der Mittagspause heruntergelassen war: ein Plakat lädt zum ›Traditionellen Braunauer Sammlertreffen‹ ein – ›Ankauf, Verkauf, Tausch, Kontakte, Kolpingsaal.‹ Daneben eine Einladung für das Gumboldskirchner Sammlertreffen, Hotel zur Südbahn; Eintritt ÖS 40, ›Die waffenrechtlichen Bedingungen müssen eingehalten werden.‹ »In Braunau kostet es 35 Schillinge«, sagt Karla. Zwischen Tarnjacken, Helmen und Gasmasken liegt als einziges Buch ›Der große deutsche Feldzug gegen Polen‹, im zweiten Fenster eine Übersichtskarte Leningrad-Charkow, eingerahmt von Schlagringen, Dolchen und Messern verschiedener Größe, in der Mitte eine blühende Ziernessel. In der Kiste draußen weitere Bücher, Prantl blättert in zweien, zwischen Kriegsspielzeug und angeschlagenen Jubiläumstassen. ›Mittwoch vor Martini, 100 Jahre Rütlischießen‹ auf Kreidepapier mit Fotos und Resultat-Tabellen; das andere Buch ist ohne Einband, auf Zeitungspapier. ›Kalendář domoviny zahraničních krajanů na rok 1941.‹

Sie starren auf die Schrift, bis sie begreifen, daß es tschechisch ist. Das hat jemand weggeworfen, die Leute verwechseln es mit einem Mülleimer, sagt der Händler. – Nur beides zusammen.

Sie gehen, den ›Kalender des Heimatvereins Slavín für Landsleute im Ausland für das Jahr 1941‹ in der Tasche. Für die überflüssigen Schweizer Schießübungen mußten sie dreißig Schillinge bezahlen. Prantl würde es gern an Aebli loswerden.

Ein Platz, wo sie in Ruhe ihren Kalender durchblättern könnten, ist nicht in Sicht; die Bänke unterhalb des ›Kriegssteigs‹ sind von einer Schulklasse belagert, die auf den Einlaß in den Stollen am Fuße des Berges wartet. Sie gehen weiter, betrachten die barocken Fassaden in der Sackstraße, im Palais Khuenburg ist der österreichische Thronfolger Ferdinand geboren.

›Also sie haben uns den Ferdinand erschlagen‹ – sie bleiben vor der Fassade stehen, zu Ehren von Hašek.

»Warst du auf Schloß Konopiště?«, fragt Karla. »Dort sind seine Jagdtrophäen, nur fünftausend – ein Bruchteil. Ferdinand d'Este hat zu Lebzeiten fünfhunderttausend Tiere erlegt! Nicht mit der Knarre, das war der geringere Teil – die paar Bären, Tiger, Eber, auf die er so stolz war. Der größte Teil wurde vom Panzerwagen aus geschossen, mit Netzen getrieben, mit Treibern und Hunden. Eine halbe Million! Wieviele wären es gewesen, wenn er nicht nach Sarajevo gefahren wäre!«

»So waren es dann ein paar Millionen Menschen«, sagt Prantl, er möchte hier fort, ihm behagt die Idylle nicht, aber Karla bleibt ein paar Schritte weiter stehen – im ›Paradeishof‹ gibt es Strudel. »Meine Mutter machte den besten Apfelstrudel, den Teig ganz dünn, viele Äpfel, Zimt. Aber einen Topfenstrudel kenne ich nicht.«

In der Passage, die zu einem Kaufhaus gehört, macht ein Mann den Eindruck, als gäbe es nichts Lustvolleres und Interessanteres, als unermüdlich Gemüse zu raspeln.

Sie nehmen in einer Laube im Innenhof Platz, neben einem Schild: ›Derzeit freiwillig gestatteter Durchgang.‹

Prantl versucht die Inschrift auf der gegenüberliegenden Mauer unter dem Efeu zu entziffern. ›... lehrte hier an der einstigen protestantischen Stiftschule 1594–1599 als Professor für Mathematik... schrieb sein erstes astronomisches Werk ›Das Geheimnis des Weltenbaues‹. 1600 mußte er im Zuge der Gegenreformation Graz verlassen und wurde am Hofe Kaiser Rudolf II. in Prag Mitarbeiter und Nachfolger...‹

»Von wem?«, Karla sieht von ihrem Strudel auf.

»Tycho de Brahes.«

»Kepler?«, sie dreht sich um. »Ich wußte nicht, daß er in Graz war.« Sie liest weiter. »›Die evangelische Schule wurde geschlossen und in ein Kloster der Klarissinnen umgewandelt‹. ›Klarissinnen‹?«

Prantl schüttelt den Kopf.

»Von Graz nach Prag, er hat genau den umgekehrten Weg genommen...«, sie sieht sich um, sieht die Frauen in kostspieligen Ausgehdirndln, die hier die Passage beleben, die passenden Männer dazu, die Kinder genauso verkleidet. Auf dem kurzen Weg bis hierher waren drei Militaria-Läden.

Sie fährt sich durch das Haar – ein verstörter Kiwi. Prantl stellt fest, daß sie es überall schafft, nicht hinzugehören.

»Komm, wir gehen.«

Im Stadtpark mahnen Schilder, die Besucher sollen die Enten nicht zu sich locken und dann mit Steinen bewerfen; für richtiges Futter wird durch abgepackte Portionen in Automaten gesorgt. Kinder werfen ungeschickt ihre Krümel. »Als hätte man hier den Namen Hitler noch nie gehört«, sagt Karla. »Und Kepler war hier? Seine Mutter soll eine Hexe gewesen sein«, sie lacht. »Und ausgerechnet nach Prag ist er gegangen, zu den Alchemisten und Astrologen!«, sie bleibt stehen. »Rudolfs Raritätenkabinett, die Gemäldesammlung – alles nach Wien verschleppt!«

»Von welchem König ist in Prag etwas Dauerhaftes geblieben?«

»Von Karl IV.«

»Natürlich, die Universität, die Steinbrücke, der Karlsplatz, der größte in Europa«, Prantl zuckt mit den Schultern.

»So groß kommt er mir gar nicht vor«, überlegt Karla.

»Vielleicht damals. Ist es wahr, daß beim Bau der Brücke Eier benutzt wurden, damit der Mörtel besser hält?«

Prantl sieht sie an. »Fragst du mich? Ich war damals auch noch nicht auf der Welt.«

»Nein, aber...«

»So alt bin ich wiederum auch nicht, wie du denkst.«

»Manchmal schon!«

»Also ich nehme an, daß man im vierzehnten Jahrhundert in der Tat bei einem so großen Bau – sechzehn Bögen, dazu die Pfeiler und das Gemäuer der Brückenkrone – allerdings ohne die barocken Statuen, die kamen eben erst im Barock hinzu, und sind aus Sandstein... – «

»Mach dich über mich nicht lustig!«

»... es noch ›hausbacken‹, mit Eiern probiert haben mag. Es hat sich offensichtlich bewährt. Da Prag allein aber nicht genügend Eier hatte, wurden alle Städte des Königreichs aufgefordert, eine entsprechende Anzahl Schock Eier für den Bau zu liefern. Und eine Stadt war besonders eifrig...«

»Ich weiß«, sagt Karla. »Kralupy. Als ihre Fuhre kam, und die Maurer anfingen, die Eier in den Mörtel zu schlagen, hat das Gelächter die provisorischen Pfeiler arg gefährdet: die Eier aus Kralupy waren alle hartgekocht! – In der Schule hat man uns mehr von den Hussiten erzählt: Die glorreiche Revolutionszeit.«

»Wundere dich nicht. Wann hat man schon in Europa vor den Tschechen gezittert? – Schlecht ausgerüstet, aber allein mit ihrem Choral einen Feind in die Flucht zu schlagen! Das erwähnt man gern«, Prantl grinst. Žižka war ein ungewöhnlicher Stratege. Aber mich interessiert Karl IV. Er war eher schmächtig, keine Kampfnatur, gläubig – dabei gebildet, und doch, als der Vater kam, der elegante Jan Lucemburský, König von Böhmen, um Geld abzuholen, hat er zusammengekratzt, was er konnte – die mühsam zurückerworbenen Güter wieder verpfändet, und zahlte den Vater aus. Unter der Bedingung, daß er sich in seinem eigenen Land die nächsten zwei Jahre nicht blicken läßt!«

»Und der König?«

»Er war jähzornig, vor allem seit seine Blindheit zunahm. Er wütete, drohte, daß er Karl wieder einkerkern läßt, wie in seiner Kindheit, und wie seine Mutter – aber schließlich mußte er einsehen, daß er dem Land Ruhe gönnen muß, wenn er es wieder schröpfen wollte. Er hatte ja kein anderes Interesse daran. In der Zwischenzeit verhökerte er die restlichen Ländereien, seine und die seiner Kinder, nahm an Turnieren und Schlachten teil und ließ sich von anderen Königen für ihre Kriege heuern. ›Ohne Gott und den König von Böhmen gewinnt man keinen Krieg‹, sagte man.«

»So auch bei Crécy«, Karla verzieht den Mund.

»Er ließ sich die Landschaft genau beschreiben, die Position der Engländer, warnte vor einem Angriff, wollte eine günstigere Situation abwarten. Aber der Bruder des französischen Königs wollte sich von einem Blinden keine Ratschläge geben lassen und preschte mit seinem Trupp vor. Die Engländer mit ihren leichten Bögen waren fünfmal so schnell wie die französiche Seite mit den schweren Armbrüsten. Als die geschlagenen Franzosen bereits flohen, hat sich der Luxemburger noch eine letzte Geste geleistet – ›Gott behüte, daß der König von Böhmen aus einer Schlacht flieht!‹ Er stürzte sich in das Gemetzel, und mit ihm ein Großteil des böhmischen Adels, seine Reitergruppe.«

»Gefallen für einen französischen König, der selbst nicht einmal gekämpft hat!«

»So waren die Zeiten. Johannes von Luxemburg war zwar der König von Böhmen, hatte aber zum Land keine Beziehung. Das französische Schlachtfeld war für ihn spannender.«

»Soll das ein Trost sein – die Sprüche vom böhmischen König, der aus dem Kampf nicht flieht?«

»Nein, aber vielleicht, was der weniger kämpferische Sohn sagte, als er ihm das Betreten von Böhmen verbot. Er hatte keine Macht, war zu jung, nicht einmal als offizieller Thronfolger vom Vater anerkannt, mit dem unbedeutenden Titel Markgraf von Mähren abgespeist, und hatte in Prag nichts zu sagen.«

»Und was sagte er?«

»Zufälligerweise liebe ich dieses Land, und du wirst nicht wiederkommen und es ausplündern.«

Karla sieht mißtrauisch auf. »Und der König?«

»Du kannst es doch gar nicht lieben, du kennst das Land nicht. – Es stimmte, Karl war in Frankreich aufgewachsen.«

»Und was sagte er?«

»Ich lerne es kennen.«

Karla schweigt. »Damit könntest du jedes Kränzchen von Landsleuten im Ausland rühren. Die Tschechen machen sich nichts daraus. Und der glorreiche ›letzte Ritter‹, sein Vater, der auf das Land pfiff, the Blind King of Bohemia...«

»Der hat immerhin vor seinem Tod das Wichtigste angeordnet: den König sofort in Sicherheit zu bringen.«

»Der ewige Vasalle. Der Franzose war doch nie in Gefahr!«

»Er meinte den König von Böhmen, seinen Sohn. Karl kämpfte bei Crécy mit und wurde verletzt.«

Karla sieht mit Widerwillen, wie sich unter dem Baldachin der Parkbühne eine Promenadenkapelle aufbaut; die ersten Töne vom Einstimmen erklingen. »Ich bin sicher, daß es ganz anders war. Jan Lucemburský konnte nicht sehen und wahrscheinlich nichts mehr verstehen, und lallte nur. Zu wem sagte er das? Und konnte er überhaupt tschechisch?«

Prantl lacht. »So erzählen es die Chroniken. Frag mich nicht, ob es wahr ist. Wie die Prophezeihungen von Libuše, sie sähe eine große Stadt, deren Ruhm an die Sterne reicht. – Und Prag steht! Oder daß Karl IV. jede Entweihung der Krone des Heiligen Václav mit einem Bann belegt hat, für alle Zeiten. – Legenden, aber...«

»Du meinst, Heydrich starb, weil er die Krone der böhmischen Könige seinen Söhnen aufgesetzt hat? Das Attentat war doch ein Pfusch! Ein einziges Schwein – und wieviele Menschen mußten sterben! Auch die Parachutisten. Meine Samurai – das ist meine Legende!«, Karla starrt vor sich hin.

Prantl sieht sie an. »Dann sei nicht traurig. ›Der Weg des Kriegers, habe ich erkannt, bedeutet zu sterben. Steht es zwischen Tod und Leben unentschieden gleich zu gleich, beendest du den Zustand besser dadurch, daß du auf der Stelle stirbst.‹«

»Wie?«

»Das ist ›Hagakure‹, die Lehre der Samurais.«

»Ist es auch deine Lehre?«, sie sieht ihn an.

»In gewisser Hinsicht. Ich habe mich zumindest damit befaßt.«

»Und wieso lebst du dann?«, sie wird immer gereizter.

»Der Verfasser, ein wirklicher Samurai, lebte bis zu seinem einundsechzigsten Jahr. Er durfte vorher nicht sterben. Das war ein Gebot. Also ließ er sich mit zweiundvierzig das Haar scheren, legte die buddhistischen Gelübde ab und starb zwanzig Jahre später auf der *Tatami*-Matte eines natürlichen Todes.«

»Und hat es offensichtlich bedauert!«

»Der Selbsttod wäre für ihn das Naheliegende gewesen. Wenn es aber nicht möglich ist, geht es darum, vorbereitet zu sein, sagt er.«

»Wie hieß er?«

»Jōchō.«

»Manchmal kommst du mir auch so vor«, sagt Karla.

»Wie?«

»Wie jemand, der...«, sie blickt sich verstört um. »Sie wollen hier doch nicht ernsthaft *Mein Vaterland* spielen?«

Eine Promenadenfassung ›Aus Böhmens Hain und Flur‹ vertreibt sie von der Bank.

Die Museen sind leerer als die Straßen; bei den Madonnen ist es am ruhigsten. Karla bleibt lange vor alten Waffen stehen, kann sich an Rüstungen nicht satt sehen, will eine anprobieren, zumindest ein Kettenhemd. Prantl spürt ihre Anspannung, möchte sie beruhigen, seit einiger Zeit läßt sie es aber nicht zu; jeder Vorschlag schlägt ins nächste Mißverständnis um, wendet sich gegen ihn.

Sie erschrickt vor einer Maske, bleibt stehen; sie kreist um die Rüstung, liest die Erklärung, buchstabiert die Namen, entrückt: *Me no shita ho, Uchidashi gusoku, Karasu tengu* – ein mythologischer Vogel; sie berührt den Schnabel.

»Vorsicht, es ist eine Leihgabe«, sagt Prantl.

In den oberen Etagen sind keine Besucher mehr; sie betrachtet die Waffen, berührt Spieße und Schwerter, zunächst zaghaft, fühlt Griffe und Knäufe nach, vergleicht Rippelungen, Gewicht, die Art, wie die Waffe sich anfaßt, bis Prantl ihr ein Schwert aus der Hand nimmt, mit einer sicheren, vertrauten Geste. »Es ist ein *Tachi*« sagt er als Erklärung und hängt es zurück.

Im Parterre ist eine Abteilung der Plattnerei gewidmet; sie liest, wie Kürasse hergestellt wurden, ausführlich, so daß sie beinah eingeschlossen werden. Als sie noch bei der Ausstellung über Folter bleiben möchte, zieht er sie fort.

»Hast du es gelesen, über den französischen Königsmörder?«, fragt sie verstört. »Dabei hat er den König kaum geritzt!«

»Nein!«, er geht so schnell, daß sie ihm nachlaufen muß.

»Wie sie ihn mit Pferden nicht zerreißen konnten? Und über die Hexen? Wie man sie verhörte? Auch über die Mutter von Kepler steht dort... Und hast du vorher im Museum die seltsame Frau gesehen, am Kreuz... warte!«

Prantl bleibt vor einem Kino stehen. Seit sieben Jahren hat er kein Kino betreten.

Das vertraute Halbdunkel der Passage, mit Bildern aus

den nächsten Filmen in Vitrinen. Karla kauft am Kiosk im Foyer eine Packung Nüsse und Rosinen in Schokolade. »Studentenfutter. – In Prag hieß es italienische Mischung«, sagt sie.

Es läuft Reklame, der Saal ist nicht ganz verdunkelt, die Hereinkommenden finden sich zurecht. Die vorderen Sitze sind von Jugendlichen besetzt, die hinteren Reihen fast leer. Karla denkt an Prag, wo die Karten numeriert und die Kinos voll waren.

›Halt, mein Freund! Wer wird denn gleich in die Luft gehen?‹ – Die Jugendlichen skandieren im Chor die Werbeslogans mit, lachen, wenn der nächste Spot erscheint; sie kennen alle.

Keine Wochenschau.

In der Pause wird Eis verkauft. »Nora hatte einen Bauchladen«, sagt Prantl.

»War das Kino in Stoke ähnlich?«, fragt Karla.

Er sieht sich fast feierlich um. »Nein, keine Breitleinwand, hundertzwölf Plätze, später nur siebenundneunzig. Aber die letzten drei Reihen hatten auch Plüsch!« Er befühlt die Armlehne, von der Berührung kommt ein Glücksgefühl auf, er lacht. Für einen Augenblick sind sie verbunden in Vorfreude und Aufregung, so leicht wie am Anfang ihrer Tage. Er legt den Arm um ihre Schulter, eine in allen Kinos vertraute Geste. Sie faßt seine verkürzte Hand und legt sie an ihre Brust.

Verdunkelung, der Vorhang öffnet sich.

Die Fanfare des Vorspanns: die Musik rauscht aus allen Richtungen heran, mit einer Wucht, wie sie nur in großen Räumen wirken kann. Der Schauer hält an, auch als sie jäh abbricht in eine minutenlange Stummheit des vormenschlichen Dämmerns. Der Monolith – der Aufbruch der Vernunft: Feuer, Werkzeug, Waffe.

Das Raumschiff; die schlafenden Astronauten in ihren Plexiglassärgen, die aseptische Ordnung der Kabine mit dem reibungslosen Funktionieren der Apparaturen, noch ohne die Unordnung der menschlichen Besatzung. Und HAL – der Computer, der sie betreut, servil zum Geburtstag gratuliert, diskret Schach gewinnt – das Auge, das sie beobachtet und belauscht, als sie begreifen, daß die sich häufenden Pannen kein Zufall sind. Der psychotische Roboter.

Karla wartet auf Stunts; in der Schwerelosigkeit außerhalb der Schiffs gibt es einige Einsätze, als der letzte Überlebende versucht, trotz der Sabotage des Computers zurück an Bord zu gelangen. Von da an wird der Film spannend.

– Dave, bist du noch da? Ich kann dich schlecht sehen. Bitte, Dave, tue es nicht, Dave. Ich kann noch ein Lied singen, mein Herr. Hänschen klein, ganz allein....

Die Fahrt zum Jupiter: die letzten Minuten kompensieren die quälende Statik der vorangegangenen zwei Stunden: der Sog der immer schneller wechselnden Farbschlieren und Lichtblitze, der Wirbel aus Wahn und Geschwindigkeit, das Durchrasen der Zeit und des Raums. Am Ende steht der Astronaut in einem verstaubten Rokokozimmer und sieht sich als Greis beim Sterben zu. Der Mensch begegnet sich selbst, seinem Tod und seinem Anfang, als staunendes Embryo kreist er durchs Universum, ewig.

Sie gehen schweigend durch die Straßen, Karla möchte fragen, merkt aber, daß Prantl keine Antwort weiß. Die Ampeln schalten auf Grün.

Sie essen in einem Restaurant mit Neonbeleuchtung und moderner Ausstattung, häßlich, aber zu ihrer Stimmung passend.

Prantl findet in der Innentasche der Jacke sein vergessenes Memory-Spiel und legt es verblüfft auf den Tisch. Karla sieht die Bilder: Seehunde, Harpunen, Kajaks, Hunde, Schlitten – die handgemalten Kartenpaare sind nie gleich, manchmal nur Umrisse, wie die Karte von Grönland, einige sind ausgeführt, wie die Blumen und Vögel, Fische, Gesichter. Den Eisbären gibt es doppelt: allein, aufgerichtet, und dann eine Bärin mit zwei Jungen. »Was ist das?« Auf einer Karte ist eine Seerobbe mit einem Menschenkopf.

»Das ist ein Tupilak«, sagt Prantl. Das Pendant ist ein Mensch mit einem Tierkopf.

Es sind sechsundzwanzig Paare und eine einzelne Karte, zu der sich der Zwilling verloren hat, ein Fisch, der eine Maske auf dem Rücken trägt.

Sie mischt die Karten und fängt an, sie zu legen, während der Kellner abräumt. Sie bestellen Kaffee.

Zunächst denkt sie, daß es ein Zufall ist. Sie dreht jedesmal die richtige Karte um, die schon einmal aufgedeckt war und gesucht wird. Prantl sieht sie an. »Das macht die Hand«, sagt sie als Entschuldigung. Sie spielen noch einmal, diesmal geht es noch schneller. »Du bist ein Robot«, Prantl küßt sie aufs Haar, es läßt sich fast schon auf den Finger wickeln.

»Ja, die dritte Generation«, lacht sie unfroh. Sie ist so angespannt, daß es ihr vorkommt, als würde sie durch ihren Blick auch das Flirren der Lampe steuern. »Das habe ich davon, daß ich mir Filme ansehe, statt welche zu drehen«, sie versucht zu lächeln. Sie weiß, daß die Ferien vorbei sind.

Prantl sammelt die Karten ein, das letzte Paar zwei Eisberge – er legt sie nebeneinander, so daß eine Passage entsteht, eine Durchfahrt, genau für ein Kajak. Er kann das Knistern des Eises hören, das Raunen der steilen Wände, die sich über ihm in der Höhe schließen und für einen Augenblick der Atemlosigkeit den Himmel verdunkeln.

Sein Kajak, das zwischen den Tragsäulen seiner Hütte lagert, hat Risse in der Bespannung und eine leichte Eindellung im Rumpf. Er trägt es zum Strand, es ist überraschend gewichtlos, und läßt es ins Wasser gleiten. Die Tage werden auch auf Grönland kürzer – die rote Sonne ist bereits im Meer zerlaufen; am Horizont zwischen den Schollen eine rote Lache. Die Eisberge grün, blau, gegen die Sonne schwarz. Er paddelt hinaus; nach so langer Zeit die Balance und die Richtung zu halten ist schwierig, der stärkere Arm zieht das Kajak vertrauterweise nach rechts; diese Ekliptik kennt er.

Unter ihm, weiter östlich in der Danmarkstraße, befindet sich der größte Katarakt der Erde, ein Unterwasserfall, 3,5 km hoch, mit fünf Millionen Kubikmeter Wasser pro Sekunde, wo das kältere arktische Wasser mit einem unterirdischen, unterseeischen Getöse in den Islandgraben hinabstürzt, zweihundert Kilometer breit.

Prantl ist ausgeglichen, ruhig – ein Jäger: er würde eine große Beute machen, da ihn die Tiere heute nahe kommen lassen; die Seehunde auf den Schollen sehen ihn an, als würden sie auf ihn warten. Die runden Augen, die feinen, witternden Schnauzen – sie legen sich wieder hin, sobald sie ihn erkennen.

Hinter der Bucht öffnet sich das Meer. Wenn er das Tempo hält, wird er vor der Dunkelheit den Gletscher erreichen, das Dröhnen des Großen Geistes vernehmen.

– Steht es zwischen dem Tod und dem Leben unentschieden ... –

Ein Windstoß kommt auf, der Polarwind, der Schnee trägt, und Eisknistern. Eine steile eckige Wand schiebt sich heran, ein Eisberg von fünfzig Meter Höhe, er kann knapp ausweichen, vorbeigleiten, streckt die Hand aus und berührt die kühle rauhe Kante, die ihm vertrauter ist als die eigene Haut, die nur von anderen berührt wird; – er ist dabei nie sicher, ob es nicht nur Mitleid ist; es würde ihm passen.

Die nächsten Eisberge sind auf dem Anweg, danach eine Passage durchs Treibeis, der schwierigste Abschnitt. Dahinter ist schon das Getöse des Gletschers hörbar.

Der Wellengang wird stärker, das Wasser schwappt über die Plane; noch hält sie. Eine Eisdusche, mit Stücken Splittereis im Gesicht; die Haut ist starr, wie eine Maske, spannt.

Die Eisberge beginnen zu schaukeln, die Schollen bewegen sich, schieben sich übereinander, brechen donnernd und versperren den Weg.

Das Kajak gleitet, noch immer kommt es voran, wird angesogen von den Wirbeln und Strudeln des brodelnden Eiswassers. Er kann bereits die Stelle sehen, wo der Gletscher kalbt, seine Masse von sich stößt, wo die Eisberge ihren Lauf in die Weltmeere nehmen, auf dem Kurs von Wegeners Kontinentalverschiebung die Erdmasse umkreisen. Ein Knirschen, eine Rippe des Boots bricht, aus dem Wasser schiebt sich eine Eiskante hervor, drückt gegen die Kajakwand. Das Wasser flutet herein, Prantls Beine in der schützenden Seehundhaut werden schwerer, das Wasser dringt durch die Risse in der Plane: Das Wasser geht über die Knie, über die Brust, über den Hals – hilf mir ich falle. Prantl beeilt sich, anzukommen.

Die Farben wechseln jetzt schnell von Grün, Blau, Violett zu Schwarz. Die Sonne beschmiert alles mit Rot. Treibeis.

Weiß.

Am Strand von Angmagssalik neben Stapeln gedörrter Fischköpfe steht Puug und sieht einem immer kleiner werdenden Kajak nach. Die Ferienschicht ist um, im Sommer dauert alles, auch die schlimmste Fabrikarbeit nur einen Bruchteil der Winterewigkeit. Er kann noch ausmachen, wie das Kajak anfängt zu schlingern; aus dem Weiß des Horizonts trennen sich neuentstandene Eisberge ab, frisch geboren; morgen werden sie Angmagssalik erreichen.

Er wühlt in seinen Taschen, sucht nach einem Zettel.

If we shadows...

Karla nimmt das Päckchen Grönländisches Memory, die letzte Karte ist die Schwanzflosse eines Wals, die aus dem Meer ragt. –

»Behalte es«, sagt Prantl.

10

Nachts ein Vorstadthotel jenseits des Flusses; sie können den Mur-Kanal unter den Fenstern hören. Sie gehen noch einmal hinaus. An der Hauptstraße das Stadtgefängnis, der Zaun summt, grelle Natriumdampflampen, es nieselt. Bei der Kreuzung als einziger Mensch ein Betrunkener, dessen Bein in die Fahrbahn ragt, neben ihm eine Tüte mit herausgefallenen Brötchen und einer Tube Mayonnaise. Sie sammeln alles auf und lehnen ihn an eine niedrige Mauer am Bürgersteig.

Auf dem Gelände des Schlachthofs, nachts unbewacht, ist neben der Freibank und dem Verkauf von Därmen ein Kontor mit Messern, Beilen, Fleischwölfen, Schneidegeräten: ›Metzgerausstattungen‹; der Inhaber heißt Laska, Liebe.

»Metzgerzubehör und Liebe«, Prantl starrt auf das Schild. »Menschen wählen oft Berufe nach ihrem Namen, aber in diesem Fall hat der Inhaber jede Hemmung verloren, oder jedes Sprachgefühl.«

»Der kann wahrscheinlich gar nicht mehr tschechisch«, sagt Karla. »Der alte Nazi, der Militaria-Krämer, hieß Szobo.«

»Kakanien wieder unter sich«, Prantl sieht angewidert in den Kanal.

Sie können nicht schlafen, das Hotelzimmer ist noch trostloser als die Gegend.

»Es gibt einen englischen Gruselfilm, in Episoden«, sagt Karla. »In einer sieht ein Mann im Spiegel ein anderes Zimmer, dort ist vor Jahren ein Mord passiert.«

»Ich weiß, was du meinst. Wir haben ihn im ›Blue Star‹ gezeigt, er war die ganze Woche lang ausverkauft.«

»In Stoke-on-Trent?«

»Ja. Er hätte noch länger laufen können. Für die Leute sind Episoden nach der Arbeit erholsamer als abendfüllende Filme, behauptete Ben immer. Man müßte sich nicht auf eine Geschichte konzentrieren, auf ein Gesicht, wenn sie einem nicht liegen. Es ist allerdings der einzige Episoden-Gruselfilm, den ich kenne.«

»Ich kenne noch ›Kwaidan‹«, sagt Karla.

»Der ist mindestens zehn Jahre später. In Farbe, aufwendig, für die Engländer zu japanisch. Die mochten ihre verstaubten schwarz-weiß-Filme, mit Michael Redgrave, Alec Guinness, Jack Hawkins. ›The Cruel Sea‹ lief zwei Wochen – ausverkauft. Das war geradezu eine patriotische Pflicht, sich das englische Fair play zu Wasser anzusehen.«

»Hättest du lieber einen Film über die Royal Air Force?«, fragt Karla. »Ich habe ›Die grausame See‹ gesehen. Als das torpedierte deutsche U-Boot auftauchte, das war wirklich spannend.«

»Ja. ›Ein erhebender Augenblick: zum erstenmal bekommen wir unseren Feind zu Gesicht.‹ Drehbuch Eric Ambler. Das wußte man schon unter Shakespeare – das Kostbarste waren die Texte. Und die Kostüme«, Prantl grinst. »Jack Hawkins als Schiffskommandant war die richtige Besetzung.«

»Hast du Humphrey Bogart in ›Konvoi nach Murmansk‹ gesehen?«

»Da kannst du nichts falsch machen«, Prantl lacht. »Vor allem: viel Wasser, Schiff am Kentern, Eiszapfen im Bart, Eisberge. Aber da habe ich schon andere gesehen!«

»Aber in ›African Queen‹ war er großartig.«

»Vor allem Katharine Hepburn, würde ich sagen.«

»Das ist selbstverständlich!«, sie nimmt ein Stück vom Ribiselkuchen mit Baiser, den sie in größerer Menge gekauft hat – ›genauso gut wie der von meiner Mutter‹. »Welche Geschichte in den ›Taggespenstern‹ hat dir am besten gefallen?«

Prantl überlegt. »Der Film hieß anders. Vielleicht die Episode mit Michael Redgrave als Bauchredner. Wie die Puppe anfängt, ihn zu terrorisieren.«

»Das war gut, aber zu psychologisch. Mir hat die mit der Kutsche gefallen, wie der Mann träumt, daß er in einen Leichenwagen steigen soll, und am nächsten Tag erkennt er den Busschaffner und steigt nicht ein. Und der Bus überschlägt sich. Und die Geschichte mit dem Spiegel. Der Mann sitzt tagelang davor, eingetaucht in ein anderes, vermodertes Zimmer, fängt an, die Frau zu verdächtigen. Als er sich auf sie stürzt und sie aus Eifersucht töten will, erschaut sie plötzlich das andere Zimmer im Spiegel. Das hier ist genauso schlimm«, Karla sieht sich um.

Sie blättern in ihren Neuerwerbungen, im ›Kalender der Landsleute‹ und in ›Mittwoch vor Martini‹, lesen sich gegenseitig vor.

Karla: »›Das Jahr 1941 wird von der Venus beherrscht. Nach Eusebius sind es 7141 Jahre seit der Erschaffung der Welt, nach Scaliger 5895. 2694 Jahre seit der Gründung Roms, 149–150 nach dem Kalender der französischen Republik. Der Merkur tritt in die obere Konjunktion mit der Sonne am 11.I., 6.V., 19.VIII. und 22.XII...‹«

»›1858 regte Nationalrat Josef Vonmatt in Luzern bei der Kantonal Schützengesellschaft Nidwalden einen Schützenzug der Vierwaldstätten an das eidg. Schützenfest in Zürich 1859 an‹«, liest Prantl.

»›Die Währung von Brasilien ist Milreis, mit 1000 reis. Von Litauen Litas, mit 100 cents, von Lettland Lat, mit 100 centimes.‹«

»›Es solle aus jedem Kanton ein kostümierter Harsthornblaser mitgenommen werden. Die Kostümierung in alter Schweizertracht samt Seitengewehren übernimmt Luzern. Der Schützenzug wird folgenderweise festgesetzt: a. Die Musik. b. Die Helmiblaser. c. Die Fahnenträger. d. Die Komiteemitglieder. e. Die Schützen. Luzern bringt, wenn möglich, die dortige Musik mit.‹«

Karla: »›Geschwindigkeiten pro Sekunde: Schnecke... 0,0017 m, Krebs... 0,07, Eisberg... 0,17, die meisten Flüsse... 1 m, Fußgänger beim normalen Tempo... 1,1 m.‹«

»Eisberg 0,17 m?«, Prantl sieht auf. »Da gibt's schnellere.«

»Das ist 1941. Vielleicht waren Eisberge vor dreißig Jahren langsamer«, Karla liest weiter. »›Kleiner Wind‹... 3 m, Meereswellen...13,5 m, Brieftaube...22 m, Luftschiff...30, Bewegung der Erde...465, Blitz...8.300 m, Licht...«

»›Melchior Odermatt, Unterhus, rühmt sich, er habe nach dem bereits stattgefundenen Schießen nebenstehend noch ein paar Schüsse abgefeuert, die er in der That aber nicht geschossen hat. So daß er und Jakob Würsch (Stalden, Emmetten) vom Tit. reg. Landammann einen Zuspruch erhalten und die geloffenen Prozeßkosten sowie die Kopiaturkosten des Prozeßextracts und allfällig nöthig werde Inserationskosten in die Schützenzeitung bezahlen.‹«

»›Veränderte Namen von Straßen, Plätzen etc. der Hauptstadt Prag: statt Englische Straße – Irische Straße, statt ›Straße der Arbeiter‹ – ›Zum Übungsplatz‹, statt Hoover-Straße – Richard-Wagner-Straße, statt Hus-Straße – Huttenstraße, Huspark – Mozartpark, statt Komenský-Platz – Winterfeldt-Platz, statt Neruda-Straße – Stifter-Straße, andere Neruda-Straße wird zu...‹«

»›Als Abzeichen für die Schützen der 4 Waldstätte werden Kokarden mit Alpenrosen bestimmt.‹«

»Statt Palacký-Straße – Sudetenstraße«

»›Hr. Major Bueler offeriert eine Kiste frischer Alpenrosen für die Bremerfrauen mitzubringen.‹«

»Bremerfrauen? Spielt das nicht in der Schweiz?« Karla überspringt weitere acht Seiten mit veränderten Straßennamen im Protektorat Böhmen und Mähren und zeigt Prantl das Bild einer Festung mit Giebeln und Balustraden, unter der Überschrift ›Landsleute – Pioniere‹.

»Was ist das, der Potala?«

»›Die Brauerei des Landsmanns V. Zeman in Lucek in Wolhynien.‹ Und hier: ›die tschechische Gemeinde in Rixdorf bei Berlin‹, ›das tschechische Nationalhaus in Sofia‹, ›die Mühle von Václav Petr in Hercegovec in Jugoslawien‹ – ein richtiger Kapitalist, sieh mal, wie groß das ist! ›In Nordostfrankreich sind unsere Landsleute seßhaft als Bergleute in der Umgebung der Städte Lille, Lens, Merlebach. In Méricourt-Corons gibt es eine tschechische Schule… 750000 leben in den USA, in Pernambuco in Südamerika sind einige zigtausende Angehörige der Mährischen Brüdergemeinde.‹«

»Lauter Tschechen?«

»›Die Böhmischen und Mährischen Brüder waren als Missionare von Grönland bis Südamerika tätig‹«, liest Karla. »Leben auf Grönland Tschechen?«

»Gott sei Dank, nein.«

»›In Peru hat ein Jesuit aus Böhmen mehr als 100 Stämme zum Christentum bekehrt.‹«

»Ein Fanatiker«, Prantl schüttelt den Kopf.

»Und hier: ›In Kapstadt wollte man neben der Hafeneinfahrt ein Denkmal für Jiří Šmíd erbauen – der das Christentum den Hottentotten gebracht hat!‹«

»Wieviele skalpierte Tschechen gab es?«, fragt Prantl.

»Darüber schweigt der Kalender natürlich«, Karla lacht. »Findest du das Wort ›Landsmann, Landsleute‹ auch so peinlich lächerlich? Wie ›Bruder‹, wenn es sich nicht um einen Verwandten handelt, obwohl auch das…«

»Hast du einen Bruder?«

»Zwei. ›Der erste tschechische Siedler in Amerika war Augustin Heřman aus Mšeno bei Mělník, der die erste Karte von Maryland angefertigt hat. Einen großen Teil des Landes, das er erworben hatte, nannte er Nova Bohemia und den Fluß Bohemia River; er starb 1661.‹« Sie blättert weiter. »Ohne die Tschechen würde offensichtlich überhaupt nichts laufen. Zumindest nicht in Bulgarien: Sie haben die dortige Industrie, den Straßenbau, die Eisenbahnen organisiert, die Justiz, das Schulwesen, die Parkanlagen! ›Den Plan von Sophia hat der Tscheche Jiří Prošek gezeichnet, der gleichzeitig der Begründer der bulgarischen Kurzschrift ist. Der Künstler Mrkvička wird von den Bulgaren sogar für ihren größten Maler gehalten!‹«, Karla fällt vor Lachen fast vom Bett. »Wenn man bedenkt, was die Bulgaren den Tschechen alles verdanken, muß man sich bei ihrem Verhalten zu den Touristen sehr wundern! Jeder Deutsche mit Devisen ist ihnen willkommener als ein Tscheche mit Kurzschrift.«

»Ausgerechnet die Deutschen?«, Prantl grinst.

»Du kannst es dir nicht vorstellen, du kennst die Krone noch als konvertible Währung. Da war man als Tourist willkommen.«

»Das habe ich nicht erlebt«, sagt er, »ich war kein Tourist.«

Sie gelangen an den Punkt, wo jeder ein anderes Land vor sich hat, das sie Tschechoslowakei nennen, mit schiefem Mund auch ›Heimat‹.

Prantl wendet sich wieder dem ›Rütlischießen‹ zu; Karla kann von dem muffigen Vereinsheftchen mit den verblichenen Fotos und Zeichnungen tschechischer Folklore nicht lassen.

»›In Betracht, daß der Hauptzweck des Schießens die Heranbildung der Wehrkraft für das Vaterland sein soll... In Betracht zwar der eidgenössische Feldstuzer als eigentliche Wehrwaffe für den jungen Schützen um sich mit demselben den Sommer hindurch als sehr vorteilhaft und mit großer Lust und Liebe eingeführt bewiesen...‹«

»›Wieviele Tschechen waren Pioniere in verschiedenen Industriezweigen im zaristischen Rußland!‹«

»›... und unterm 15. August abhin selbst für das bevorstehende Schützenfest aufgestellten Kommissionalantrag zum Gebrauch beizubehalten beschlossen worden,‹«

»Was ist das für eine Sprache?«, Karla sieht flüchtig

hoch, liest weiter: »›Nur wenige bei uns wissen wahrscheinlich, daß der Tscheche Julius Mormon Komponist der türkischen Staatshymne war, daß der tschechische Bildhauer B. J. Kočí, der in China lebte, das Denkmal für den größten Mann des chinesischen Volkes Dr. Sun Yat Sen, geschaffen hat, daß Landsmann Em. Žďarský in seinem Buch, das 14 Ausgaben in fremden Sprachen erreichte, die Grundlagen der ›Skimethode von Žďár‹ gelegt hatte...‹«

»›In Betracht hinwieder aber derselbe durch die weit größere und stärkere Triebkraft und größerer Unsicherheit des Schießens als des amerikanischen Stuzers, durch den starken Durchschlag das neue schöne wohlgelungene aber auch sehr köstliche Zeigerhaus welches die Gesellschaft Fr. 1200.– gekostet in kurzem Zeitraum der Art beschädigt und ruiniert würde, daß dasselbe einer Reparatur unterworfen werden müßte, und...‹«

»›... daß R. A. Vitoušek Abgeordneter auf Hawai ist, daß Václav Jelínek aus Alliance/Ohio Weizenkönig war, daß Landsmann Alfred Pivoňka vor zwei Jahren Innenminister in Chile geworden ist...‹ – Die Fähigen sind offensichtlich alle ausgewandert, nur wir sind noch hier und taugen nichts. Eine abgesprungene Stuntmännin...«

»– promoviert«, ergänzt Prantl. »Und ein verkrüppelter Lehrer, verschollen auf Grönland.«

»Verletzt im Einsatz fürs Vaterland« – Karla.

»Wir machen der Republik keine große Ehre.«

»Aber das hier geht zu weit: ›In der letzten Zeit weilt im Deutschen Reich eine große Anzahl Tschechen zu Arbeiten unterschiedlichster Art.‹ – So kann man es auch ausdrükken!«

»Was willst du?«, Prantl nimmt das Heft. »In ›Prag, Resslova-Straße‹ gedruckt, 1940. Erwartest du, sie werden mitten im Protektorat vom ›totalen Einsatz‹ sprechen, die Leute womöglich zu einem Aufstand auffordern? Immerhin geben sie an, wie man sich bei Verletzungen durch Kampfstoffe verhalten soll. Hier: Yperit (Geruch nach

Senf), Lewisit (Geruch nach Pelargonien), Dick (riecht nach Knoblauch) – «

»Was?«

»›.... vorsichtig die Kleider ausziehen, die betroffenen Stellen mit einem Wattebausch austrocknen, nicht verschmieren, wenn keine Schwellung oder gerötete Haut, die Stellen mit einem Brei aus Chlorkalk bestreichen, 3 Minuten einwirken lassen, dann mit warmem Wasser und Seife abwaschen. Bei Luftangriffen...‹«

»Laß das.« Karla sieht vor sich hin. »Mein Vater war in der Aero-Fabrik eingesetzt – wegen der Kinder durfte er in Prag bleiben. Er war manuell unfähig, zumindest unerfahren. Verantwortliche Arbeit – etwa präzises Bohren, Feilen oder Löten hat man ihm nicht anvertraut. Die Werkkontrolle wäre sofort hinter jeden Ausschuß gekommen, Sabotage wollte gekonnt sein. Trotzdem war er wahrscheinlich erfolgreicher als die anderen, die es versuchten.«

»War er beim Widerstand?«

»Ich würde es so nicht nennen. Er war vor allem notorischer Raucher. Das ließ er sich auch als Fabrik-Hilfskraft im Protektorat nicht nehmen. In den Pausen rauchte er auf dem Klo. Und wenn es ging, las er dort Zeitungen. Das machte er auch nach dem Krieg, als ich ihn schon kannte. Jedenfalls, ob mit Zeitungen oder ohne, er pflegte noch brennende Streichhölzer hinter sich in die Schüssel zu werfen. So auch an dem Tag, als jemand vor ihm Lösungsmittel in die Schüssel gekippt hatte.«

»Und?«, Prantl sieht interessiert auf.

»Es muß ein ganzer Eimer gewesen sein. Die Druckwelle hat ihn aus der Kabine hinausgetragen, mit angesengtem Hintern. Die halbe Montagehalle brannte ab. Vielleicht war es nur ein Drittel. Aber die Produktion stockte wochenlang.«

»Hatte es irgendwelche Folgen?«

»Der Meister und die anderen haben sich für ihn verbürgt; bei seinem Geschick wäre eine Absicht ausgeschlossen, und mit der Verletzung! Irgendwie haben es sogar die Nazis eingesehen. Nach dem Krieg bekam er eine Auszeichnung: ›Für Treue‹. Er hat sie verdient, er war sich selbst treu geblieben – als Raucher.«

»Du schätzt ihn nicht besonders?«

»Ich schätzte die Mutter. Mit vier Kindern hatte sie es mit so einem Idealisten nicht leicht. Er ging später jeden Abend in politische Sitzungen und Kneipen und ließ sie mit den Kindern und mit den Sorgen allein. Sie hat sich aller Tiere angenommen, die wir angeschleppt hatten, schimpfte jedesmal, war aber die einzige, die nie vergaß, sie zu füttern. Katzen kamen ausgehungert, halb verwildert aus dem Wald angeschlichen, verschlangen bedächtig, was sie ihnen hinlegte; von anderen nahmen sie nichts. Einmal hatten wir einen Schäferhund zu Hause, Tesák. Als er nach zehn Tagen abgeholt wurde, war es ein Drama – er jaulte, wir heulten – der Vater mußte ihn dreimal zurückbringen, er war ihm jedesmal nachgelaufen. Es gab nicht viele Hunde nach dem Krieg in Karlsbad. Auf der Kolonnade war ab und zu ein Airedale-Terrier zu sehen, David. Lange hielt ich Namen von Hunden für die Rassennamen: Lassie für Collie, David für Airedale-Terrier, Tesák für Schäferhund – Jarda für Foxterrier. Den hatten meine Eltern von einem jüdischen Arzt, der mit seiner Familie nach Amerika emigriert war. Meine Mutter war Sprechstundenhilfe bei ihm und ging mit dem Hund regelmäßig spazieren; er hing an ihr. Als sie heirateten, konnten sie ihn mit den Kindern nicht länger behalten, behaupteten sie, und gaben ihn fort. Sie hatten nur ein Zimmer, außerdem war er ein Wüterich. Das war eine Schweinerei. Mein Vater sagte dann pathetisch, er wäre an gebrochenem Herzen gestorben. Idioten!

Dieser Jarda hat angeblich im Protektorat die Dogge eines hohen Gestapomannes getötet, sich in ihren Hals verbissen und nicht locker gelassen. Als Hund eines Juden rächte er sich als einziger in der Straße an den Deutschen. Abends schwere Schritte vor der Tür, der Vater dachte, jetzt geht es an den Kragen. Der Gestapomann kam herein. Jarda sofort voll Haß, stürzte sich auf ihn, er roch wohl noch nach der Dogge. Mein Vater versuchte ihn zurückzuhalten, natürlich schaffte es erst die Mutter, sie ließ sich aber Zeit. Meine Mutter war unehelich, sie war irgendwie asozial, politisch dermaßen unbeeindruckbar, daß sie kaum Angst hatte. Der Hausmeister war für sie Autorität, aber nicht die Gestapo.

Sie sah den Deutschen eher interessiert an, entweder schon wieder schwanger – wieso konnten meine Eltern im Protektorat überhaupt Kinder in die Welt setzen? – Und rief dann Jarda zurück. Jarda war ihr hörig, der dazugeheiratete Mann hatte ihm nichts zu sagen. Er ließ von dem Gestapomann ab und kam zu meiner Mutter. Der Deutsche sprach nur noch mit ihr; er wollte unbedingt diesen Hund.

Sie erklärte ihm, daß das kein guter Einfall wäre, der Hund würde nicht einmal ihren Mann vertragen, und der wäre immerhin Tscheche. Die ganze Zeit führte Jarda seine Foxterrierzähnchen vor, röchelte, nahe am Ersticken, wollte dem Deutschen an die Kehle. Der wurde immer eifriger.

»Er hat der Mutter alles mögliche angeboten, um an den Hund ranzukommen, sogar angedeutet, daß er sich um sie und die Kinder kümmern würde, sollte ihrem Mann etwas zustoßen. Mein Vater muß sich ziemlich blöd vorgekommen sein.« Sie lacht.

»Leider hielt es nicht lange an, bald war der Vater wieder der Held. Beim Prager Aufstand kämpfte er auf den Barrikaden. Es war nicht klar, wer eigentlich schoß: die Tschechen mit ihren eingerosteten Gewehren, die Deutschen, die bereits auf dem Rückzug waren, oder ob die Russen schon in der Stadt waren. Die Amerikaner mußten ja draußen warten, Prag sollte durch die Russen befreit werden.« Karla fährt sich durchs Haar, stützt das Kinn in die Hand, starrt böse. Dürers *Melencolia*, nur magerer. Prantl, der diese Zeit erlebt hat, im Unterschied zu ihr, traut sich nicht zu unterbrechen.

»Mai '45 – der Flieder war schon in Blüte«, sie verzieht den Mund. »Die Mutter mit meiner älteren Schwester und dem Bruder in der Waschküche, wie früher bei den Luftangriffen; die Kinder durften keinen Lärm machen. Draußen Stille, die Barrikaden lagen weiter weg, in Richtung Stadt. Nach vier Tagen, am 9. Mai, pochte es an die Tür. Meine Schwester klebte der Mutter am Bein wie ein Pflaster, schrie, sie solle nicht öffnen, es seien die Deutschen. Der Bruder, anderthalb Jahre, machte es ihr nach, ich krallte mich von innen ein – und Mutter ging mit mir – die Geschwister verkrochen, einem schmutzigen unrasierten Kerl entgegen, und die Schwester schrie und der Bruder heulte, und meine Mutter warf sich diesem Fremden an den Hals und heulte vor Freude, daß er noch lebte. Er war dann nicht mehr fremd, nachdem er sich gewaschen hatte. – Der Vater war aus dem Kampf zurückgekehrt.

Später sollte er den Nachbarn Gutachten ausstellen; die Bittgänge aus der Umgebung begannen. Damals hätten wir zu essen gehabt. Mein Vater ließ sie leben, nahm nichts, vielleicht ein paar Eier, um die Leute nicht völlig zu verschrecken. Er sagte, er kennte zum Glück kein wirkliches Schwein.

Er erzählte später, daß sie meist in die Luft schossen, über den Kopf, und kaum wagten, die Nase rauszustecken. Am letzten Tag kam ein russicher Soldat von der Wlassow-Armee mit einem Pferdchen und einem Wagen, darauf eine Kanone, hantierte mit dem Pferd, ließ sich Zeit. Dann sprang er auf den Wagen und fing an, gegen die umherstehenden Häuser zu feuern, und die Deutschen fielen wie die Zwetschgen herunter – und wir freuten uns, wenn er so übertrieb. Er bekam noch eine Medaille ›Für Tapferkeit‹, davon sprach er nicht. Wieviele Medaillen hast du?«

»Ich war nicht halb so erfolgreich wie dein Vater mit seinem Streichholz«, Prantl winkt ab. »Ja, es waren Wlassowci. Die Rote Armee war nicht vor dem 9. Mai in Prag, mit Panzern; die Pferde kamen erst danach.«

»Sie ließen sich Zeit. In Berlin war schon Frieden, und Prag war immer noch besetzt! Andere feiern das Kriegsende am 8., wir am 9. Mai. Ohne die Wlassow-Armee wären wir vielleicht gar nicht mehr am Leben.«

»Sie hatten nichts mehr zu verlieren.«

»Vielleicht wollten sie nur in Würde sterben«, sagt Karla. »Das ist nicht so wenig.«

»Ich glaube sogar, daß sie noch leben wollten. Der tschechische Nationalrat hat sich für sie verbürgt, aber das hat die Sowjets nicht beeindruckt. Für sie war das Ergreifen der eigenen Verräter in gewisser Weise dringender als die Befreiung der Tschechen. Dabei hätte sich Wlassow nie mit Hitler verbündet, wenn Stalin durch sein Zögern und seine Unfähigkeit nicht die Zerstörung der Wlassow-Armee verursacht hätte – eingekesselt vor Leningrad, ohne Nachschub. Vorher hatten sie Moskau gerettet, als Stalin schon aufgegeben hatte. Die Boten kamen aus dem Kessel durch mit den Hilferufen, kamen bis zu Stalin, und kehrten nie zurück – keine Verstärkung! Nach seiner Gefangennahme willigte Wlassow ein, Stalin zu vernichten; er wollte gegen Stalin kämpfen, nicht gegen Rußland. Die Deutschen haben seiner ›Russischen Befreiungsarmee‹ nie getraut; in Rußland wurde sie nicht eingesetzt. Daß sie sich am Kriegsende an die Seite der Tschechen geschlagen hat, gegen die Deutschen, hat die Bolschewiken nicht interessiert.«

»Sie wußten, was sie erwartet, wenn sie den Russen in die Hände fallen würden, und haben doch mitgemacht, statt sich in den Westen abzusetzen.« Karla sieht auf.

»Wohin?«, Prantl zuckt mit der Schulter. »Ich will dir deinen Idealismus nicht nehmen, aber Wlassow war dagegen. Es war die erste Division von General Bunjatschenko, sie griffen am 6. Mai in den Prager Aufstand ein, gegen den Willen von Wlassow.

Als die Rote Armee kam, wurden keine Umstände gemacht. Die Wlassowci wurden gejagt, auf der Straße erschlagen, ins Genick geschossen – ohne Prozeß. Die Amerikaner haben die Internierten ausgeliefert, mit Sonderkommandos zu den Zügen nach Rußland geprügelt. Die Briten gingen mit den gefangenen Kosaken in Oberitalien nicht anders um. Wlassow und seine Stabsoffiziere wurden in Moskau 1946 erhängt. Ein Teil der Armee, der sich in Liechtenstein ergeben hat, konnte nach langen Verhandlungen auf Kosten des Staates Liechtenstein nach Argentinien ausreisen; fünfhundert Mann. Das Fleckchen Land ließ sich von den Russen nicht unter Druck setzen wie Amerika oder England.« Er schweigt. »Ruhmreich waren sie nicht, trotz Prager Aufstand – Russen in deutscher Uniform. Die Gefangenen waren für die Roten Freiwild, für russische Verräter galt keine Genfer Konvention. Von den ›einfachen Soldaten‹ wurden die meisten unterwegs nach Rußland liquidiert, man sparte Verpflegungskosten, den Gerichtsaufwand. Sie hatten ohnehin keine Fürsprecher. Den Deutschen ging es verglichen damit noch gut.«

»Das habe ich erlebt«, sagt Karla. »Meine Eltern haben nach dem Krieg einen Ausflug gemacht – meine Mutter sollte auf andere Gedanken kommen. Ende Mai fünfundvierzig, es war heiß. Meine Eltern tranken in einem Gartenlokal das erste nachprotektoratliche Bier. Und ich – gewissermaßen auch dabei; meine Mutter war im sechsten Monat schwanger. Auf der Ausfallstraße kamen plötzlich russische Soldaten auf Pferden, hinter ihnen im Staub eine Kolonne deutscher Gefangener, Menschen am Verdursten; der Zug nahm kein Ende. Mein Vater hat das leere Halbliterglas mit Wasser gefüllt und ihnen gebracht. Mindestens zwanzig haben davon getrunken, erzählte er später, meist nur die Lippen angefeuchtet und es weiter gereicht, keiner hat sich vorgedrängt! – Meine Mutter ist an diesem Anblick fast gestorben, und ich mit ihr. Wo warst du zu der Zeit?«

»Mai '45? Ich dolmetschte für die Amerikaner und die Briten, half bei der Verteilung der Care-Pakete der UNRA.«

»Die bekamen wir auch, jeweils das jüngste Kind, das war mein Bruder. Die Eltern sollten ein Bild von ihm an das Rote Kreuz schicken. Es gab nur eins, mit einem Pflaster über dem Auge; er fiel immer hin. Das hat offensichtlich die Herzen aller amerikanischen Mütter höher schlagen lassen, sie verbanden es wahrscheinlich mit den faschistischen Greueltaten in Europa – sein Pflaster ernährte nach dem Krieg monatelang die Familie. Vorher waren es die Kinderrationen – Hitler hatte Sinn für die Familie, erzählte der Vater. Sie hätten mehr Milch gehabt, als sie verbrauchen konnten. Mein Bruder mußte einmal ins Krankenhaus – meine Mutter fast tot vor Angst, seitdem verhätschelte sie ihn. Sie kniete vor der deutschen Ärztin! Ich finde, das geht zu weit, schon gar wegen meines Bruders«, Karla lacht. »Er bekam eine Transfusion. Seitdem piesackte er mich – als ich dann auf der Welt war. Ein Sadist, das kam von dem deutschen Blut, sagten wir.«

»Wie alt warst du da?«

»Ich war noch nicht auf der Welt. Ich kam erst, als die Deutschen weg waren – ein freies Kind! Es war wohl tschechisches Blut, die Deutschen hatten gegen Kriegsende kein Blut für zivile Krankenhäuser, schon gar nicht für fremde, aber es reichte auch. Er hat sich so erholt, daß er später gern Soldat spielte, und Geiseln nahm. Und die mußten ...«

»Was ist aus Jarda geworden?«, unterbricht Prantl.

»Das ist noch schlimmer ...« Karla schweigt. »Das habe ich schon erzählt!«

»Stimmt.«

»Aber in Karlsbad hatten wir einen Truthahn und einen großen Frosch im Garten, und ein Huhn auf der Stange im Klo.«

»Im Klo?«

»Ja, auf dem Flur. Und wenn Gäste austreten mußten, schickten wir sie ein Stockwerk höher, dort wohnte eine Musikerfamilie. Die Frau hatte vor dem Krieg eine Damenkapelle in Berlin, sie hatten das schönste Klo im Haus, mit Noten und Violinschlüsseln in der Klosettschüssel und an die Wände die Ode an die Freude gemalt, oder die Moldau, ich weiß nicht mehr. Und die Partei unter uns, die ein noch dunkleres Klo hatte als wir, schickte ihre Besucher wiederum zu uns. Manchmal, wenn sie das Licht nicht finden konnten, schossen sie entsetzt heraus, wegen der Geräusche über ihnen und wegen der Aktivität des Huhns. Du mußt dir vorstellen – sie unten und der Vogel oben bei der gleichen Verrichtung! Es saß dort nur nachts. Tagsüber lief es mit den Hühnern aus dem Nachbargarten, und wir mußten abends über den Zaun klettern und es einfangen. Alle braun, ziemlich gleich; wir erkannten es daran, daß es bei unserem Anblick als erstes weglief, es war das durchtriebenste von allen. Aber jeden Morgen lag ein braunes Ei auf dem Stroh. Und dann hatten wir Katzen, wunderschön. Die Tiere lebten eigentlich alle draußen, dadurch ging es. Aber der Truthahn flog einmal auf ein Glasdach, fünf Meter tief, und der Vater hat den Bruder in Gurten hinuntergelassen, um ihn zu holen. Aber der Truthahn spazierte weiter und flog auf das nächste, tiefer gelegene Glasdach. Und dort kollerte er, wie zum Hohn. Hier, der Landsmann František Řezníček in Providence hat eine Hühnerfarm!«, Karla krümmt sich vor Lachen. »Unser Truthahn war schöner.«

Prantl nimmt ihr das Heft weg.

»Lies noch etwas vor«, sagt sie.

»›In St. Petersburg war Eduard F. Nápravník 47 Jahre lang erster Kapellmeister der zaristischen Oper, mit mehr als 3000 Inszenierungen.‹«

»Gibt es so viele Opern?«

»›Unser Volk wurde im Ausland hervorragend vertreten durch unsere Geigenvirtuosen. Die Tschechen standen an der Wiege des serbischen Theaters, des Musiklebens und der Armee ...‹«

»Eine tolle Kombination.«

»›Die größten tschechischen Druckereien sind in Cleveland/ Ohio und in Chicago. Vor dem ersten Weltkrieg hat der Fabrikant Červený mit seiner Gattin sein Haus in Kiew zu einer wahren Heimat für unzählige unserer Landsleute aus der Umgebung und aus Wolhynien gemacht. Ein bedeutender Tscheche war in den USA Bedřich Felyps, später Philips, ein reicher Kaufmann, aus dessen Familie Marie Philips stammte, um deren Hand George Washington angehalten hatte; er wurde von ihr jedoch abgelehnt.‹«

»Dann hat es Masaryk wettgemacht, indem er als tschechoslowakischer Präsident eine Amerikanerin heiratete«, sagt Karla.

»Präsident wurde er erst mit siebzig.«

»Na gut, dann hat er eben vorher geheiratet. Wir haben über ihn offiziell nichts gelernt, und inoffiziell war mir das heimliche Getue um ihn – ›das Väterchen‹, ›der Präsident, Befreier‹, auch zu viel. Eins stimmt: er sah gut aus, vor allem auf dem Pferd.« Sie nimmt den Kalender wieder an sich.

»Er war der einzige fähige Präsident«, sagt Prantl.

»Das ist leicht! Neben dem Zwerg Beneš, der sich vielleicht bemühte, aber Pech hatte. Und die ›Arbeiterpräsidenten‹ nach ihm? F'get it! Wenn sie unterschreiben konnten, war es viel. Und dann nur Papiere, die ihnen die Russen vorlegten! Hier, die Rede von Hácha vom 16. III. 1939 hat mehr Würde als die Kommunisten nach '48 jemals gezeigt hatten! Und er wurde denunziert als ›Kollaborateur‹ – nachdem Beneš zugelassen hatte, daß die Tschechoslowakei in München ausgelöscht wurde, und sich dann ins Ausland abgesetzt hat!

Beneš ließ Hácha nach '45 im Gefängnis sitzen und auf seinen Prozeß warten, bis er starb – Anwärter auf den Strick! Er war Jurist gewesen, parteilos, die Funktion nahm er nur aus Pflichtbewußtsein auf sich, er drängte sich nicht danach, unter den Nazis tschechischer Staatspräsident zu werden! Im März '39 haben sie ihn in Berlin gezwungen, einen Hilferuf an Hitler zu unterzeichnen, damit die Deutschen ›legal‹ das Land besetzen konnten. Hácha weigerte sich, nach sechs Stunden verlor er das Bewußtsein. Mit Spritzen haben sie ihn auf die Beine gebracht, für die Unterschrift. Er war sechsundsechzig, krank, in freien Stunden hatte er englische Romane übersetzt; wir hatten von ihm ›Drei Männer im Boot‹ zu Hause. In der Schule haben wir gelernt, daß er ein Verräter war. Beneš kam glimpflicher davon, weil er Stalin in den Arsch kroch. Hácha mußte vor Hitler kriechen, wegen der verpatzten Politik von Beneš!«

»Was sagt er?«, Prantl sieht ihr über die Schulter.

»Hácha? Daß man zusammenhalten und Ruhe bewahren soll.«

»Das ist nicht viel. Das sagen Politiker bei Überfällen auf das eigene Land, die sie nicht verhindert haben, immer.«

»Ja, es ist nicht viel. Aber immerhin fordert er keine unverbrüchliche Freundschaft mit dem Deutschen Reich wie Gottwald oder Novotný mit der Sowjetunion. Oder Dubček.«

»Dubček?«

»Er glaubte bis zuletzt, daß es die Russen verstehen müßten, die Reform. Er war ja ein braver Kommunist, in der Sowjetunion aufgewachsen, der ›Mutterpartei‹ ergeben. Nach der Okkupation ließ er sich noch als Botschafter in die Türkei abschieben. Und später in die Forstverwaltung. Es ist ihm nie etwas passiert. Er kam nicht einmal ins Gefängnis, und so viele anständige Menschen haben dort Jahre verbracht, krepierten, kamen als Krüppel heraus!«

»Wirfst du ihm vor, daß er nicht ins Gefängnis kam?«

»Nein, aber daß er das Papier von Breschnew unterschrieben hat! Als sie nach Moskau verschleppt wurden, gleich in der Nacht vom 21. August – die ganze Regierung!«

»Was war da noch zu machen?«, Prantl starrt vor sich.

»Kriegel hat nicht unterschrieben, als einziger.«

»Wer ist Kriegel?«

»František Kriegel war Vorsitzender der Nationalen Front, Arzt. Jude in der Parteispitze – das war den Russen immer verdächtig. Über ihn gab es dann die schlimmsten Verleumdungen. Als er in Moskau abgelehnt hatte zu unterschreiben, wollten sie ihn dort behalten. Es gab Gerüchte, daß Svoboda mit Selbstmord drohte, wenn sie ihn nicht gehen ließen, es könnte stimmen. Svoboda als alter Soldat, Staatspräsident, Held der Sowjetunion – wenn der sich erschossen hätte, wäre es vielleicht doch peinlich.«

»Peinlich?«, Prantl zuckt mit der Schulter. »Ich erinnere mich, als Svoboda '45 mit seiner ›Tschechoslowakischen Armee‹ mit den Russen in Böhmen einzog, als Teil der Roten Armee. Die Ausrüstung hatten sie aus dem Westen. Die Russen hatten ja selbst nichts. Tapfer waren sie. Der westliche Widerstand wurde denunziert als wenig vorbereitet, konzeptlos – das stimmte, es stand keine Partei dahinter, die es für sich hätte nutzen können –, schließlich totgeschwiegen. Svobodas Armee sollte neben den Russen als der wahre Befreier dastehen; die Opfer am Dukla-Paß waren einkalkuliert.«

»Die Tschechen dürfen nicht einmal ihre eigene Vergangenheit kennen!« Karla starrt zu Boden. »Wohin du siehst – so viel Schmutz überall! Das Münchner ›Abkommen‹ – bei dem die Vertreter der Tschechoslowakei hinter der Tür warten durften, bis ihnen ihre ›Verbündeten‹! mitteilten, daß ihr Land gerade aufgehört hat, zu existieren! Und die Tschechen haben nicht gekämpft! Bei der Mobilisierung gingen doch alle!«

»Ja, und bei der Demobilisierung auch.«

»Aber sie wollten nicht!«

»Das stimmt. Es hatten sich aber noch schnell die Polen gemeldet, mit Kriegserklärung wegen Těšín. Die Tschechoslowakei hatte keine friedliche Grenze mehr. Im Süden die Ungarn, im Westen die Deutschen, die es kaum abwarten konnten. Und die Briten und die Franzosen hatten eindeutig erklärt…«

»Was der Dreck von Verbündeten erklärt hat, weiß ich! ›Verrat‹ klingt noch zu gut dafür! Wie konntest du es in England überhaupt aushalten?«

»Wir hatten wenig Kontakt mit der Bevölkerung. Und die Ausbildung verlief korrekt.«

»Und danach?«

Prantl schweigt.

»Widerlich alles! Auf der einen Seite der Westen, auf der anderen die Russen. Übler gerade das, was man ansieht!« Karlas verzerrtes Gesicht. »Ich las früher Dostojewski. Seit '68 kann ich Russisch nicht mehr hören. Und die Tschechen – sie duckten sich auf dem Wenzelsplatz, als die Panzer hinunterrollten und vor sich hinschossen. Ein Mann hat mich zu Boden gerissen, zwischen die Bausteine, wo die Unterführung gebaut wurde – und ›seien Sie vernünftig‹ geflüstert. Verstehst du? Ich sollte vernünftig sein!«

»Du hast es schon erzählt«, Prantl hat eine heisere Stimme.

»Ich kann es nicht oft genug erzählen! Prag ist besetzt – Prag, weißt du, was das ist? Und ich soll vernünftig sein!«

»Ich weiß, was das ist, wenn Prag besetzt ist«, sagt Prantl.

11

Haken, die mich weitergeben. Mich? Sie berühren mich mit feinsten metallenen Haaren, ehe sie mich ansaugen und gleichmäßig gleiten lassen über bewegliche Bänder, die nach sparsam eingespritztem Öl in den Fugen riechen, die Berührung und der sterile Ölgeruch machen mich schaudern. Mich?

Womit schaudern? Womit roch ich sie, womit spürte ich das Kitzeln der Stahlfedern, die sich blitzschnell spannen konnten und wieder lockern, bei der Anspannung drangen sie unter die Haut, ohne sie zu ritzen, zu verletzen, das Schaudern war natürlich wonnig. Natürlich?

In welcher Sprache erinnere ich mich? War ich vor der Sprache da, meine Empfindungen, die Stahlhaare, die Fließbänder, oder war zuerst die Sprache da, durch welche auch diese metallene Welt erschaffen wurde, das geräuschlose Gleiten der Haken, Räder, Glieder, die sich so fließend bewegen, als wären sie durch Blutkreislauf, Muskeln, Sehnen und Knochenskelett gesichert und gehalten, ohne Mechanik, noch die Erstbeweger, die sie in der siebten Generation von Androiden nicht mehr sein können, dazu lag ich als Beweis da.

Ich?

Irgendwann wird es Zeit, aufzustehen.

Ich bin wie zerschlagen, alle Gliedmaßen angespannt, in meiner Hüfte knackt es, wenn ich über P. steige, mit nackten Beinen, noch weich, verschwitzt von seiner Wärme und Last, er sieht nicht auf.

Ich gehe ins Bad, wasche mich kompliziert, aber nicht wirksam, falls es etwas abzuwehren gäbe – eine Schwangerschaft vielleicht. Ich bin eine Frau demnach.

Die Heilige Kümmernus im Museum, ein Christus in Frauenkleidern, mit goldbesticktem Mieder und Brüsten, die Unterarme, am Kreuz gebunden, muskulös und sehnig, weiche Hände, große Füße in goldenen Pantoletten, langes blondes Haar, Bart.

Nicht der Volto Santo, der Gekreuzigte in Lucca im langen Königsgewand – das ›Heilige Antlitz‹ soll mit dieser perversen Erscheinung keinerlei Verwandtschaft haben. Eine rätselhafte Gestalt, in den kanonischen Schriften nicht verzeichnet; der Legende nach eine christliche Prinzessin, die sich der Heirat mit einem Heiden entzogen hatte, indem sie sich von Gott einen Bart erbat. Daraufhin ließ der entsetzte Vater sie kreuzigen.

Dagegen die steirischen Madonnen: C-förmig, S-förmig, entsprechend der Körperhaltung und dem Mantelwurf, rot, blau, grün mit Goldrand; das Kind auf dem Arm disproportional, die Künstler hatten für Kinder nichts übrig – Liliputaner, Zwerge, wülstig, phimotisch, mit den erhobenen zwei Fingern kleine heuchlerische Monster; aber die Mütter die Unschuld selbst, unwissend, kaum ahnend, so schön, daß die Sterne im Hintergrund verblassen. Auch mit dem Kind auf dem Arm wölbt sich ihr Leib noch gotisch, das Gesicht halb schlafend, halb träumend, ein aufgeschlagenes Buch bei der Verkündigung vor sich, niedergeschlagene Augen, aber schon ganz Ohr. Mit dem Kind verschwinden die Bücher, das zumindest ist realistisch.

Bin ich schon wach?

In der Werkstatt des Harnischmachers. In die Rüstung, auf den Brustpanzer werden kniende Ritter getrieben und Lilien. Der Samurai daneben in der Rüstung aus Rohr und Leder ist der Ernstfall des Kriegers. Es hat nichts mit Eleganz zu tun.

Das ineinandergreifende Triebwerk der Liebe.

Kolben, Transmissionsriemen, Räder – metallene Wimperhaken, die sich um mich wie Korallen unter Wasser um die Beute schließen.

Und die Vorwürfe –

Der Zweikampf im Zeughaus zu Graz. Ich wähle zwischen der Turnierrüstung des Erzherzogs Karl II. und dem brünierten Küraß des Ferdinand von Innerösterreich aus der Werkstatt des Augsburger Plattnermeisters Conrad Richter. Dann kann ich nicht widerstehen und schnalle mir das Modell der eisernen Hand des Götz von Berlichingen an – es ist eine ›passive‹ Hand, auf Druck der anderen, gesunden zu bewegen – ich hätte lieber eine aktive, auf Druck der Stumpfmuskeln zu betätigen, aber eine solche ist vor dem 19. Jahrhundert nicht zu haben. Auch so ist sie in ihrer unberechenbaren Mechanik schrecklich, wenn sie zuschnappt und nicht wieder losläßt; der Druckknopf ist in dieser Position schwer zu tasten.

Ich kann mich nicht zwischen einer Couse und einem Friauler Spieß entscheiden, dann, aus historischer Verbundenheit wähle ich einen Morgenstern, zu Ehren der Hussiten und des Drechslers Egid Rotter, habe aber Hemmungen ihn zu schwingen, ich könnte wirklich treffen. Es soll bei Stoßwaffen bleiben, keine Schlagwaffen, also eine Partisane, leichter als der Friauler Spieß, sie liegt sicher in der Hand.

Wir beschließen ein Turnier im Rennen. Prantl hat mehr Kraft, ist aber in seinem Küraß schwerer und unbeweglicher. Ich hebe die Beine in den metallenen Pluderhosen und versuche zu gehen. Beim ersten Aufprall ramme ich P. die Lanze in die Brust, habe aber nicht genug Kraft, ihn aus dem Gleichgewicht zu bringen. Dafür streift er mich zwar nur, ich pralle aber von seiner Stange ab und kann mich gerade noch am Balken in der Mitte des Raums festhalten. Die aufgereihten Hellebarden und Spieße gehen mit großem Lärm zu Boden. Ich schnalle mir die Beinkleider ab und stehe ziemlich kurz und weich da, wähle eine leichtere Rüstung.

Mein Gegner bleibt in seinem Panzer, er fängt an, mich auch durch seine neu entdeckte militärische Strammheit zu interessieren. Er trifft diesmal genauer in Richtung Herzgegend, während ich ihn in den vorgewölbten Metallwams stoße, wieder ohne die notwendige Wucht. Er gibt einen Laut von sich, als wäre ihm die Luft genommen, wir machen unglaublich viel Krach. Seinen Stoß spüre ich noch unter dem Küraß. Ich bleibe stehen und fasse mich mit der eisernen Hand des Götz – die erste Ausführung, ohne den Kleinfinger – ans Herz. Ich presse die Klaue an die getriebene Platte mit dem Heiligen Franziskus, der kniet und Vögeln und Tieren predigt; eine schwungvoll gewundene Banderole verkündet die Gloria Gottes. Kein Blut zu sehen, ich habe aber Mühe zu atmen.

Wir drehen zum dritten und letzten Stoß, wie beschlossen. Prantl hat diesmal die Samurai-Rüstung angezogen, zuletzt die Maske aufgesetzt. Ich erschaudere. Er ist plötzlich wie ausgewechselt, bewegt sich flink, federt in den Hüften, ist wach. Er zieht das Schwert und trifft in den Schlitz meines Helms, direkt in die Mitte der Stirn über den Augen: wenn er gewollt hätte, hätte er ein Auge getroffen – während meine Partigiàna an seinem Halsschutz, einer *nodawa* der Edo-Periode abrutscht; ich wollte die Fratze treffen. Im Sturz verliere ich den linken Ellenbogen, der morsche Lederriemen reißt. Auch die linke Brusthälfte klappt ab; unter dem zerrissenen Kettenhemd kommt eine zweite Schicht von Drähten zum Vorschein und ein metallener Kern, glatt, ohne getriebene Ornamente – ein Herzschrittmacher, entblößt unter einer Schicht Silikongewebe. Ich reiße den verzierten Plunder ab, meine Eingeweide haben den schimmernden Glanz des Funktionalen, Feinmechanik, die pulst, dagegen ist die eiserne Hand einfach.

Von dem rosa Gewebe tropft eine Art roter Sirup, es ist mir zu viel der Simulation – ich bin doch nicht so unverwundbar; der eine durfte die Berührung mit der Erde nicht verlieren, der andere hatte eine verletzliche Ferse, der dritte eine weiche Stelle zwischen den Schulterblättern – wo ist mein schwacher Punkt? Überall. Ich bin also sterblich. Soll ich mich auf den Konstrukteur, auf den logischen Erbauer stürzen? Oder stellvertretend auf den sicheren Kämpfer vor mir? Ich torkle in meinem abgerissenen aufgeklafften Panzer auf ihn zu. Ich muß lachen ob so vieler Kindereien, zwischen den Zähnen kommt mir die Flüssigkeit heraus, rot, rot, konnten sie nicht blau nehmen? Oder flüssiges Gold. Blattgold. Ich wäre lieber in meinem goldenen Mantel gestorben. Is this well done? It is well done, and fitting for a princess …

Noch lebe ich. Es heißt, sich zurückzuziehen, sich die Wunden zu lecken, die Geschichte unserer Liebe aufzuschreiben.

Damiens qualvoller Tod; von vier Pferden vergeblich auseinander gerissen, man mußte ihm die Sehnen durchschneiden; vorher mit glühenden Zangen an den Brustwarzen und am Leib gezwickt, in die herausgerissenen Wunden Blei mit Schwefel gegossen, während die Adligen sich an seinem Anblick aufgeilten und im Gedränge stehend kopulierten.

Der erste Höhepunkt auf dem Kleinseitner Ring, die historischen Hausgewölbe über mir, das alte, kühlende Pflaster im Rücken; die nächste Station Vršovice, alte Vororte, heute mitten in der Stadt, häßlich, aber halb vertraut, ich oben, meine Hüfte schmerzt, Prantl sieht in den Himmel. Dann noch einmal ich – liege entblößt da, alle möchten zusehen, das Kissen aufs Gesicht gepreßt, während ich Laute wie ein schluchzender Säugling ausstoße – der letzte Höhepunkt auf dem Platz der Oktoberrevolution, in Prag 6, Dejvice, über den ich täglich ging, später die Metro-Station Leninova. Es kann heißen wie es will, dort bin ich heimisch.

Ich wache in einen trüben Morgen hinein, sehe P. schlafen, er dreht mir den Rücken zu. Ich sehe dieses Hotelzimmer um mich, Spuren toter Mücken und Fliegen an der Tapete, sehe das Kruzifix über dem Bett, die Blechschüssel unter dem tropfenden Wasserbecken.

Es ist Zeit, abzubrechen.

Peter Härtling im dtv

»Er ist präsent. Er mischt sich ein. Er meldet sich zu Wort und hat etwas zu sagen. Er ist gefragt und wird gefragt. Und er wird gehört. Er ist in den letzten Jahren zu einer Instanz unserer (nicht nur: literarischen) Öffentlichkeit geworden.«

Martin Lüdke

Nachgetragene Liebe
dtv 11827
Die Geschichte einer Kindheit – und die Geschichte eines Vaters.

Hölderlin
Ein Roman
dtv 11828
Härtling folgt den Lebensspuren des deutschen Dichters Friedrich Hölderlin.

Niembsch oder Der Stillstand
Eine Suite
dtv 11835
Ein erotischer Roman um den Dichter Nikolaus Lenau.

Ein Abend, eine Nacht, ein Morgen
Eine Geschichte
dtv 11837

Eine Frau
Roman · dtv 11933
Die Geschichte einer Frau – ein Roman über das deutsche Bürgertum.

Der spanische Soldat
Frankfurter Poetik-Vorlesungen
dtv 11993

Felix Guttmann
Roman
dtv 11995
Der Lebensroman eines jüdischen Rechtsanwalts.

Schubert
Roman
dtv 12000
Lebensstationen des österreichischen Komponisten Franz Schubert.

Zwei Briefe an meine Kinder
dtv 12067

Herzwand
Mein Roman
dtv 12090

Božena
Eine Novelle
dtv 12291

Joyce Carol Oates im dtv

Grenzüberschreitungen
Erzählungen · dtv 1643

Lieben, verlieren, lieben
Erzählungen · dtv 10032

Bellefleur
Roman · dtv 10473

Die Familiensaga des Hauses Bellefleur wird zum amerikanischen Mythos.

Engel des Lichts
Roman · dtv 10741

Die Geschichte einer alten Familie in Washington zwischen Politik und Verbrechen.

Unheilige Liebe
Roman · dtv 10840

Liebe, Haß und Heuchelei auf dem Campus einer exklusiven Privatuniversität.

Die Schwestern von Bloodsmoor
Ein romantischer Roman
dtv 11244

Fünf Schwestern aus gutem Hause und ihre »Abenteuer«.

Das Mittwochskind
Erzählungen · dtv 11501

Das Rad der Liebe
Erzählungen · dtv 11539

Im Zeichen der Sonnenwende
Roman · dtv 11703

Aus der geradezu verliebten Nähe zwischen zwei Frauen wird bald zerstörerische Abhängigkeit.

Die unsichtbaren Narben
Roman · dtv 12051

Enid ist erst fünfzehn, als ihre *amour fou* mit einem Boxchampion beginnt …

Schwarzes Wasser
Roman · dtv 12075

Kelly verläßt die Party gemeinsam mit dem charismatischen Senator. Den nächsten Morgen wird sie nicht erleben …

Marya – Ein Leben
Roman · dtv 12210

Maryas Kindheit war ein Alptraum. Mit aller Kraft versucht sie, dieser Welt zu entkommen.

Angelika Schrobsdorff im dtv

Foto: Isolde Ohlbaum

»Die Schrobsdorff hat ihr Leben lang nur wahre Sätze geschrieben.«
(Johannes Mario Simmel)

Die Reise nach Sofia
dtv 10539

Sofia und Paris – ein Bild zweier Welten: Beobachtungen über Konsum und Liebe, Freiheit und Glück in Ost und West.

Die Herren
Roman
dtv 10894

Ein psychologisch-erotischer Roman, dessen Erstveröffentlichung 1961 als skandalös empfunden wurde.

Jerusalem war immer eine schwere Adresse
dtv 11442

Ein Bericht über den Aufstand der Palästinenser, ein sehr persönliches, menschliches Zeugnis für Versöhnung und Toleranz.

Der Geliebte
Roman
dtv 11546

Der schöne Mann und andere Erzählungen
dtv 11637

Die kurze Stunde zwischen Tag und Nacht
Roman
dtv 11697

Jerusalem – Paris – München: das sind die Städte, mit denen die Erzählerin schicksalhaft verbunden ist.

»Du bist nicht so wie andre Mütter«
Die Geschichte einer leidenschaftlichen Frau
dtv 11916

Aus Tausenden von Puzzlesteinen setzt Angelika Schrobsdorff das Bild ihrer jüdischen Mutter zusammen.

Spuren
Roman
dtv 11951

Ein Tag aus dem Leben einer jungen Frau mit Kind.

Sylvie Germain:

Das Buch der Nächte

»Es beschäftigt mich nicht nur die Gewalt des Krieges, Gewalt gibt es auch in der Liebe, im Besitzdenken, bei der Eifersucht. Eine Form der Gewalt, die ich in meinem neuesten Buch nochmals aufgegriffen habe, ist der Inzest. Jeder weiß, daß dies passiert, aber die Gesellschaft will nicht, daß man darüber spricht. Diese Gewalt, finde ich, ist das Abscheulichste, was es gibt...« (Sylvie Germain in RIAS, Berlin)

»Vitalie Péniel hatte sieben Kinder zur Welt gebracht, aber die Welt erwählte nur eines von ihnen – das letzte. Alle anderen waren am Tag ihrer Geburt gestorben, ohne sich auch nur die Zeit genommen zu haben, einen Schrei auszustoßen. Das siebente indes schrie schon vor seiner Geburt.« Der Junge, der da zur Welt kommt, wird Flußschiffer auf der Schelde wie seine Vorfahren – ein friedliebender Mensch, den der Krieg von 1870/71 zum Ungeheuer werden läßt. Seinen Sohn Victor-Flandrin verschlägt es nach dem Tod des Vaters ins abgelegene Vorland der Ardennen. Er wird Landwirt und eine Art moderner Hiob. Drei Frauen sterben ihm, die vierte, die österreichische Jüdin Ruth, wird seine große Liebe, aber sie überlebt den Nazi-Terror nicht. Vor dem Hintergrund der europäischen Geschichte bis zum Ende des Zweiten Weltkrieges erfüllt sich ein Schicksal von biblischer Wucht.

dtv 11770

»Eine Familiensaga verschlungener Schicksale, verwurzelt im unergründlichen, ja unheimlichen Mythos der Generationen. Mit geradezu unerschöpflicher Phantasie erfindet die Autorin Lebenswege individueller Einmaligkeit und Symbolkraft.« (Waltraud Jänichen in der ›Berliner Zeitung‹)